Corne d'abondance

Philippe Eberhart

Corne d'abondance

LES ÉDITIONS DU NET
22, rue Édouard Nieuport 92150 Suresr es

Un grand merci à Dominique, supporter de la 1ère heure, pour ses encouragements, à Thierry pour sa marque de confiance, et à Jean-Philippe qui grâce à son talent a permis la réalisation de la couverture de « Corne d'Abondance » !...

Un grand merci également à toutes celles et à tous ceux qui ayant lu mon premier roman, l'ayant apprécié, m'ont encouragé à la réalisation de ce 2e roman.

Un petit clin d'œil aux « Guests Stars » que sont mes azawakhs AgDaki de N'Zi Songo et Djoura Jaouhara Sahel pour leur « participation » dans ce roman !!!

ISBN : 978-2-312-02199-7

Prologue

Après avoir réalisé en 2013 mon 1er roman **« Le Syndrome de la 2ème marche… »** *beaucoup de personnes m'ont demandé s'il y avait une suite de prévue.*

Or cette réalisation, même si la trame de fond est une Histoire d'Amour, est un roman original quant à la forme (véritable melting-pot littéraire) dont le style ne se prête pas véritablement à la réalisation d'une suite.

En tout cas je n'en voyais pas la réalisation rapidement…

Dans ce 1er roman, le héros se lançait un défi et écrivait un thriller qui remportera un grand succès ; cela lui permettra alors de changer de vie grâce à un inattendu et heureux concours de circonstance. Pour illustrer ledit Thriller, des extraits résumant l'histoire (sorte de teaser) se trouvaient rassemblés et formaient ainsi le 5e chapitre du « **Syndrome de la 2e marche…** ».

Donc c'est tout logiquement que j'ai décidé, fin octobre 2013, de la réalisation de ce Thriller.

Effectivement il m'a semblé logique et naturel que mon 2e roman ait comme trame de fond l'histoire dont j'avais écrit des extraits dans mon 1er roman.

Certe chronologiquement cela aurait dû être l'inverse !…

Le nom de ce 2e roman est :

CORNE D'ABONDANCE.

Il s'agit d'un techno-thriller qui est un peu un mélange de style des romans de Tom Clancy et de Gérard de Villiers.

J'ai bien évidemment essayé de ne pas réaliser un roman clone ou un « sous-produit » de ces 2 grands auteurs aujourd'hui disparus.

Ce sont des morceaux d'histoires, apparemment distincts et indépendants, qui comme les pièces d'un puzzle éparts au départ, se réunissent et forment à la fin une « image » complète.

Il s'agit, bien sur, d'une œuvre de fiction issue de mon imagination, au combien fertile.

Même s'il y a des évènements historiques qui se sont effectivement déroulés.

La période historique étant 2012-2013.

Ne voulant pas réaliser une histoire d'espionnage trop caricaturale, d'autres écrivains l'ont fait bien mieux que moi, j'ai donc choisi des héros qui sont des agents de la DGSE (les services secrets français) avec un caractère certainement éloigné de la réalité des dits agents dans la vraie vie !...

Mais ce roman n'est pas un compte rendu de mission après tout et se veut, avant tout, divertissant !...

Pour les lieux et évènements, j'ai essayé de rester dans la fiction plausible malgré tout...

Installez-vous donc confortablement dans un bon fauteuil et j'espère que vous vous laisserez prendre par cette histoire où se mélange action, suspense, humour, amour...

Comme devant un écran de cinéma en fait.

Le paquet de pop corn en moins !...

Chapitre 1

RENCONTRES MULTIPLES…

Mexico, février 2012

Il était 13 h 30 quand Ted West pénétra dans l'entrée de l'hôtel *Mexico Reforma* suivi comme son ombre par M. Black, qui, comme son nom ne l'indique pas, est un blanc bon teint de 1 m 95 pour 98 kg tout en muscle, venant d'une petite ville du Texas…

Ce qui n'a pas été sans lui poser quelques soucis quand il était jeune : au Texas la vie est plus facile quand tu t'appelles « White » que « Black » !

Enfin jusqu'au moment où tu deviens un spécialiste reconnu et estimé du maniement de la batte de base-ball !…

Il regarda le sms sur l'écran de son I-Phone après qu'il eut entendu la sonnerie de son arrivée. Un n° de chambre était affiché.

Ils se dirigèrent vers les ascenseurs, rentrèrent dans l'un d'eux et Ted West appuya sur le bouton de l'étage correspondant. Ce n'est pas la 1ère fois qu'il venait dans cet hôtel, mais ce rendez-vous était quand même un peu particulier…

Ted West ressemblait beaucoup à John Travolta.

C'était un ancien commandant des Forces Spéciales américaine (les Deltas Forces) qui avait dû quitter l'Armée après avoir été un peu trop… persuasif avec des prisonniers irakiens qui étaient un peu trop… innocents !

La vidéo de « l'entretien » avec West s'étant retrouvée « accidentellement » sur Internet !

Ce qui provoqua des grincements de dents dans sa hiérarchie, d'où une démission rapide pour échapper au Tribunal Militaire.

Mais suivi d'une embauche immédiate pour un poste très bien rémunéré chez l'homme d'affaire Robert Goldhand, impressionné par ces efficaces « qualités professionnelles ».

Effectivement Ted West est très intelligent, calculateur, faisant preuve de sang-froid ; il a su se rendre rapidement indispensable jusqu'à occuper le poste de confiance qu'il a à présent.

« Ding-Ding »

L'ascenseur s'arrêta en douceur et les portes s'ouvrirent.

Les 2 hommes se dirigèrent vers la gauche, croisèrent une femme de ménage poussant un plateau ; ils suivirent le couloir jusqu'à atteindre la chambre, ou plutôt la suite.

Effectivement la rencontre doit se dérouler dans une des *King Master Suite* (comme d'habitude, son interlocuteur colombien n'ayant pas vraiment l'imagination et le goût du changement comme qualités maîtresses…).

Alors qu'il allait frapper à la porte, elle s'ouvrit subitement et Ted West se retrouva, nez à nez, devant une jeune femme ressemblant à Jennifer Lopez (avec les cheveux réunis en une petite queue de cheval et 10 ans de moins…), aussi grande que lui, habillée en jeans avec des chaussures de sports, chemisier blanc et veste noire ouverts.

En plus de ses courbes naturelles (forts charmantes au demeurant…) West aperçut fugitivement la sombre courbe (moins naturelle et charmante) d'un pistolet Glock 17 !

– *Bonjour messieurs ! Entrez je vous en prie*, dit-elle en anglais avec un fort accent espagnol.

Tout ce petit monde arriva dans une vaste pièce où il y avait un grand écran plat, accroché au mur, qui diffusait en continu des clips vidéos d'une chaîne musicale. Mais également une grande table, sur laquelle trônait une bouteille de whisky et des verres, entourée de plusieurs confortables fauteuils rouges vifs.

Dans l'un d'eux se trouvait un homme de type latinos aux cheveux noirs gominés, avec une moustache et une barbe finement taillée, vêtu d'une chemise blanche immaculée largement ouverte, d'un pantalon noir et de santiags avec des pointes en fer.

Une vraie caricature du « latinos » équipé avec des talonnettes en prime !…

Il posa son verre, se leva et se dirigea en souriant vers Ted West. Ses bras l'enserrèrent pour une forte accolade on ne peut plus « viril » !

– *Buenos dias mi Amigo !* dit-il avec un sourire jusqu'au 2 oreilles laissant s'échapper des effluves de whisky…

– *Buenos dias Miguel, comment vas-tu ?* répondit Ted West

– *Très bien mon ami ; prends place, tu veux un verre ? Maria serres un verre à mon ami.*

Ted West ouvrit sa veste et s'installa confortablement dans le fauteuil. La sosie de Jennifer Lopez lui tendit alors un verre contenant le liquide doré.

Puis elle se mit en retrait derrière Miguel Ramon en restant debout comme un chien de garde bien dressé, le visage totalement inexpressif.

Effectivement Maria Gentil était l'une des 2 gardes du corps de Miguel Ramon.

Du coup Jack Black se senti obligé d'adopter la même posture et resta debout derrière Ted West.

Matant la jeune femme, d'une part car son visage lui rappelait quelqu'un, ensuite comme il l'a trouvait fort à son goût il se dit qu'il lui montrerait bien son gros… automatique personnel, histoire d'échanger des impressions !

Miguel Ramon, surnommé *El Toro,* malgré sa petite taille, est le patron colombien tout puissant du Cartel « *Blancura Inocente* ».

Il était depuis de longues années en relation d'affaire avec Ted West, dont il savait qu'il était l'homme de confiance d'un homme très puissant et très influent.

Ainsi quand il reçut la demande d'un rendez-vous urgent, il accepta, sans problème et avec curiosité, le voyage vers Mexico.

Après avoir bu une rasade de whisky, Ted West posa son verre et commença à expliquer à Ramon le motif de cette rencontre.

Il lui fit donc part du service qu'il attendait de lui.

Pour conclure :

– Bien entendu Miguel, nous sommes tout à fait disposé à te rétribuer pour tes frais et tes efforts, ton prix sera le nôtre ! dit Ted West avec un large sourire et en buvant une nouvelle gorgée de whisky.

Miguel Ramon réfléchissait à toute vitesse en fixant son interlocuteur. Il n'avait pas prononcé une parole pendant la demande de Ted West.

Ce qui lui était demandé était surprenant, inattendu, mais absolument pas impossible et ne lui prendrait pas beaucoup de temps. Il se moquait totalement de la raison de cette demande mais était très flatté que des « gringos » aient besoin de lui !

Il laissa encore s'écouler un peu de temps en buvant un nouveau verre de whisky que Maria Gentil lui avait obligeamment servit.

Pendant ce temps elle joua machinalement avec un briquet Zippo après avoir allumé et donné un cigare à Miguel Ramon.

Un de ces fin cigarillos cubains dont le Colombien raffolait.

On entendait plus que les 3 clic-clacs lancinant du briquet.

Il cessa quand le Colombien prit la parole :

– Pour toi c'est bien sûr pas impossible, mais... c'est très difficile tu sais et j'aurai des frais !

– Ce n'est pas un problème ; quel montant ?

– ... 2 millions de $ américains, en liquide bien sûr ! dit Miguel Ramon dans un souffle

Il s'attendait à ce que West se mette à marchander et s'était fixé comme limite la moitié de la somme.

– Pas de problèmes, mais tu n'auras la somme que lors de la rencontre ! dit West.

– Parfait mi amigo je te préviendrai de la date et du lieu du rendez-vous. Maintenant que nous avons bien parlé affaire que dirais-tu de passer un bon moment de plaisir ! répliqua, visiblement soulagé, Ramon avec un grand sourire.

Aussitôt Maria Gentil se dirigea vers la chambre au fond de la pièce et ouvrit la porte : 3 jeunes et jolies putes mexicaines, fort avenantes et en petite tenue, se présentèrent devant la porte de la chambre avec un sourire commercial de bon aloi.

Ted West se dit que décidément Ramon savait recevoir ses amis … Néanmoins il déclina poliment cette charmante proposition car il devait retourner rapidement aux États-Unis.

Sur l'écran passait à présent le clip vidéo *Papi* avec la vrai Jennifer Lopez.

Du coup M. Black ouvrit de grands yeux étonnés, se rendant compte, pour la 1ère fois, de la ressemblance avec « sa collègue » !…

Après une nouvelle accolade Ted West, suivit de Jack Black, quitta la suite et se dirigea d'un pas rapide vers l'ascenseur.

Ils eurent de la chance et un taxi blanc, avec les portes jaunes et un avion stylisé sur la porte, s'arrêta pour les conduire à l'aéroport.

« El Toro », encore tout heureux de sa bonne fortune financière, se dit que c'était vraiment une belle journée et qu'en plus il n'aura pas à partager les 3 mexicaines ; lui n'était pas pressé de rentrer !…

Il se dirigea donc, en se frottant les mains, d'un pas alerte et guilleret vers la chambre…

*

Le Falcon 900LX venait à peine de décoller de l'aéroport de Mexico, Ted West confortablement installé dans un des sièges en cuir blanc. Il savoura un verre de champagne que l'hôtesse souriante venait de lui servir.

C'est son patron qui lui avait conseillé d'utiliser son avion personnel pour aller à ce rendez-vous. Privilège extrêmement rare.

Il est fort peu préteur de ses jouets d'habitude !

Question de rapidité et surtout de discrétion dans le cas présent.

« Discrétion », telle était la consigne principale de Robert Goldhand ; raison pour laquelle il devait lui donner les résultats de l'entrevue avec Ramon de vive voix, pas de coup de téléphone, de mails ou de sms susceptibles d'être interceptés par les grandes oreilles de la N. S. A. (l'agence américaine pour la sécurité).

C'était également à cause de cette question de rapidité qu'il avait dû refuser l'invitation du colombien…

Un peu à regret car ma foi il avait repéré une jeune mexicaine qui était fort appétissante…

Les 3 363 km qui le séparent de New York seront réalisé en environ 4 h 50, il décida donc de profiter du silence et du confort royal du Falcon pour faire une petite sieste.

Il devait arriver à JFK vers 21 h.

Il ne pourra rencontrer Robert Goldhand que le lendemain à la première heure car il lui avait dit qu'il ne serait pas joignable avant, ayant une réunion avec des sénateurs qui devait se prolonger tard dans la soirée.

*

Bogota, février 2012

Le Gulfstream G550 perdît de l'altitude et se prépara à atterrir sur l'aéroport de Bogota. Les 3 180 km ont semblé bien court à Miguel Ramon.

Maria Gentil ne dormait pas, elle regardait par le hublot et voyait le sol se rapprocher. Au fond d'elle-même elle était préoccupée.

El Toro aussi était préoccupé, mais pas pour les mêmes raisons. Certe il avait passé l'après-midi de la veille dans la chambre avec les 3 jolies mexicaines, laissant libre court à son imagination pour une partie fine avec une débauche de sexe, de whisky…

Ah il en a eu pour son argent, car en plus elles étaient imaginatives et ouvertes à toutes les fantaisies sexuelles…

Mais la récréation était maintenant terminée.

Il avait un job à réaliser qui allait lui rapporter un joli paquet de dollars, malgré la commission de 10 % à son interlocuteur habituel.

À peine le Gulfstream G550 à l'arrêt et la porte ouverte, que Ramon suivi de sa garde du corps descendirent et se dirigèrent vers la Range Rover Sport Supercharged noire qui les attendait.

Miguel Ramon s'installant à l'arrière et elle à l'avant à coté de Hugo, le chauffeur.

La Range Rover démarra silencieusement et lourdement.

Cela étant dû au blindage renforcé capable de résister à des rafales de 12,7 mm à bout portant ; malgré son status, Miguel Ramon se méfiait de quelques concurrents malfaisants un peu trop ambitieux…

Cette sage méfiance étant garante d'une vie sensiblement plus longue !…

Les gens sont si méchants !

Une fois la ville traversée, la voiture passa le portail en fer forgé de la résidence principale et s'engouffra dans la gigantesque allée faisant crisser le gravier. Elle s'arrêta au pied de l'entrée et Miguel Ramon fila directement à son bureau.

Il avait un important coup de fil à donner.

Il ouvrit un tiroir de son bureau, prit son téléphone satellitaire Thuraya et composa un numéro qu'il connaissait par cœur.

Il dut attendre quelques longues minutes avant que la communication ne soit établie et qu'il entendît :

– *Oui allo !…*

*

New-York, février 2012

Un vent froid, mélé de flocons de neige, frappa son visage dès qu'il ouvrit la porte de sa Mustang Boss 302.

Un employé de la société arriva immédiatement et prit la voiture pour la garer dans le parking souterrain et la placer à son emplacement. Privilège qu'il partageait avec son patron.

Ted West entra à 8 h tapante dans l'imposant immeuble de béton et de verre de Robert Goldhand situé dans le quartier des Affaires et de la Finance de New-York.

Il prit l'ascenceur et monta directement au dernier étage grâce à une clé spéciale, pour se rendre au bureau de son employeur.

Les portes de l'ascenceur s'ouvrirent silencieusement et il se dirigea vers le bureau de la secrétaire, la charmante Miss Mantis, qui le gratifia d'un gentil sourire.

– Bonjour Mr West ! Comment allez vous ce matin ? Vous avez fait bon voyage ?

– Bonjour Pipa, oui merci je vais bien ; il fait bigrement froid ce matin… Cela me change de hier !

Ted West fixa Pipa Mantis avec son sourire le plus charmeur. Mais jusqu'à présent sans aucun effet probant !… Hélas.

Oui décidement elle était bien jolie la bougresse !

Il avait bon goût le bougre !

Un petit air de Pipa Midelton mais avec une coupe de cheveux à la garçonne, et surtout un regard bleu azur si profond que l'on se sentait irrésistiblement fasciné et captivé dès qu'elle daignait poser ses yeux sur vous.

Il se souvint alors quand Robert Goldhand lui avait dit que Miss Mantis lui avait été chaudement recommandé par un ami sénateur, Jerry Ricochey, pour sa remarquable efficacité.

Il avait bien sur enquêté sur elle, mais n'avait rien trouvé de suspect. Il aurait dû faire des recherches plus poussées, mais Goldhand lui avait alors dit que c'était inutile.

Visiblement le regard de Pipa avait également « hypnotisé » le Boss !...

Elle était là depuis quelques mois à peine et avait déja réussit à se comporter comme la secrétaire parfaite :

rapide, efficace, indispensable, intelligente et... bien fichu de sucroit !

Elle était particulièrement classe aujourd'hui, vétue d'un tailleur de grande marque et ses jolies jambes gainées de bas fumés se terminant par de ravissantes bottes avec de fins talons.

Ted West se demanda si elle était la maîtresse de Goldhand, bien qu'il savait qu'il préfèrait, en général, les jeunes actrices blondes peu farouches !...

C'est pris dans ces pensée crapuleuses qu'il entendit la voix de Goldhand dans l'interphonne demandant s'il était déja arrivé.

Répondant positivement, elle lui indiqua qu'il pouvait entrer dans le bureau.

Ted West pénètra donc dans la pièce et le vit souriant, assis dans son confortable fauteuil en cuir bordeaux, les pieds posés croisés sur son bureau, comme à son habitude, entrain de fumer un énorme cigare cubain.

Robert Goldhand, la soixantaine vaillante, bien que chauve, est quasiment le sosie de Robert de Niro.

C'est l'un des hommes les plus riches des Etats-Unis, presque aussi puissant que le président Obama ; plus d'un certain point de vue car lui, il n'avait de compte à rendre à personne !

D'ailleurs à part un nombre très restreint de personnes, c'est un parfait inconnu pour le grand public ; son nom figurant nul part et aucune biographie n'existait.

On ne risquait pas de le voir à Davos ou à Monaco !

Seule l'élite politico-financière du pays le connaissaît, voire même le craignait !...

Froid, calculateur, sournois, ses seuls plaisirs sont l'argent et le pouvoir qui en découle, ses seules faiblesses le cigare, les bons vins et le cognac, la cocaine (depuis qu'il avait été blessé dans un attentat) et de temps en temps une actrice pas trop farouche et surtout très soumise afin de calmer sa libido.

Son empire était tentaculaire dans tous les domaines qui rapportaient de l'argent ou de l'influence dans la politique et la finance.

Une de ses fierté étant d'être le véritable patron oculte de la fameuse Goldman Fachs.

Il se félicitait d'avoir promu en 2006 Floyd Blackfein.

Malgré quelques soucis avec le gouvernement américain en 2011 & 2012, le flot de milliards de $ ne semblait jamais se tarir.

Il était bien plus riche que certains Etats, et pas du tout endetté lui !

Robert Goldhand lui fît signe de s'assoire en face de lui.

– *Alors comment c'est passé votre voyage Mr West ?* demanda t-il avec une pointe d'impatience.

– *Comme vous l'aviez prévu Monsieur, Ramon a sauté sur l'occasion pour se faire un paquet de blé.*

– *Je le savais. Tellement prévisible ces ploucs. Combien a t-il voulu ?* demanda t-il avec un sourire.

– *2 000 000 $ en liquide !*

– *Bigre, il est vorace.*

– *Selon vos indications j'ai accepté.*

– *Vous avez bien fait ; il n'en sera que plus motivé. Il est tout à fait impératif qu'il réussisse. Quand saurons nous ?* demanda t-il en jettant un coup d'oeil distrait sur l'écran où s'affichait en continu les courbes de la Bourse.

– *Il me contactera dès qu'il aura les informations ; je lui ai promis la remise de l'argent uniquement lors du rendez-vous.*

Robert Goldhand félicita West pour son efficacité.

Pipa Mantis entra alors et apporta en souriant une tasse fumante de café à Ted West, qui la remercia.

Elle sortît ensuite du bureau sous le regard de Ted West qui mattait son léger et sensuel déhanchement…

Puis après avoir tiré 2 bouffés sur son cigare Robert Goldhand lui demanda s'il avait trouvé une solution pour règler le problème dont il lui avait parlé avant son voyage.

Ted West se cala mieux dans le fauteuil et lui exposa son idée afin de solutionner le problème de la meilleure manière possible.

Robert Goldhand écouta sans ciller, mais intérieurement fasciné, par la redoutable imagination de son collaborateur.

– *Techniquement est-ce réalisable malgré la distance ?* demanda-t-il quand le plan lui fût exposé.

– *Oui sans problème et à distance de sécurité pour nous.*

Puis ils discutèrent encore un peu de quelques sujets anodins et Ted West demanda à partir afin de mettre au point son idée.

Une fois seul dans son bureau Robert Goldhand se senti l'esprit plus libre, impatient d'avoir la date de ce rendez-vous ; mais maintenant il n'avait pas la maitrise du temps.

Il alla vers son bar et se servit un grand verre de cognac. Pendant qu'il réchauffait le liquide ambré dans le verre ballon il retourna à son fauteuil et se remit à penser à sa réunion de hier soir (son 2e fer au feu) avec le sénateur Jerry Ricochey et une dizaine d'autres sénateurs influent du Congrès qui lui étaient redevables.

Pour Robert Goldhand en politique on n'a pas d'amis, juste des alliés de circonstance ; il vaut donc mieux avoir des politiciens qui ont une dette envers vous, ils seront plus fiable que s'ils étaient des amis...

Néanmoins il avait décidé de bien faire les choses en les invitant dans l'un des meilleurs restaurant de New-York le *Daniel Restaurant* situé au 60 East 65th Street.

Pour une question de discrétion il avait, tout naturellement, réservé pour cette occasion la salle spéciale pour les célébrations privées, la *Bellecour Room.*

Le but de cette réunion informelle étant de faire infléchir la politique des États-Unis en obligeant Obama à plus de « compréhension » envers le Vénézuela.

Etant ami avec le président Hugo Chavez et son second, le vice-président Nicolas Maduro (El Présidenté étant atteint d'un cancer depuis de nombreuses années… Il faut penser à l'avenir !), il était impératif que les tensions entre les 2 pays baissent, afin que ses investissements dans le secteur pétrolier puissent enfin, de manière officielle, lui rapporter.

Et lui rapporter très très gros !

*

Gao, février 2012

Deity Ag Sidamou coupa la communication de son téléphone satellite. Il en tremblait d'émotion et n'en croyait pas ses oreilles. Pas à cause de la demande du trafiquant de drogue colombien mais à cause de la perspective de toucher 200 000 $!

S'il avait été Chrétien, qu'Allah le pardonne, il aurait pu croire que c'était Noël !…

Deity Ag Sidamou n'a jamais été un musulman intégriste, simplement un opportuniste intégriste !

Quand les trafiquants de drogue avaient décidé de passer par le Mali pour livrer l'Europe en cocaïne et ainsi de verser une dîme aux djihadistes (pour lesquels c'était une rentrée d'argent supplémentaire « modeste » mais régulière en plus des rançons pour les otages occidentaux plus lucratifs mais plus aléatoires) c'est tout naturellement qu'il servit d'intermédiaire, touchant au passage sa commission.

D'ailleurs c'est également pour cela qu'il servait officiellement de médiateur pour les tentatives de libération d'otages occidentaux…

Bref sous son apparence passe partout et quelconque, avec son éternel chèche sable et ses RayBan, ce touareg maigre comme un clou, avait su se rendre indispensable et acquérir une honorable petite fortune à l'échelle du Mali s'entend.

Son visage transpirait la filouterie et pas uniquement en plein soleil !…

Excellent marchandeur et vendeur, avec sa tchatche il aurait vendu un Bescherelle à Franck Ribéry !!!

De plus ses amitiés multiples lui permettaient de circuler partout dans le Mali sans problème, du moment qu'il prennait un minimum de précautions !…

Pas question d'utiliser le téléphone pour traiter cette affaire. Bien sûr il devait impérativement se rendre à Tombouctou ou Kidal au plus vite, et la perspective de se farcir plus de 400 km de piste carossable (soit près de 9 h de route) n'avait rien de réjouissant.

Mais si la demande du Colombien était accepté par les chefs de Ansar Dine et d'Aqmi, alors les 9 h du retour lui paraitront bien plus douces !…

Le voyage de nuit n'étant pas conseillé, il se força donc à attendre juqu'au lendemain matin.

Il passa quand même un coup de fil à Tombouctou afin de savoir si Iyad Ag Ghaly serait bien présent le lendemain chez lui.

Effectivement il résidait le plus souvent à Kidal, qui est son fief, avec ses 3 000 hommes, laissant Tombouctou à Aqmi et Gao au Mujao.

Mais cet homme de 53 ans, ancien militaire, avait été formé par Kadhafi. De cette ancienne époque il garda en mémoire cette somptueuse demeure où il avait été invité par la colonel libyen et s'était juré qu'elle serait un jour à lui.

Grâce à Sarkozy son vœu avait été réalisé !

Une fois cette confirmation obtenue, il quitta son domicile situé Premier Goudron/Bld des Askias, non loin du Marché des Légumes, et traversa la rue pour se rendre au quartier général de la Police Islamique et vit que la vielle Mercedes 190 blanche du chef de la police était là.

Il demanda un entretien avec Aliou Malabar.

Le chef de la Police Islamique le reçu tout de suite dans son bureau, où il y avait des piles de papiers partout, avec sourire et servilité car il savait qu'il avait des hautes relations avec Iyad Ag Ghaly (le patron de l'AnsarDine) et surtout avec Abdelmalek Droukdel (chef de l'Aqmi).

Même si lui était un élément important du Mujao il y a des gens qu'il faut ménager.

Après les banalités d'usages, Deity Ag Sidamou lui annonça son départ le lendemain matin pour Tombouctou et son désir d'avoir 2 gardes du corps de la Police Islamique en protection.

Ce qui lui fut accordé immédiatement.

*

Les 2 hommes barbus habillés de noir, porte-chargeurs sables, et foulards verts, se présentèrent au domicile de Deity Ag Sidamou peu avant le levé du soleil.

Il était heureux qu'il en fut ainsi car il était tellement excité par son rendez-vous à Tombouctou qu'il n'avait quasiment pas dormis de la nuit ; même la présence d'une de ses femmes n'avait pas réussi à lui changer les idées !…

Abou Nain Sahraoui, Touareg et membre de la Police Islamique, descendit du 4x4 toyota beige où flottait un drapeau noir avec des versets du Coran écrit en blanc ; en quelque sorte la forme moderne et terrestre du drapeau des pirates d'antan, avec un résultat de crainte identique chez les gens !…

Sur son gilet bleu figurait la mention en arabe et en français « *Police Islamique* ».

Au volant se trouvait son jeune frère Bilhan Sahraoui, qui était un soldat du Mujao, plus attiré par la solde et la cocaïne que par le prosilétisme islamique. Comme une grande majorité des 4 000 membres des différents groupes djihadistes présent au Mali.

Seul environ ¼ des combattants étaient aguerris et fanatisés.

Ils étaient équipés (en plus du drapeau noir) de fusils d'assaut Kalachnikov AK-47 et d'un lance-roquettes RPG-7 avec quelques roquettes, suffisant pour intimider de pauvres éleveurs ou dissuader des voleurs imprudents…

C'est Abou Nain Sahraoui qui avait convaicu son collègue (en lui versant une dîme) de laisser sa place à son frère.

Ainsi les 2 frères pourront se partager « les honoraires » que va devoir leur verser Deity Ag Sidamou pour le prix de sa protection.

Même après le pourcentage versé au Chef de la Police, ils en auront encore assez pour boire de la bière et faire la fête (en toute discrétion quand même, la Charia règnait à Gao…) !

Après leur avoir donné leur argent Deity Ag Sidamou s'installa à l'avant, il leur indiqua l'adresse à Tombouctou où ils devaient se rendre et le 4x4 démarra.

La rue principale était déserte, et pas uniquement parceque l'heure était matinale ; mais depuis l'arrivée des Islamistes et l'instauration de la Charia (la loi islamique) outre le fait que plusieurs dizaines de milliers de gens ont fuis vers Bamako, les gens ne sortaient plus guère.

Le Mujao faisait règner la terreur à Gao.

Dès leur arrivé les night-clubs, les bars, et même les cafés internets furent fermés.

Ils passèrent devant le Baji Night Club, dont les murs bleus étaient criblés de balles, à l'extérieur comme à l'intérieur…

Ils ne croisèrent que quelques rares carioles tirées par des ânes, ainsi que quelques pick-up armé de double canons de 23 mm, ou de 14,3 mm, sur leur plateforme arrière qui patrouillaient inlassablement.

Une fois sorti de Gao le véhicule fila à bonne vitesse jusqu'au moment où les trous dans la piste devinrent trop nombreux et ils durent ralentir…

Le paysage devint rapidement monotone, du sable, quelques arbres, des buissons…

Ils arrivèrent à Tombouctou peu après midi.

En entrant dans la ville ils virent sans y prêter attention le même panneau sinistre qu'à l'entrée de Gao ; un grand panneau noir avec écrit en blanc en arabe et en français :

« *IL N'Y A PAS D'AUTRE DIEU QUE ALLAH !* »

Ils remontèrent la voie principale quasi déserte et se dirigèrent vers une grande villa, une ancienne résidence du Colonel Kadhafi, qui servait de lieu de vie au chef de Ansar Dine.

Ici, tout comme à Gao, pas beaucoup de circulation à part quelques camions Berliet qui ont connu leurs heures de gloire en France dans les années 70, des motos, quelques carioles et partout les inévitables pick-up et 4x4 Toyota ornés de drapeau noir aux inscriptions blanches.

De temps en temps, sur les trottoirs, des femmes vêtues de noir filent rapidement telles des fantômes.

Arrivé au poste de garde, Deity Ag Sidamou se présenta devant les soldats suspicieux.

Des mitrailleuses lourdes mettaient la voiture en joue.

L'atmosphère était chaude, et pas uniquement parce qu'il était midi passé…

Les 2 gardes du corps ne bronchaient pas dans le 4x4 et essayaient de respirer à minima : un accident était si vite arrivé… Même Deity n'était pas rassuré ; or ils avaient la même tenue que ses gardes du corps, mais là c'étaient des moines soldats avec des bandes de munitions croisés sur le torse, des purs et durs et cela se voyait à leur regard. Méchant et soupsonneux.

Un des hommes fila vers la villa.

Ag Sidamou attendait debout devant la voiture et commençait à transpirer à grosses gouttes.

Quelques longues minutes plus tard le garde revint accompagné d'un homme en blanc : il s'agissait du Cheikh Ag Awissa le bras droit du chef de l'Ansar Dine.

Sourires, accolades, politesses d'usage.

Puis Deity Ag Sidamou accompagné du Cheikh et d'un garde se dirigèrent vers la villa, laissant le 4x4 et les 2 gardes du corps sous « l'aimable » surveillance des moines soldats.

Une fois entré dans la villa ils se dirigèrent vers la pièce où étaient reçu les invités. Ag Sidamou se sépara de son portable avant d'entrer dans la dite pièce.

Vaste pièce très éclairée, faiblement meublée, hormis un très grand miroir, mais avec des tapis précieux et des coussins en quantité.

Il n'y avait qu'un moine soldat de grande taille (près de 2 m). Ali Ounard était une brute épaisse à moitiée inculte, totalement dévoué à son maître Iyad Ag Ghaly, qui était debout à l'entrée de la pièce, signe d'une grande confiance du chef de l'AnsarDine envers son interlocuteur : on était entre gens de bonne compagnie.

Une fois assis en tailleur on leur servit du thé brulant et sucré.

Iyad Ag Ghaly le combattant touareg, vêtu de blanc avec son collier de barbe bien taillé et ses inévitables lunettes noires, leader charismatique, notable bedonnant et chef de guerre légendaire, devant lequel tous les Touareg s'inclinaient, fixa son interlocuteur se demandant le motif de cette visite si urgente.

Deity Ag Sidamou se racla la gorge et expliqua le motif de sa venue, le coup de fil du trafiquant colombien et la demande, qui en découle, de la rencontre, sollicité par les Américains.

Ag Awissa fit de gros yeux ronds, Ag Ghaly avec ses lunettes noires resta apparament imperturbable !…

La conversation toucha à sa fin. Elle avait duré à peine 15 mn.

Ag Awissa l'informa qu'ils allaient réfléchir et l'avertirait de la réponse le moment venu.

Cela laissa un peu désapointé Deity Ag Sidamou mais il ne laissa rien paraitre et remercia, par forces courbettes, Iyad Ag Ghaly de l'avoir reçu ; lui qui s'imaginait déja avec une réponse positive à donner au colombien…

Décidement le chemin du retour va lui paraitre aussi long que l'allée, l'excitation en moins !…

Il retrouva la voiture et ses 2 gardes du corps qui n'avaient pas osé sortir du véhicule.

Ils reprirent donc le chemin vers Gao. Ils seront de retour avant la nuit, c'était déja ça.

*

Les 2 touaregs se regardèrent, puis ils firent entrer Abdel Ag Akory (la véritable tête pensante de Ansar Dine) ensuite ils discutèrent ensemble en buvant du thé brulant et toujours trop sucré, qu'une ombre voilée venait de leur apporter.

Finalement après plus d'une heure de palabres, ils décidèrent d'accepter la demande des Américains.

De toute façon en avril était prévu une réunion trimestrielle, ici même, entre eux et Abdelmalek Droukdel (le chef d'Aqmi, qui dans les années 90 avait semé la terreur en Algérie).

Cela fera d'une pierre 2 coups !...

Iyad Ag Ghaly décréta donc que dans une semaine, Cheikh Ag Awissa ira personnellement à Gao pour donner la réponse et communiquer la date et les modalités de la rencontre.

*

Paris, siège de la DGSE, mars 2012

Jacqueline Jardin regarda la porte du bureau du Directeur Général s'ouvrir avec une pointe d'appréhension.

Thomas Castle, Lieutenant-Colonel à la DGSE (Direction Générale de la Sécurité Extérieure, les services secrets français) depuis de nombreuses années au Service Action, en sortit et il lui fît son éternel sourire enjoleur.

Thomas Castle, début quarantaine, ressemblait, en un peu plus agé, à Jim Caviezel (qui a connu la célébrité pour son rôle de John Reese dans *Person of Interest).*

L'entretien avec le directeur général c'était quand même bien passé ; oh il y a quand même eu du « vent dans les voiles » !

C'est Castle qui jouait le rôle des « voiles » et le directeur de la DGSE, le Préfet Erard Corbin de Mangoux, le rôle du « vent » !...

Mais finalement au vue des circonstances cela c'est plutôt pas si mal passé que cela…

La conclusion de cette histoire c'est que finalement il y aura quand même 3 personnes qui seront satisfaites (pour des raisons différentes toutefois…) : un dentiste, un prothésiste dentaire, et lui !

– *Ma chère Jacqueline rassurez-vous, je fais toujours partie de la Boite, le Vieux m'a juste mis en réserve de la République… Pour un certain temps !* dit-il en s'asseyant au bord du bureau et jouant avec un crayon.

– *Oh Thomas je suis si heureuse, vous savez il a défendu votre cause ardement devant le président de la République, cela n'était pas gagné d'avance. Vous y êtes allez fort cette fois çi !* lui dit elle avec un regard lourd de reproches.

– *Oui je sais, mais dans la vie il faut faire ce qui est juste, ou ce que l'on croit qui est juste à un certain moment. L'avantage pour vous ma chère Jacqueline, pendant un certain temps, vous n'aurez pas à vous inquiéter pour moi !…* dit il en souriant.

A ces propos Jacqueline Jardin piqua un fard !…

Sorte de Monny Penny à la française, début cinquantaine, plutôt bien conservée, elle avait 2 passions dans la vie :

d'une part les coquillages marins ; elle avait d'ailleurs une très belle collection chez elle, dans son petit pavillon situé dans le quartier Bords de Marne à Chelles.

et d'autre part, elle avait un tendre sentiment pour Castle, mais ce n'était qu'un amour platonique.

Après l'avoir serré dans ses bras et donné deux bises sur les joues, Thomas Castle quitta le bureau et se dirigea vers la sortie. Il croisa quelques collègues qui lui adressèrent des sourires de soutient.

C'est quand même avec une pointe d'émotion qu'il se dirigea vers la gare de l'Est afin de prendre le TGV pour rentrer chez lui.

En dehors de ses périodes d'activités (forts nombreuses au demeurant) Thomas Castle vivait paisiblement dans un petit domaine dans l'Est de la France avec sa maman, sa sœur Annie, ses chevaux, Inès (la belle chatte occicat spotted tabby de couleur fauve), Anna (une femelle chien loup tchèque de couleur grizzle) et depuis quelques semaines avec un petit dernier qui est arrivé : AgSongo jeune lévrier Azawakh bringé rouge, cadeau de son ami Touareg Al Hadji Ag Gamou (en fait le seul point positif de sa dernière mission au Mali…).

Par soucis de discrétion, personne (hormis sa maman qui a percé le secret il y a quelques années, mais un fils peut il cacher quelque chose très longtemps à sa maman ?…) dans son entourage, y compris sa sœur Annie, n'était au courant de ses réelles activitées.

Cette impossibilité de se confier à ses proches était d'ailleurs parfois difficile à supporter…

Officiellement il était représentant pour des Tours Opérateurs, ce qui expliquait ses fréquents déplacements à l'étranger.

« *Passer inaperçu dans le monde de l'ombre qu'ils ont choisi* » pourrait être la devise des agents de la DGSE.

Le voyage dans le TGV Duplex se passa bien (bien qu'un peu bas de plafond pour Thomas quand il était debout) ; après avoir appelé chez lui, pour donner son heure d'arrivée, il se réinstalla à sa place, un siège de couleur bleu ciel et Thomas Castle se remémora les évènements des dernières semaines…

Puis il regarda le paysage défiler à toute vitesse ; le panneau informatif affichait 313, puis 317 km/h.

Le TGV arriva à l'heure en gare de Colmar.

Sur le quai près de l'entrée il vit Annie, et se serrèrent longtemps dans les bras l'un de l'autre.

Puis ils se dirigèrent vers la voiture.

Castle mit son sac dans le coffre du peugeot 3008 de sa sœur.

Annie démarra et ils se dirigèrent vers le domaine familial.

Thomas Castle regardait sa sœur et écoutait les derniers potins qu'elle lui racontait.

Annie, mi-trentaine, cheveux raides blonds comme les blés, véritable garçon manqué, était comme à son habitude habillé en jeans et bottes avec un gros pull à col large.

Quand ils étaient enfants, Annie jouait avec lui au cow-boys et aux indiens plus souvent qu'avec des poupées…

Le trajet se passa sans encombres.

Thomas Castle était heureux quand enfin la voiture pénètra dans le domaine. Les pneus crissaient sur le gravier.

Ce petit domaine familial reçu en héritage, est appelé par les anciens *Das alte Schloss,* car au Moyen-Age il y avait, selon la légende, un château-fort qui au fil des siècles avait été totalement détruit.

Il ne reste de cette lointaine époque que des dépendances qui ont été réhabilitées, restaurées et modernisées par Castle, suivant ainsi l'exemple antérieur de sa famille.

C'était l'un des rares endroits où il se sentait bien, en compagnie de sa famille et de ses animaux : son petit coin de paradis !

Sa maman et sa sœur s'occupant du domaine pendant ses absences, de leurs 2 chevaux personnels et des chevaux qui étaient en pension. De temps en temps un ami venait aussi donner un coup de main.

Quand il sortît de la voiture il fût joyeusement acceuillit par Anna qui lui fît la fête et mit ses 2 pattes de devant sur ses épaules. Le jeune AgSongo remuait de la queue et de l'arrière-train tout en aboyant !

Après de longues minutes de caresses il prit son sac et se dirigea vers la maison suivi joyeusement par la meute exubérante. Après avoir ouvert la porte il pénètra dans la vaste entrée et vit Ines, elle miaula et remua du popotin, calcula son saut, prit son élan et fidèle à son habitude sauta sur l'épaule de Thomas Castle.

Dans une autre vie elle a probablement dû être un perroquet et Castle son pirate de maître !… Qui sait ?…

Une fois installée, son équilibre trouvé, la machine à ronrons démarra et elle frotta sa tête contre lui !

Thomas Castle se dirigea doucement vers la cuisine et alla embrasser sa maman.

– Bonjour Mamy, hum ça sent bon dit donc ! Aïe Inès, je crois qu'il est temps pour que je te taille les pointes des griffes, ça commence à piquer !...

– Bonjour mon grand.

Et après l'avoir serré tendrement dans ses bras et embrassé sur les 2 joues, elle lui dit :

– Oui, comme pour une fois tu m'as dit quand tu rentrais, je t'ai préparé un gateau marbré, je sais que tu les aimes.

Du coup Inès quitta l'épaule de Castle pour sauter sur la table et rejoindre doucement... le gateau et son délicieux fumet !

Anna voyant cela jappa un coup et du coup Inès quitta la table un peu dépitée en bougonnant...

Puis, après avoir coupé un morceau de gateau, Castle prit ses clés de voiture et se dirigea vers les écuries.

Il alla également dire un petit bonjour aux 2 chevaux pur-sang arabe. Hénissements et oreilles mobiles saluèrent son arrivé.

Il les caressa et leur donna des morceaux de pommes.

Puis il leur promis que le lendemain ils feraient une promenade ensemble.

Ensuite il se dirigea vers le garage, souleva une bache, découvrant ainsi sa voiture de collection, une citröen SM brun scarabé de 1973 (une des dernières produites) : un grand jouet pour un grand enfant !

Il sourit se baissa et ouvrit la porte, s'installa, mit le contact. Le grand voyant rouge central s'alluma au tableau de bord et elle démarra immédiatement ; du fait de sa suspension hydraulique elle se souleva, un peu comme un animal qui se réveille.

Il la laissa tourner quelques instant, puis l'arrêta, se promettant d'aller faire un tour avec elle dans les prochains jours.

Puis il retourna à la maison, alluma le feu dans la grande cheminée et donna un coup de main pour préparer la table après avoir ouvert une bonne bouteille de vin rouge Puysseguin-St Emilion 1983.

Le repas se passa tranquillement, Anna couchée dans son grand panier en osier, près de la cheminée et de sa douce chaleur, AgSongo couché sur le canapé (les azawakhs aiment bien leur petit confort) tourna la tête, dressa les oreilles et comme il est encore tout jeune cela lui donnait des plis sur le front…

Il vît arriver Inès qui se coucha et se blottit contre lui !…

Il ne dit rien et reposa la tête sur le canapé.

Thomas Castle regardait ce charmant spectacle en souriant.

Il continua à discuter avec les seuls 2 êtres qu'il aimait le plus au monde, depuis le décès tragique, il y a quelques temps, de Tracy Adler, artiste peintre, qui était la femme de sa vie…

Cette atmosphère paisible et sereine était si loin de celle qu'il avait connu, dans son job, il y a quelques semaines.

Mais également si loin de celle qu'il va connaitre dans quelques mois…

Mais ça il ne le savait pas encore !…

*

Gao, mars 2012

– Bien il en sera fait selon vos désirs ; je vais appeler le Colombien immédiatement ! dit Deity Ag Sidamou doublement tremblotant.

Cheikh Ag Awissa entouré de ses 6 moines soldats retourna vers les deux 4x4 qui attendaient devant la demeure du médiateur. Puis ils démarèrent sur les chapeaux de roues faisant claquer les drapeaux noirs au vent.

Les 2 policiers islamiques de faction devant le commisariat ne bronchèrent même pas.

Quand Ag Sidamou avait recu un sms en début de matinée lui intimant l'ordre de rester chez lui son cœur avait battu plus rapidement. Mais quand il entendit les 2 véhicules arriver et les moines soldats jaillir dans sa maison, il crut sa dernière heure arrivée.

Son cœur était toujours à plein régime quand il vit le Cheikh et qu'il lui donna ses instructions.

Mais là c'était parcequ'il pouvait déja commencer à penser à ce qu'il va pouvoir dépenser avec ses 200 000 $!...

Il prit donc fébrillement son téléphone satellitaire et appella le patron du Cartel « *Blancura Inocente* ».

A des milliers de km de là, une fois la communication coupée, Miguel Ramon était tout aussi heureux, 9 fois plus heureux pour être précis !!!

Il nota avec application les infos concernant le rdv (date, heure et lieu) qu'il expédia en un sms par le téléphone portable à carte prépayé que lui avait remis Ted West lors de leur rencontre à l'hotel et qui ne devait servir qu'une seule fois à cet usage unique, puis être détruit.

Le sms étant envoyé à un n° d'un portable également à carte pré-payé acheté tout comme l'autre à Mexico, càd totalement intraçable.

Le tout n'ayant pas pris plus de 5 mn.

*

Bogota, avril 2012

Cela faisait maintenant une ½ heure que Maria Gentil faisait son jogging hebdomadaire dans le Parc Municipal Simon Bolivar en écoutant de la musique grâce à son I-Pod Touch blanc.

Même si elle était suivi par les sbires de Miguel Ramon, ils ne devraient rien remarquer de spécial tant elle s'était évertuée d'adopter la même attitude depuis des semaines.

Elle courrait à présent sur un chemin en terre avec à sa gauche le *Lago Simon Bolivar*, « lac » étant peut être un qualificatif un peu pompeux pour juste une grande étendue d'eau dans un parc…

Elle tourna à droite puis de nouveau à droite, elle était maintenant en train de courir en petites foulées sur des pavés.

Il y avait sur sa gauche 2 poubelles et un grand lampadaire, puis enfin, cette fois çi, elle s'arrêta devant un banc.

Un simple banc avec 2 planches en bois pour dossier et une grande planche, un peu plus large, pour s'assoire et des pieds en fer. Elle resta assise quelques instants pour reprendre son souffle. D'autes joggeurs passaient devant elle, certains lui jettant un coup d'œil.

En face d'elle une grande étendue d'herbe avec plein de jeunes arbustes. Alors que derrière elle il y avait de nombreux arbres adultes. Au-dela c'était le lac et les canards qui barbottaient.

Sur sa droite une grande croix fine en bois surplombait cet endroit.

Maria Gentil y adressa une discrète prière, puis se pencha comme si elle reprenait son souffle avant de se lever et sa main droite caressa rapidement l'intérieur du pied du banc.

Elle se leva, fît quelques sautillements sur place puis repartît à droite, prenant ensuite l'embranchement à gauche.

Elle était à peine éloigné du banc, qu'un homme en short et tee-shirt arriva à son tour de l'embranchement de droite cette fois çi et s'asseya à son tour sur le banc. Il profita un moment du paysage, refît le lacet de ses chaussures de sport et repartit poursuivre son jogging.

Au bout de 5 mn Maria Gentil traversa la Plaza de Ventos, rejoignit sa voiture (une vieille Volkswagen Jetta hors d'age) qui était garé le long de la route.

Elle monta dans sa voiture, rejoignit la Calle 63, traversa le rond point et se dirigea vers la demeure de Miguel Ramon.

Demain une longue journée l'attendait.

*

Burt Watch fila directement à son bureau sans même prendre le temps de se changer.

Cela ne provoqua pas trop de surprises de la part de ses collaborateurs car cela lui arrivait de temps en temps.

C'est donc en tenu de joggeur qu'il s'installa à son bureau et insera la carte mini SD dans son ordinateur portable. Toutes les semaines il s'astreignait à cet exercice dans l'attente de ce moment…

Il lu le court texte, et visionna 3 photos de 2 hommes dans un hotel.

Burt Watch était le chef de l'agence de la DEA à Bogota ; par sécurité personne de l'agence ne connaissait la réelle raison de cet engoument hebdomadaire pour le jogging…

Il appella sur une ligne sécurisée John Malone au siège de la DEA à Arlington.

Il lui indiqua rapidement ce qu'il venait de voir et lui transmis par mail crypté en fichier joint le contenu de la carte mini SD pour identifier ces 2 hommes qu'il ne connaissait pas.

Puis il sortit la carte et la déposa dans son coffre fort.

*

New-York Aéroport JFK, avril 2012

Le cortège de voitures quitta la somptueuse résidence dans le quartier résidentiel new-yorkais de *l'Upper East Side*.

Il passèrent à coté de Central Park et le longèrent un moment pour ensuite se diriger vers l'aéroport JFK.

En tête, la Rolls Royce Phantom rallongée, de couleur noire, avec à l'intérieur Robert Goldhand accompagné de Ted West.

Il était venu de bon heure, directement de son domicile, un gigantesque duplex dans *Greenwitch Village*, en apportant la fameuse mallette.

Elle était suivi de la Cadillac Escalade noire avec les 2 gardes du corps qui seront du voyage c'est à dire Mr Black et Mr White.

Goldhand appuya sur un bouton et la vitre de séparation monta, isolant ainsi complètement l'arrière des oreilles du chauffeur.

Puis il alluma un de ses barreau de chaise préféré en provenance directe de la Havane.

Robert Goldhand était préoccupé.

Quand il a reçu le sms du colombien c'était l'excitation qui prévalait. Maintenant il était inquiet.

Il lui fallait attendre encore une dizaine d'heures afin de savoir si son plan serait accepté.

Or il n'a jamais été un modèle de patience !

C'était le plus gros coup de sa vie ; si son plan fonctionnait et il fonctionnera car il avait tout prévu, il recevra alors en retour un tsunami de dollars !...

D'où le nom de code choisi pour l'opération :

« *CORNE D'ABONDANCE !* »

Métaphoriquement c'est synonyme de source inépuisable de bienfaits.

Certes en lieu et place de fruits, de lait, de miel et d'autres aliments doux et sucrés, voire de pierreries et de fleurs, Robert Goldhand y voyait plutôt une source inépuisable de dollars !

Effectivement s'il n'a pas la main verte pour les fleurs, il l'a plutôt pour les billets verts de l'oncle Sam !...

Il y a consacré tant de temps et d'énergie, a gardé un secret absolu, n'en a parlé à personne sauf à West.

Même le patron colombien du Cartel « *Blancura Inocente* » Miguel Ramon ne connaissait qu'une infime partie du plan.

Sachant que Ramon était en relation avec les djihadistes d'Al-Qaïda au Mali et comme le trafiquant colombien versait un pourcentage à une des ses firmes, afin qu'il puisse en toute tranquilité déverser des tonnes de cocaïne aux USA, Goldhand a dû se résoudre à lui demander un service, payant bien sur.

C'est grâce à son intermédiaire qu'avait pu être organisé cette rencontre, contre-nature, à Tombouctou avec les Emirs djihadistes où devaient être présent :

Le chef officiel de Ansar Dine : Iyad Ag Ghaly.

Le théoricien et tête pensante : Abdel Ag Akory surnommé « *Triple A* ».

Et surtout Nabil Jazaïri (ancien militaire algérien) qui faisait le lien entre Ansar Dine et AQMI dont le chef Abdelmalek Droukdel devait également être présent.

Robert Goldhand regarda Ted West et lui demanda :

– *Vous avez fait le nécessaire pour Mr Ramon ?*

– *Oui Monsieur, dans le coffre de la voiture il y a la mallette avec les 2 millions de $ demandés !* répondit il.

Quand West lui avait exposé son idée afin de règler le problème Ramon, Goldhand fût ravi.

Simple, net et sans bavure comme il aime !

Diabolique ! Mais génial ; il regretta de ne pas y avoir pensé lui même !

Qu'est ce que c'est la perte de 2 millions de $ si cela vous permet de gagner des centaines de milliards de $!

C'est ce qu'il avait répondu à West lorsqu'il lui avait demandé si sa solution lui posait un problème.

Du coup en veine de générosité, il demanda à Miss Pipa Mantis de transférer à Ted West une prime d'un montant identique sur un de ses comptes dans les Iles Caïmans.

Il faut toujours encourager les bonnes initiatives et motiver les troupes !...

Le convoi arriva au portail de l'aéroport de JFK.

Robert Goldhand n'avait pas besoin de passer par l'entrée principale officielle, comme le commun des mortels ; lui avait le droit (ou se l'était arrogé) de passer par l'arrière et pouvait ainsi se rendre directement à son Jet sans quitter sa voiture.

Le vigile, un vieux black du Bronks, s'approcha et Goldhand fît descendre la vitre fumée.

– *Bonjour Marty, ça va bien aujourd'hui ?* demanda Goldhand avec le sourire.

En reconnaissant Goldhand et le passager, le vigile sourit, le remerçia (c'est grace à lui qu'il avait obtenu ce poste il y a quelques années) et lui souhaita un bon voyage avec son vieil accent chantant du sud.

Puis il fit ouvrir le portail et les 2 véhicules filèrent sur le tarmac vers l'avion de Robert Goldhand, un Falcon 900LX, dont les 3 réacteurs tournaient déja au ralentie.

Les 2 pilotes et l'hôtesse se tenaient au pied de la passerelle.

Les 2 véhicules s'arrêtèrent devant l'appareil.

Robert Goldhand salua les pilotes, puis donna une tape sur les fesses de l'hôtesse avant de grimper à l'intérieur, suivit de West portant l'onéreuse mallette.

Ainsi que les 2 gardes du corps qui font très « Men in Black » avec plus de muscles et surtout une artillerie plus conséquente (pistolet Glock 17 et fusil d'assault HK 416) !…

La porte se referma et une fois installée sur les sièges confortables et les ceintures bouclées, le Falcon roula vers la piste et décolla.

L'hôtesse souriante eut un mot gentil pour tout le monde.

Un vol de 10 heures et 7343 km pour l'amener à l'aéroport de Tombouctou au Mali.

*

Au même moment à quelques milliers de km de là sur l'aéroport de Bogota, décolla un Gulfstream G550 avec à son bord Miguel Ramon, son frère Esteban et 2 gardes du corps féminins.

Miguel Ramon avait été tant impressionné par les amazones du, feu, Colonel Kadhafi qu'il en intégra 2 dans son équipe de protection personnelle.

Miguel Ramon était très satisfait de ce voyage.

Certe un peu long mais faire 7830 km et toucher 2 000 000 $ (moins 200 000 $ de commission à Deity Ag Sidamou son interlocuteur habituel) pour faire se rencontrer quelques personnes.

Ces gringos sont fou !

Il regretta de ne pas avoir demandé plus !…

Il se resservit une rasade de whisky, pendant que son frère se faisait une ligne de cocaïne.

Puis ils discutèrent sur la prochaine expédition de cocaïne en direction des Etats-Unis.

La méthode qu'ils utilisaient depuis plusieurs mois donnait toute satisfaction.

Non seulement ils arnaquaient les gringos, mais en plus les américains ne s'en rendaient même pas compte !…

Le bonheur !…

Maria Gentil était assise un peu en retrait, l'esprit ailleurs…

*

Chapitre 2

CORNE D'ABONDANCE…

Aéroport de Tombouctou, avril 2012

Depuis de longues années, la partie Nord du Mali était sous l'autorité des djihadistes de différents groupes islamistes : Mnla, Ansar Dine, Mujao, Aqmi.

Alliés de circonstances, mélange de laïcs, d'intégristes religieux, à la fois trafiquants de drogues, d'armes, preneurs d'otages occidentaux etc…

Le Falcon 900LX arriva en vu de la piste, il fit d'abord un tour, puis sortît son train et entama sa phase d'atterrissage.

Mike South, le pilote, se concentra d'une manière intense car ce n'était pas les meilleures conditions pour poser ce type d'avion. Même si le Falcon, dernier-né de chez Dassault, se pilotait comme un jet, ce n'était quand même pas comme le F16 qu'il pilotait il y a quelques années !…

Il faut quand même un peu plus de doigté et de finesse surtout sur une piste d'atterrissage qui tient plus de la piste de brousse que de l'aéroport JFK !

Reverses à fond, les 3 réacteurs hurlent !…

A l'intérieur de l'avion nul ne disait mot…

Robert Goldhand ne manifestait aucune crainte tout comme Ted West d'ailleurs.

Ce qui n'était pas le cas des messieurs Black et White, dont les mains étaient crispées sur les accoudoirs !…

Surtout Sam White qui, originaire du Wisconsin et bien que charpenté, mi-homme mi-sapin, du coup, n'appréciait que modérément de quitter le plancher des arbres !…

Puis enfin l'avion ralentit et s'arrêta, puis il se dirigea vers les baraquements qui servaient d'aérogare.

Immédiatement arrivèrent une dizaine de pick-up Toyota armés de canons de 14,3 mm à l'arrière, ainsi que 3 Range Rover flambant neuves, arrivées directement du port d'Alger par un tortueux cheminement !

Les hommes, des soldats djihadistes armés de Kalachnikov et de lances roquettes RPG, pour certains couvert de bandes de munitions pour mitrailleuses, se précipitèrent autour du Falcon 900LX en vociférant.

La porte s'ouvrît et Robert Goldhand en chemise ouverte, ayant laissé sa veste dans l'avion, descendît les marches suivit de Ted West et des 2 gardes du corps.

Au même moment un point grossit dans le ciel ; tout le monde se retourna et regarda.

Le Gulfstream G550 apparu à son tour.

Excellent timing, pensa Robert Goldhand.

Miguel Rodriguez, le pilote, suait à grosses gouttes et mâchouillait un cigarillo éteint, signe d'une énervement certain.

Ancien pilote militaire de l'armée de l'air colombienne, il volait avant sur IAI Kfir, le clone israélien du Mirage 5 français. Mais il était bien plus doué pour les filles que pour le pilotage, d'où son surnom « *El Castor* » !…

Le Gulfstream toucha le sol un peu trop long et l'avion faillit sortir de la piste !…

– *Madre de Dios !* dit-il une fois l'avion arrêté, les mains tremblotantes sur le manche…

Puis il alla rejoindre le Falcon et une fois à coté de lui, éteignit ses réacteurs.

Aussitôt une demi-douzaine de soldats vinrent avec un immense filet de camouflage recouvrir les 2 jets, les rendant ainsi totalement invisible du ciel !

Puis ils refirent le plein des 2 appareils.

Entre temps les frères Ramon descendirent de l'avion suivi de leurs amazones.

Ce qui provoqua son petit effet de surprise chez les combattants enturbannés…

Robert Goldhand se dirigea vers Miguel Ramon et ils se serrèrent la main. C'était la 1ère fois qu'ils se rencontraient.

Puis après les politesses d'usage il fît un signe de la main à West qui remit alors la mallette à Esteban Ramon.

Le Colombien ne fit pas l'affront de compter : on était entre gentlemen !

Puis Miguel Ramon se dirigea vers Deïty Ag Sidamou qui était accompagné du Cheikh Ag Awissa et leur présenta Robert Goldhand.

Formules de politesses réciproques…

Bien qu'étant en chemise ouverte l'homme d'affaires commençait à transpirer fortement car à 18 h il faisait encore un bon petit 35°C !

Ted West habitué à l'Irak restait imperturbable…

Le Cheikh Ag Awissa donna le signe du départ : il monta dans le premier Range Rover avec Goldman et West.

Dans le deuxième il y avait les 2 Colombiens avec Deity Ag Sidamou (qui reçu, pendant le trajet vers la résidence, sa commission).

Dans le troisième véhicule se retrouvaient les 4 gardes du corps. Mr Black étant à l'arrière entre les 2 amazones colombiennes et Mr White à l'avant.

Jack Black était aux anges, il se sentait enfin très proche de Maria Gentil et colla innocemment sa jambe contre la sienne !…

Sam White était aux enfers, il aurait aimé être à la place de son collègue, lui devant se contenter du chauffeur, un combattant de Ansar Dine bien moins sexy, équipé d'un chèche et de Ray Ban !…

Le convoi entouré des pick-up armés de canons sur la plate-forme ou remplis de soldats armés jusqu'aux dents, démarra en trombe avec les éternels drapeaux noirs flottant au vent…

Les véhicules se dirigèrent dans Tombouctou sans rencontrer âme qui vive, ne laissant derrière eux qu'un tourbillon de poussières.

*

Tombouctou, résidence de Iyad Ag Ghaly

Le convoi arriva rapidement à destination, les 3 Range Rover se dirigèrent vers l'entrée de l'immense maison laissant le reste du convoi devant le portail.

Ancien « pied à terre » du Colonel Kadhafi et actuelle résidence secondaire du chef de Ansar Dine, c'était véritablement une résidence somptueuse.

Une fois arrivé devant la maison, tout le monde descendit des voitures. Cheikh Ag Awissa conduisit tout son petit monde à l'intérieur, puis dit en regardant Robert Goldhand :

– Avant d'entrer vous devez éteindre et donner vos portables ainsi que vos armes, seulement Vous et votre collaborateur. Les autres iront dans la pièce à coté où du thé leur est offert et attendront.

Goldhand éteignit son I-Phone et le remit à un soldat de la katiba avec celui de Ted West qui se sépara à regret de son pistolet (un Désert Eagle avec silencieux).

Puis ils entrèrent dans la pièce.

C'était une vaste pièce très éclairée, faiblement meublée, hormis un très grand miroir, mais avec des tapis précieux et des coussins en quantités.

Il régnait une odeur enivrante et persistante d'encens.

Aux 4 coins de la pièce étaient assis en tailleurs 4 moines soldats en tenue sable, les plus fidèles et les plus dévoués, tenant fermement leur Kalachnikov canon fixé vers le plafond.

Fixant les 2 mécréants avec des yeux méchants tels des renards surveillant un poulailler, n'attendant qu'un signe de leur chef afin de tuer ces infidèles !…

Au milieu du groupe de personnages assis en tailleurs qui observait les 2 Américains, il y avait, dans sa tenue blanche immaculée, Iyad Ag Ghaly, maître des lieux et chef de Ansar Dine, toujours aussi bedonnant et à la barbe bien taillée, mais sans ses lunettes noires pour une fois.

A sa droite s'était installé son bras droit Cheikh Ag Awissa et à sa gauche était placé Abdel Ag Akory (alias *Triple A*) véritable tête pensante de Ansar Dine.

Puis on trouvait Mohamed Moussa Ag Mohamed (l'idéologue de Ansar Dine et responsable de la Police Islamique de Tombouctou) version islamique du « Commissaire Politique Communiste », puis Abdelmalek Droukdel (chef de Aqmi) ainsi que son homme de confiance Nabil Jazaïri (ancien militaire algérien).

Une fois tout le monde confortablement installé on leur distribua la traditionnelle tasse de thé.

Il régnait un silence de mort que seul le bruit du versement du thé dans les tasses parvenait à briser, ainsi que le chuintement discret de la climatisation en bruit de fond.

Robert Goldhand essaya de trouver une position confortable, que jamais il ne trouva…

Ted West lui avait fournit les dossiers détaillés de tous les interlocuteurs qu'il avait en face de lui.

Il les avait encore étudié une dernière fois pendant le vol.

Il les connaissait maintenant aussi bien que les services de renseignements américains.

La CIA aurait probablement payé un pont d'or pour être au courant de cette réunion et y faire participer en « Guest Star » un drone MQ-1B Predator, avec sous ses ailes 2 missiles Hellfire !…

Après avoir bu une gorgée du thé brûlant et trop sucré, qu'il faillit recracher tant il était mauvais, Robert Goldhand regretta de ne pas avoir un verre de cognac ; en demander un, même avec le sourire, aurait été probablement particulièrement maladroit !…

Il regarda lentement les différents protagonistes.

Puis, après avoir commencé par une longue formule de politesse en arabe (apprise par cœur bien évidemment…) il leur exposa son plan : son grand oral venait de débuter !

De temps en temps il était interrompu par l'un ou l'autre des chefs djihadistes qui lui demandait une précision.

Questions auxquels il répondait immédiatement sans hésiter tant il avait bossé son sujet.

– *Quelles bandes de ploucs, j'avais bien prévu ces questions bandes de nazes, vous me prenez pour qui. Dieu que c'est dur d'être modeste quand on a toutes les qualités !…* pensa t-il en son fort intérieur

Ted West assis plus confortablement en tailleur (il avait l'habitude pendant son engagement en Irak de ces interminables palabres avec les chefs des tribus) était un peu en retrait à droite de son patron.

Il regardait la scène en étant fasciné par le talent de Goldhand.

– *Ce type est un génie diabolique !* se surprit il à murmurer…

Alors qu'au début, quand dans son bureau Robert Goldhand lui avait exposé les grandes lignes de son plan, il y a maintenant quelques mois, il ne lui avait pas semblé réaliste ni réalisable.

Mais là maintenant en assistant à cette réunion il se dit que son boss est en passe de réussir.

Incroyable il vendrait de la glace à des Inuits et au prix fort encore !!!

Abdelmalek Droukdel était le seul qui écoutait sans manifester aucune émotion, se contentant régulièrement de boire de petites gorgées de thé ou de grignoter des amandes.

Tout à coup après un instant de réflexion il discuta en arabe avec les autres chefs djihadistes.

Puis après leur accord il se retourna vers Goldhand et lui demanda un « petit service » en échange de son accord et de la coopération des autres pour la réalisation de son plan, suivant ses modalités.

Il l'expliqua avec force détails à Robert Goldhand, qui cette fois-çi fût surpris. Néanmoins il accepta en disant :

– Mr West règlera cette demande sans problème dès que vous aurez exécuté les 2 premières phases de mon plan !

– Inch Allah ! Qu'Allah soit avec nous et nous place sous sa divine protection ! conclu Iyad Ag Ghaly

Abdelmalek Droukdel souriait ravis, il venait de gagner 80.000,- $ très rapidement et sans faire le moindre effort !…

C'est sur ces bonnes paroles que la réunion se termina, elle avait durée près de 3 heures.

Robert Goldhand était satisfait, car ils avaient accepté son plan ainsi que ses conditions.

Du coup il s'était vu remettre le n° de téléphone satellite du Chef de Ansar Dine.

Indispensable pour la suite des évènements !

Les 2 hommes sortirent de la pièce, récupérèrent leurs portables et l'arme de West ; puis suivant le Cheikh Ag Awissa le groupe américano-colombien quitta la vaste demeure.

Chacun réintégra rapidement les Range Rover.

Le convoi fila donc en pleine nuit vers l'aéroport, traversant Tombouctou à toute allure sans rencontrer âme qui vive, ni beaucoup de lumières d'ailleurs !

Tout le monde repartait car ni les Colombiens ni les Américains n'avaient envie de faire du tourisme.

Deïty Ag Sidamou repartait également de nuit dans son 4x4, avec ses 4 gardes du corps cette fois çi, car il ne voulait pas risquer de perdre sa commission et sa vie en restant passer la nuit à Tombouctou…

Les gens sont si envieux … et le désert si vaste !

*

Une fois les blancs infidèles partis, une porte s'ouvrit et Abdoula Mohamed apporta respectueusement à son chef le DVD de l'enregistrement vidéo de la réunion.

Une caméra derrière la vitre sans teint du grand miroir ainsi que des micros dans la pièce permirent de ne rien perdre des propos de cette réunion secrète.

Kadhafi étant devenu complètement paranoïaque il avait équipé chacune des ses nombreuses maisons de part le monde de moyens sophistiqués d'écoutes et d'enregistrements.

L'enregistrement de cette réunion secrète et de son projet en corollaire, était une idée de Abdel AgAkory car s'il ne connaissait pas au départ le plan de l'Américain, il savait qu'il n'avait aucune envie de satisfaire totalement cet infidèle, mais plutôt de le doubler, de le faire chanter et lui prendre ainsi des millions de dollars !

Ainsi il serait gagnant sur tous les tableaux.

Et puis voler un voleur quand en plus c'est un mécréant, ce n'est pas voler ; Allah sera en plus satisfait de cette bonne action !

Mais globalement les chefs islamistes étaient tous favorablement impressionnés par le plan de cet infidèle ; ils durent bien admettre qu'il aurait mérité d'être musulman.

Allah le miséricordieux l'est parfois trop peu !…

Jamais ils n'auraient pensé se lancer dans une telle aventure, en tous cas si vite ; sauf peut être la partie du plan concernant l'attaque générale du Mali !

Iyad Ag Ghaly (suivant le conseil de « *Triple A* ») proposa donc à l'Emir de AQMI, c'est à dire Abdelmalek Droukdel, une nouvelle rencontre à Tombouctou avec cette fois çi l'Emir du MUJAO, à savoir Hamada Ould Mohamed Kheirou, afin, au vu de leurs intérêts communs, de créer une alliance stratégique entre groupes réellement islamistes.

Excluant ainsi de facto les rebelles laïcs touaregs du MNLA.

Cette rencontre devant avoir lieu très rapidement, ce sera donc pour le mois prochain.

*

Falcon 900LX, en vol arrivant au-dessus de l'Atlantique

Ce n'est qu'une fois l'avion en vol que tous poussèrent un soupir de soulagement.

Oh bien sur, le retour sur l'aéroport s'était passé sans encombres.

Des soldats ôtèrent le filet de camouflage qui recouvrait les avions, puis les pilotes après avoir fait leur check-list mirent les réacteurs en route et les avions se placèrent, à la queue le leu, pour le décollage.

Avant de monter dans leur avion, les Américains remercièrent encore les Colombiens pour leur aide précieuse, puis chacun monta rapidement dans son jet respectif.

Néanmoins tous avaient une petite appréhension quant à une éventuelle action retors de dernière minute de leurs si charmants hôtes…

Rien de tout cela heureusement.

Une fois le train d'atterrissage rentré et les ceintures débouclés, Robert Goldhand se servit un énorme verre de cognac et en bu une grande gorgée.

Que c'était bon !…

Il avait la gorge sèche et en feu à cause de ce fichu thé !

Ted West demanda à l'hôtesse un verre de champagne et le bu avec délectation.

Puis il se dirigea vers le poste de pilotage il devait donner des consignes au pilote.

Les 2 avions se dirigeaient de concert vers l'Atlantique.

Quelques temps plus tard ils se sépareront l'un allant vers le Nord l'autre vers le Sud.

Après avoir allumé un de ses éternel cigare Robert Goldhand, tout en buvant son cognac, prit le petit boîtier donné par Ted West.

– *Mr West, vous êtes sur que cela fonctionnera ? le signal sera bien capté ?*

– *Absolument Monsieur. J'ai demandé au pilote de suivre le Gulfstream des colombiens afin qu'il n'y ait pas de problèmes de portée. La mallette contenant l'argent est en fait constitué de C4 un puissant explosif ; elle est forcément à proximité des Ramon. Quand elle explosera, vu l'altitude de l'avion, ils disparaîtront tous* définitivement.

– *On verra l'explosion ?*

– *Oui !*

Avec un sourire de satisfaction Robert Goldhand, tira une bouffée sur son cigare, appuya la tête de l'hôtesse sur son sexe en érection, afin qu'elle accélère sa prestation avec une science appliquée et maîtrisée, et appuya sur le bouton du boîtier après avoir ôté la sécurité.

Il vit alors un éclat orangé illuminer le ciel au-dessus de l'Atlantique et… éjacula dans la bouche de l'hôtesse !!!

Le bonheur complet !…

C'est en voyant l'hôtesse se pencher pour servir du champagne à West qu'il eut l'idée de cette petite récréation sexuelle, la conjonction de l'explosion et de la gâterie lui ont apporté un plaisir décuplé !

Ancienne actrice de film X, Tiffany Suking avait toujours rêvé d'être hôtesse de l'air. En travaillant pour Goldhand elle était non seulement très bien payée, mais en plus pouvait concilier les 2 avec grâce !…

Robert Goldhand avait décidé de se débarrasser des Ramon car il n'avait aucune confiance en eux et l'ayant vu personnellement ils pouvaient éventuellement représenter une menace potentielle.

Le secret le plus absolu devait entourer son plan.

Celui là encore plus que les autres.

C'est pour cela qu'il avait chargé West de trouver un successeur à « *El Toro* ».

Ce que Mr West fît comme à son habitude avec beaucoup d'efficacité. Tout s'étant finalisé la semaine dernière, lors d'un voyage express de Ted West à Miami, en toute discrétion bien sur.

En plus le nouveau patron du Cartel, Edouardo José, désigné par West pour prendre la place des Ramon, avait été tellement heureux d'être le nouveau Boss qu'il a accepté, en remerciement, de verser à Goldhand une commission supérieure pour chaque tonnes de cocaïne entrant aux USA !

Comme quoi une bonne action est toujours récompensée !…

Bref une bien belle journée comme on aimerait en avoir plus souvent, qui valait bien 2x 2 millions de dollars !

Il restait juste à Ted West à satisfaire la demande originale du chef de d'AQMI, une fois que les islamistes auront exécuté les premières phases de son plan, vers la fin de l'année normalement.

Tuer un homme, même un ancien Navy Seal, n'est que peu de chose finalement.

La fatigue devint si pressante, qu'il s'endormit sur ces bonnes pensées pleines de bon sens !…

*

Désert du nord Mali, mai 2012

Nabil Jazaïri et son chauffeur roulaient depuis plusieurs heures en direction du nord et de la frontière algérienne qu'ils franchiront discrètement de nuit car si elle n'était pas imperméable il valait mieux être prudent et limiter les risques.

Son chauffeur était accroché au volant de la vieille Land Rover Defender, hors d'âge, bonne pour la casse et pièces dans tous pays civilisés, qui a retrouvé une 2e ou plutôt même une 3e jeunesse dans le désert africain !…

En plus d'être discrète, plus en tout cas que les sempiternelles Toyota Land Cruiser, car elle ne payait pas de mine.

Elle permettait ainsi à Jazaïri de passer relativement inaperçu, ce qui était primordial pour la réussite de sa mission.

Il allait devoir être particulièrement prudent, car la DRS l'ex-Sécurité Militaire algérienne avait mis sa tête à prix.

Heureusement, ancien militaire, il avait gardé de solides et sérieuses amitiés et relations, au sein de l'armée, qui vont se révéler très utile.

Il avait pu assister à la réunion des Emirs à Tombouctou : c'était un insigne honneur car son rang au sein de AQMI ne le permettait normalement pas.

Tout avait été planifié quant à la réussite du plan de l'Américain lors de cette réunion au sommet.

C'est Abdelmalek Droukdel lui-même qui avait suggéré de confier cette mission à Jazaïri du fait de son dévouement à la Cause et à ses relations dans l'armée algérienne.

Nabil Jazaïri était très fier de cette marque de confiance.

Il avait conscience que si cette partie du plan échouait, s'en était fini de l'ensemble du plan…

Il savait déjà à qui s'adresser : 2 combattants prêt à tout pour la cause de Allah, qui telles des taupes endormies ne demandaient qu'à se réveiller !…

Mais il devait les rencontrer personnellement, pas de coup de fil, ni de messagers. C'était trop important. Juste un mail banal et codé afin de les convoquer dans un lieu neutre.

Cela nécessitait presque 2 jours de voyage, 2 200 km de route ce n'est pas rien…

*

L'ATR72-500 7T-VUJ, de couleur blanc avec une bande rouge tout le long du fuselage, d'Air Algérie en provenance d'Alger, commençait lentement sa descente vers l'aéroport de In Salah situé à 7 km au Nord-Est de la ville.

Charmante bourgade, située au milieu de nulle part, au centre sud du Sahara algérien dans le Tidikelt.

Une fois au sol et les 2 moteurs à hélices arrêtés, la quinzaine de passagers descendit par la passerelle.

Parmis les passagers, 2 hommes ne venaient pas dans ce trou perdu, au bout du monde, pour faire du tourisme ou voir des membres de leur famille.

Les 2 hommes ne se connaissaient pas.

Le cloisonnement est une question de survie quand on est Islamiste.

Ils prirent donc un taxi collectif qui les conduisit, sous une chaleur encore importante malgré que l'on soit en fin d'après-midi, vers la ville soit à 7 km de là.

Le paysage était uniforme : un vaste désert ocre et plat sans végétation, un véritable paysage lunaire.

Une fois arrivé à In Salah, le taxi collectif les déposa près de la porte de la ville, vaste monument de couleur claire ; une mobylette bleue était garée à coté, cela apportait une touche de couleur !

Plusieurs personnes, dont des femmes, les bras chargés de sacs, descendirent.

Boualem Mouloudjeli et Ahmed Noureddine montèrent les quelques marches du large escalier et se dirigèrent vers le centre de la rue.

Quelques palmiers, premières traces de végétation, bougeaient au gré du vent.

Ils marchaient l'un derrière l'autre comme s'ils ne se connaissaient pas.

Boualem Mouloudjeli est lieutenant et pilote d'avion de transport dans l'armée de l'air, des Casa 295.

Ahmed Noureddine est sous-officier parachutiste.

Une fois arrivé devant une porte anonyme ils s'arrêtèrent, se regardèrent pour la première fois et donnèrent 3 coups à la porte.

Un vieil homme tout ridé et courbé vint leur ouvrir, et s'effaça pour les laisser entrer.

Ils se dirigèrent vers une petite pièce quasiment sans meubles à part une table et 3 chaises qui avaient connu une vie meilleure au temps de la présence française…

Nabil Jazaïri se leva va alla vers eux et les étreignit chacun longuement. Cela faisait quelques heures qu'il était arrivé et avait peur qu'un problème inattendu ne compromette la réunion.

Ils s'installèrent autour de la table, le vieil homme leur offrit du thé et des dattes.

Nabil Jazaïri leur exposa le plan et ce qu'il attendait d'eux.

Les 2 soldats algériens répondirent positivement et affirmèrent que c'était un honneur d'avoir été choisi pour cette mission.

– Oui mon Frère, nous sommes prêts à agir et puisse Allah le Miséricordieux être avec nous, alors nous réussirons ! dirent les 2 militaires en chœur.

« Frère » Jazaïri souriait ravis et soulagé.

Il ne s'était pas trompé en choisissant ces 2 là !…

Il leur répéta donc le plan, répondit à quelques questions et leur indiqua que l'action aurait lieu dans quelques mois.

Tout était méticuleusement préparé, ne laissant aucune place à l'improvisation.

Une fois que tout a été réglé, et après une dernière accolade Nabil Jazaïri appela son chauffeur. Il avait décidé de partir immédiatement pour retourner au Mali.

Les 2 hommes repartiraient tranquillement le lendemain matin par le 1er avion.

Ils ne devaient plus se revoir avant le jour J.

*

Washington, juin 2012

Il était 10 h au siège de la DEA à Arlington, et la réunion au sommet commença.

Quatre personnes se trouvaient réunit dans le bureau de Michele Leonhart.

En plus de l'Administrateur de la DEA, nommée par Obama en 2010, se trouvait autour de la table d'autres personnes de hauts rangs :

il y avait son adjoint & Chef des Opérations Michael L. A. Braun, également John Malone responsable de l'opération *Blancura Inocente* et Burt Watch chef de l'agence de la DEA à Bogota.

Burt Watch se remémora les dernières semaines : l'absence de nouvelles de Maria Gentil à son retour de son mystérieux voyage. L'inquiétude qu'elle ait pu être démasquée et enfin la surprise du changement à la tête du Cartel…

Tout cela entraîna cette réunion au sommet, cette opération étant considérée comme étant prioritaire pour Michele Leonhart.

John Malone, du fait de sa légère ressemblance avec Horatio Caine de la série « *Les Experts Miami* », était surnommé par ses collègues « *Horatio* ».

Cela n'avait d'ailleurs pas toujours que des inconvénients, car cette légère ressemblance avec l'acteur David Stephen Caruso lui avait permis quelques conquêtes féminines bien agréables.

« *Horatio* » John Malone pris donc la parole en premier et fît son rapport à propos de l'opération « *B. I.* » en illustrant ces propos par des photos qui se projetaient sur le grand écran.

– Nous avons perdu le contact avec notre agent infiltré, Maria Gomez, qui était dans le premier cercle des frères Ramon. Son dernier message dans une boite aux lettres mortes (au pied d'un banc dans le parc Simon Bolivar à Bogota) nous apportait 2 informations très importantes :

> *d'une part elle nous indiquait son départ le lendemain avec les frères Ramon et une autre garde du corps, pour un voyage aller-retour au Mali et d'autre part elle nous a re-*

> *mis des clichés de 2 hommes, pris avec son briquet Zippo modifié, lors d'une réunion secrète à Mexico dans un hotel, quelques semaines plus tôt.*
> *Il s'avère que le Gulfstream G550 a bien décollé de Bogota et d'après les photos satellites il est bien arrivé à Tombouctou. Il en a re-décollé quelques heures plus tard…*
> *Un autre appareil de type Falcon y était également.*
> *Le Gulfstream n'est jamais revenu à Bogota.*
> *Aucune balise de détresse ne s'est déclenchée ni aucun SOS n'a été émis. La météo était optimale et l'avion, très récent, correctement entretenu.*
> *C'est à présent Edouardo José qui est « le patron de la boutique ».*

Michaele LA Braun prit la parole et demanda s'il avait pu saboter l'avion pour être le nouveau Boss.

– *Non Edouardo José est un primitif, pour lui la vie c'est l'alcool et les femmes. Jamais il n'aurait eu le courage. ON l'a mit à ce poste !* dit Burt Watch.

– *Comment ça « ON l'a mit à ce poste » ?* demanda Michele Leonhart.

– *Les précédentes informations de notre agent nous ont signalé que les frères Ramon avaient aux USA un interlocuteur de très haut rang, appelé Monsieur X !* dit John Malone.

Après s'être raclé la gorge il fît apparaître sur l'écran la photo de West & Black prise à l'hôtel Mexicain.

– *Notre agent nous a transmis ces clichés ; nous avons fait chauffer nos ordinateurs, puis ceux de la NSA et nous avons finalement pu mettre des noms sur ces visages : le garde du corps s'appelle Jack Black, ancien Sergent chez les Marines, le personnage au 1er plan s'appelle Ted West, ancien Commandant chez les Deltas Forces américaines. Ils étaient ensemble en Irak.*

– *C'est donc lui le fameux Monsieur X ?* demanda Burt Watch

– Non ces 2 hommes travaillent pour… Robert Goldhand dit John Malone dans un souffle, comme s'il avait prononcé un blasphème devant une assemblée de cardinaux au Vatican.

Michele Leonhart qui était entrain de boire un verre d'eau, avala de travers et faillit s'étouffer quand elle entendit le nom !

– Vous savez de qui vous parlez ? C'est impossible, Robert Goldhand est un grand patriote, il connaît tous les présidents des Etats-Unis quasiment depuis Richard Nixon. Il a la moitiée du Sénat qui lui mange dans la main !… dit-elle une fois qu'elle a pu retrouver son souffle.

– Cela ne nous dit pas ce qu'ils sont allés faire au Mali. dit Michael LA Braun, histoire de faire baisser la tension.

John Malone leur indiqua que les Cartels Colombiens et particulièrement « *la Blancura Inocente* » expédiaient de grandes quantités de drogues pour l'Europe via le Sahel et le Mali. Les Djihadistes prenaient un droit de passage et assuraient la protection du fret.

– Le fait que Maria Gomez, alias Gentil, ait indiqué un simple aller-retour et la présence d'un autre avion inconnu, peut laisser penser à un rendez-vous pour une réunion ! conclu t-il

Michael L.A. Braun dit alors :

– Ce qui nous intéresse c'est l'activité du Cartel aux Etats-Unis, leurs autres activités sont secondaires. Il faut que vous déterminiez de manière certaine qui est ce Monsieur X, il se peut très bien que West travaille pour son propre compte et se sert de Monsieur Goldhand pour se protéger ; il faut que vous stoppiez le flux de drogues du Cartel aux Etats-Unis, c'est une priorité du Président Obama, le reste n'est pas important.

Michele Leonhart pris alors la parole et donna ses consignes afin que l'enquête de l'agence aille dans ce sens prioritairement.

La réunion était close et tout le monde se sépara.

John Malone parla encore un peu avec Burt Watch et lui donna la marche à suivre à Bogota.

Puis il prit l'ascenseur et se mit à réfléchir.

Les consignes de l'Administrateur de la DEA lui laissaient un goût amer dans la bouche, un goût d'inachevé.

Il était intimement persuadé que West n'était qu'un simple lampiste, et que le vrai patron dans cette histoire de drogue est Robert Goldhand. Mais pour l'instant, sans preuves en béton armé, il était intouchable.

Mais Al Capone, aussi, se croyait intouchable…

Il avait un bon ami, bien placé au FBI, Franck Outlaw ;ça ne s'invente pas !

La Vie a parfois un sacré sens de l'humour…

Et il se mit à composer son numéro.

Il l'invita à déjeuner le lendemain.

*

Franck Outlaw gara sa Ford Taurus, couleur grise, de fonction devant la *Franklin School* sur la 13th Street NorthWest à Washington DC, où miraculeusement une place se libéra à son arrivée.

Il versa son obole au parcmètre. Pas de passe-droit même si l'on travaille au FBI…

Puis il traversa la rue et se dirigea d'un bon pas vers le *Franklin Park.*

Il passa à coté de jets d'eau, qui au milieu des grands arbres étaient très prisé par les enfants.

Il se dirigea vers un banc, il en choisi un pas trop loin de corbeilles. John Malone l'avait invité à déjeuner et il se doutait du menu…

Franck Outlaw ressemblait à John Shaft, dont c'est le personnage de détective préféré (il a d'ailleurs une affiche du film dans son bureau) version Samuel L. Jackson avec le bouc bien taillé et le crane chauve.

Même son chapeau était le même que celui du film !

Il a fait toute sa carrière à New York, puis suite à la brillante réussite de sa dernière enquête, il a eu une belle promotion et l'obtention de ce poste envié à Washington : Supervisory Special Agent, c'est à dire un Agent Spécial Superviseur, il n'avait de compte à rendre qu'au Directeur.

Toutes les enquêtes sensibles lui sont à présent dévolues.

Il a en plus troqué dès qu'il l'a pu, comme il l'avait fait à New York, le traditionnel costume/chemise cravate passe partout du FBI, par le costume/pull col roulé de John Shaft !...

Une sacrée singularité à Washington très conservateur...

John Malone gara sa Chevrolet Impala bleue nuit, le long du trottoir de la K Street North West.

« *Horatio* » ôta ses lunettes de soleil et se dirigea vers le « *Soho Cafe Market* » et y entra.

Après avoir acheté 2 rations de sushi agrémentés de 2 Coca-Cola, il sortit du magasin, remis ses lunettes de soleil et alla au bout du trottoir.

Le feu tricolore étant passé au rouge, il traversa la rue et se dirigea à son tour vers le *Franklin Parc.*

Un bus blanc avec l'inscription « *Keller* » attendait de pouvoir passer.

Il se dirigea vers le banc où attendait Franck Outlaw.

Ils se saluèrent, puis s'installant sur le banc chacun ouvrit son sachet en papier et ils commencèrent le « royal » déjeuner.

Puis entre 2 gorgés de Coca, John Malone informa son ami de ce qui le tracassait.

La réunion du matin concernant « *la Blancura Inocente* », sans trop entrer dans les détails, mais surtout ses soupçons quant au chef de la partie américaine.

Franck Outlaw lui fît remarquer que les questions de drogues sont plutôt du ressort de son service ; le FBI étant plutôt axé sur la lutte antiterroriste (encore plus depuis les attentats de septembre 2001), le crime organisé, le crime en col blanc et la criminalité financière.

Néanmoins étant amis de longue date (certaines enquêtes de l'un ayant pu être résolus grâce à l'autre), il promit à John Malone de voir ce qu'il avait comme infos.

Après avoir vidé leur canette de Coca il se séparèrent.

Franck Outlaw avait dans sa poche une clé USB que lui avait remis son ami avec les principaux éléments en possession par la DEA à ce jour.

Franck Outlaw se remit au volant de sa voiture, mit le cd de « *Shaft* » de Isaac Hayes et écouta la musique rythmée et lancinante, comme à chaque fois qu'il avait besoin de réfléchir et de se concentrer.

Il se dirigea vers l'immeuble *J. Edgar Hoover Building*, il devait vérifier quelque chose et surtout demander un entretien avec le directeur Robert S. Mueller III.

Car ce qu'il venait d'apprendre rejoignait mais surtout élargissait, dans une direction inattendue, une enquête Top Secrète du FBI en cours et connu par vraiment très peu de personnes.

Raison pour laquelle il n'avait rien pu dire à son ami.

*

Das alte Schloss, juin 2012

Annie et Thomas venaient de quitter la propriété pour une balade à cheval en forêt. Juste avant de partir, ils avaient croisé Amélie, une ostéopathe canin et équin, petit bout de chou blond qui s'occupait efficacement des bobos des chevaux.

Thomas aimait beaucoup ces balades à cheval, en plus avec sa sœur. Annie était heureuse que son voyageur de frangin soit présent depuis près de 3 mois.

Cela n'était pas arrivé depuis une éternité ; même si elle en mourait d'envie, elle n'avait pas encore osé lui demander quand est ce qu'il repartirait à nouveau.

Castle passait son temps à réaliser quelques travaux dans le domaine, à s'occuper de ses animaux ; il passait une partie de la matinée (avec Inès assise ou couchée à coté de son ordinateur) à se tenir informé sur Internet et il communiquait par mails avec Jacqueline Jardin qui le tenait au courant toutes les semaines des derniers potins de la Boite.

Bref il restait « connecté ».

Ces « congés forcés » lui permettaient également de se mettre à jour avec la partie administrative des ses fonctions.

Comme quoi tout malheur est bon !…

Tout à coup Annie dit à son frère qu'elle avait croisé à Colmar un homme qui avait également des azawakhs. Elle avait été surprise de voir d'autres azawakhs que AgSongo et ils commencèrent à discuter ensemble.

Cet homme, fin quarantaine, avait 2 azawakhs : un male nommé AgDak et une femelle répondant au nom de Djourat. D'allure sympathique, également juge, il les invita à venir voir une course de pvl (poursuite à vue sur leurre) au Parc de la Douce à Belfort le 23 juin.

C'est un exercice de simulacre de chasse pour les lévriers, quand il apprit par Annie que son frère avait un jeune azawakh venant du Mali.

Il lui avait laissé sa carte avec ses coordonnées.

Thomas Castle, ne sachant pas de quoi il s'agissait, accepta se disant que cela ferait une sortie.

L'idée de voir d'autres azawakhs et de pouvoir discuter avec quelqu'un qui en a aussi peut toujours être intéressant.

En plus il lui semblait qu'il ne laissait pas Annie totalement indifférent…

*

AgSongo et Anna dormaient paisiblement à l'arrière de la 3008. Annie et Thomas avaient passé une agréable journée à voir cette épreuve de pvl au Parc de la Douce.

C'est vrai que ce Philippe était sympathique dû reconnaître Thomas Castle même s'il se doutait bien que Annie ne lui était pas indifférent.

Faudra qu'il demande à Jacqueline Jardin de se renseigner discrètement sur cet oiseau !

Il n'avait pas envie que Annie ait une désillusion.

Toujours son coté grand frère protecteur.

Mais ils purent discuter azawakhs, bien que Castle resta bien évidemment flou quant à l'obtention de AgSongo.

Fort gentiment il put faire courir AgSongo derrière le leurre à la fin de l'épreuve officielle et ma foi cela semble bien lui plaire au petit.

Même Anna a eu droit à son parcours à son tour.

Visiblement cela lui plaisait aussi !…

Philippe lui ayant appris qu'il avait eu l'occasion de voir un chien loup tchèque faire un galop d'ouverture de piste lors d'une course qu'il avait jugé à Châteauroux il y a quelques années.

Du coup maintenant les 2 loustics dormaient du sommeil du juste à l'arrière du véhicule.

Avant de se séparer ils apprirent que le Championnat de France 2012 aurait lieu fin août sur le site.

*

Washington, juillet 2012

L'enquête sur Ted West était au point mort.

Rien de spécial à signaler malgré les écoutes et les filatures.

John Malone rongeait son frein. En plus il n'avait aucune nouvelles de Franck Outlaw.

Au début cela ne l'inquiétait pas trop, d'autant plus qu'il était lui-même pas mal en vadrouille, il savait son ami dans le même cas. Mais là il trouvait que ce silence n'augurait rien de bon.

Il lisait un rapport reçu de Bogota dont les informations n'avaient rien d'extraordinaire sinon une impression de Burt Watch d'un accroissement d'exportation de cocaïne vers les Etats-Unis, probablement par le Mexique.

Bzzz Bzzz !!! un sms arriva sur le portable de Malone.

« Burger Tap & Shake 2200 Pennsylvania Avenue N. W. 7 PM. FO ».

John Malone effaça le sms et reposa le smartphone.

A la fois heureux de l'avoir reçu, impatient d'être à ce soir, et intrigué de cette atmosphère secrète.

Frank Outlaw était également satisfait de pouvoir revoir son ami. C'est le directeur du FBI en personne qui après avoir été informé de la demande officieuse de Malone, avait autorisé Outlaw à communiquer quelques infos parcellaires sur l'opération en cours.

Surtout car l'attitude de Malone a permis d'orienter l'enquête en cours sur Robert Goldhand vers un autre chemin totalement ignoré jusqu'à présent.

Néanmoins rien ne pouvait être dit ou fait au grand jour.

L'homme d'affaires avait des amis partout et puissant.

Au mieux il se cacherait dans sa coquille et ferait le mort au pire… des mutations promotions dans des coins bien pourris !

*

Les 2 agents fédéraux arrivèrent au même moment sur le parking.

John Malone prit un hamburger à la viande de dinde et à l'avocat, tandis que Franck Outlaw se rabattit sur un hamburger à la viande de bœuf avec des frites ; le tout agrémenté, pour les 2, de bières. Le service étant rapide et correct même si en salle le personnel passait plus de temps accroché à leur portable qu'à leur serviette pour nettoyer les tables…

Ils s'installèrent à une table un peu à l'écart.

Beaucoup de jeunes adolescents étaient présents (le collège Franklin n'était pas très loin) ; ils étaient presque les plus âgés, mais cela permettait de voir s'ils étaient suivit…

Après avoir discuté de choses sans grandes importances pendant le repas, Franck Outlaw bu une grande gorgée de bière, puis dit à voix basse :

– *En 2011 nous nous sommes intéressées à la Goldman Fachs. Tu sais que le FBI a autorité quant aux crimes en col blanc et à la délinquance financière, or il y avait des choses bizarres. Mais nous n'avons rien pu prouver, juste une petite amende pour la forme. Nous savions que Floyd Blackfein n'était qu'un sous-fifre et le Directeur a donc décidé de procéder à une enquête souterraine contre le véritable patron, à savoir Robert Goldhand. Néanmoins cette enquête n'était orientée jusqu'à notre dernière rencontre, que sur le volet financier et fraude fiscale. Tes renseignements ont crée un autre volet… Pour l'instant l'enquête poursuit son œuvre en toute discrétion. Seul le Directeur du FBI, une petite poignée d'agents, et moi sommes au courant. Robert Goldhand a des amis puissants et nombreux ; même si certains ne sont pas tout à fait ses amis ou en tous cas pas autant qu'il le croit… Je ne peux t'en dire plus pour le moment !* dit Franck Outlaw.

John Malone avait une multitude de questions qui lui brûlaient les lèvres, mais il savait qu'il n'aurait pas encore les réponses aujourd'hui.

Par contre le Directeur du FBI, suivant la demande de Outlaw, donna son accord pour que Malone soit de la fête si quelques chose était découvert qui permettra l'arrestation de Goldhand. Néanmoins Malone devait garder le secret le plus absolu dans son service afin que les amis de Goldhand ne le préviennent pas et mette en danger l'opération en cours.

Ils discutèrent encore un moment puis se séparèrent.

*

New York, Juillet 2012

Robert Goldhand regardait à travers la baie vitrée la superbe vue panoramique, qu'il avait de New-York et de ses gratte-ciel, tout en fumant un de ses sempiternel cigare.

Quand Ted West arriva il se dirigea vers son bureau, s'installa et lui demanda des nouvelles du dernier arrivage des Colombiens.

– Tout s'est parfaitement passé, Monsieur. Les quantités sont en hausse et la qualité également. Edouardo José fourni de la marchandise de meilleure qualité que les Ramon en leur temps. Il semblerait que ce que je soupçonnais était réel ; à savoir que les Ramon essayaient de nous arnaquer !

– Enfoirés de Ramon, qu'ils pourrissent en Enfer ! Et le plus beau dans tout cela M. West c'est qu'en plus José nous paye une plus grosse commission ! et Goldhand éclata de rire.

– Absolument Monsieur, avec un « droit de passage » de 15 % de la valeur finale de la came, je dirai que globalement nos bénéfices ont augmentés de 25 % !

– de 26,7 % exactement sur les 2 derniers mois M. West ; c'est très satisfaisant ! dit Goldhand après avoir tapoté sur son ordinateur portable.

Il se rejeta en arrière et mit ses jambes sur son bureau.

Ces bonnes nouvelles le réjouissaient bien sur, mais cela n'arrivait pas à compenser la déception qu'il avait concernant le dossier Vénézuélien qui lui n'avançait pas du tout.

Cela par contre était fort contrariant.

« Bling Bling » un mail vient d'arriver sur son portable.

Il enleva les jambes de son bureau, et l'ouvrit.

Un sourire illumina son visage à la fin de la lecture.

Il venait enfin d'avoir les infos nécessaires à la réalisation de son plan grâce à une de ses usine française.

L'opération « *Corne d'Abondance* » devrait avoir lieu en novembre.

Il en fît part à Ted West.

Il lu encore une fois les infos et les crypta selon le code qui avait été convenu lors de la réunion à Tombouctou.

Il décida d'utiliser un mail pour envoyer ces informations.

Le téléphone satellite Turaya devant n'être utilisé qu'en cas d'extrême urgence.

*

Chapitre 3

LA PARTIE COMMENCE…

Aéroport du Bourget, novembre 2012

Sur l'aéroport du Bourget le Casa 295M de l'armée de l'air algérienne, camouflé en 2 tons de vert et un ton de brun avec le dessous blanc, avait sa rampe de soute abaissée et les militaires chargeaient péniblement la 10aine de palettes.

Il faut dire que des palettes de papiers sont particulièrement lourdes en générale ; ici il s'agissait de papier fiduciaire servant à la fabrication de billets de banque.

En protection du camion qui a amené les palettes il y avait 2 véhicules de Police. Effectivement qui dit papier fiduciaire dit fret sensible nécessitant un minimum de protection.

Officiellement l'avion et son chargement de palettes de papier, matières premières pour l'imprimerie de la Banque d'Algérie, avaient pour destination l'aéroport militaire algérien de Boufarik.

L'un des 2 pilotes, le Chef de Mission, un lieutenant-colonel, vérifiait le bon arrimage des palettes au fur et à mesure de leur arrivée. Un cadre de l'imprimerie de la Banque d'Algérie était également là et supervisait le tout.

Pendant ce temps le 2e pilote terminait sa check-list.

Boualim Mouloudjeli vérifiait que tout était en ordre.

Il était calme et serein.

Il avait pu remplacer le pilote initialement prévu.

Le Responsable de l'Hôtel de la Monnaie signa le récépissé de réception des palettes.

Le camion et les véhicules de police s'éloignèrent à leur tour.

La première partie de la mission était accomplie.

Une Mercedes noire de l'ambassade d'Algérie arriva à son tour, respectant le timing à la minute près.

Au même moment Boualim Mouloudjeli, démarra les moteurs et les 2 hélices commencèrent à brasser l'air.

Un homme, en costume gris clair bon marché, porteur d'une mallette relié à son poignet par une menotte descendit de la voiture et se dirigea vers l'avion.

Il monta à l'intérieur et la porte de soute se referma.

Le capitaine Ali Ahmed était un agent du Moukhabarat algérien (les services de renseignements de la Sécurité Militaire). Il avait été chargé par Alger de convoyer cette mallette afin qu'elle soit remise en même temps que les palettes de papier à la Banque d'Algérie. Cette procédure ayant été jugé plus efficace qu'un voyage par la valise diplomatique.

Sa présence n'avait pas été communiquée aux officiels français. Officiellement le Casa 295M n'avait à son bord que 5 militaires et 1 civil (le représentant de la Banque d'Algérie).

Le secret le plus absolu entourait sa mission.

Le lieutenant-colonel regagna le poste de pilotage après avoir vérifié la bonne fixation des palettes.

Les 4 militaires et le civil s'installèrent sur le banc métallique et s'attachèrent.

L'avion se mit à rouler, le bruit des 2 turbopropulseurs envahit la carlingue.

Il se plaça au début de la piste.

Ayant eu l'autorisation de décoller, sa vitesse augmenta et il quitta le sol.

A ce moment là, un homme au bord de la piste envoya un sms : « *C'est fait* ».

Puis il repris son scooter et partit, son rôle s'arrêtait là.

A l'intérieur de l'avion, le soldat à l'extrémité du banc tourna discrètement la molette de ce qui paraissait être un extincteur.

Le chuintement du gaz était rendu inaudible par le vacarme dans la carlingue.

Le soldat se leva discrètement, retint sa respiration et se dirigea vers la cabine de pilotage.

Il ouvrit la porte, entra et la referma doucement.

Boualim Mouloudjeli tourna la tête puis s'empara du manche.

En même temps, Ahmed Noureddine d'un bond se plaça derrière l'autre pilote, et d'un geste sec et puissant lui brisa net les cervicales !

Boualim Mouloudjeli fit changer le cap à l'avion et se dirigea vers Pontoise.

Ahmed Noureddine, sortit du cockpit et mit un masque à gaz.

Le timing était court. Pas de temps à perdre.

Personne n'avait échappé au puissant gaz soporifique contenu dans l'extincteur. Tous dormaient profondément.

Et cela pour plusieurs heures.

Il se dirigea vers l'agent du Moukhabarat, il prit une pince à métaux et coupa la chaîne.

Il s'empara de la mallette, puis il saisit un parachute et s'en équipa.

Un bruit strident d'un klaxon retenti dans la carlingue.

Boualim Mouloudjeli arriva et il lui ouvrit la porte latérale.

Il se regardèrent un instant, puis après avoir lancé un vibrant *Allah Akhbar !* * (*Allah est grand), Noureddine s'élança résolument dans le vide.

Le pilote referma la porte avec peine et couru rejoindre sa place. La tour de contrôle du Bourget s'inquiétait de son écart par rapport à son plan de vol.

Boualim Mouloudjeli s'excusa de cet écart et prétexta un problème d'instruments sur le tableau de bord.

Il changea de cap, et reprit celui qui était initialement prévu.

Tout se passait selon le plan.

*

Ahmed Noureddine toucha le sol brutalement.

Un taxi arriva en même temps.

Le chauffeur sorti rapidement.

Mohamed Khader, sympathisant islamiste, prit le parachute et le jeta dans le coffre ; il lui donna les vêtements civils qui s'y trouvaient, un costume avec chaussures et cravate.

Noureddine se dépêcha de se changer dans la voiture.

Mohamed Khader se grattait nerveusement la barbe et faisait le tour de sa vielle Mercedes classe E blanche guettant si quelqu'un avait repéré leur manège.

Puis il remonta dans la voiture, rejoignit la route et se dirigea vers l'aéroport de Pontoise.

Quand ils arrivèrent au niveau de l'aéroport, les passants virent juste un homme en costume, bien habillé, portant une mallette, descendant d'un taxi pour se rendre directement vers un jet blanc avec un joli motif de décoration sur la queue de l'appareil, dont la porte était ouverte.

Le jet, un Bombardier Challenger 605 en provenance du Qatar, referma la porte une fois son passager entré.

L'aérodrome de Pontoise avait été choisi car il n'y avait quasiment jamais de contrôle des Douanes ou de la Police de l'Air et des Frontières.

Cette place était d'ailleurs également très appréciée par les « pauvres » riches voulant sauvegarder leur agent, si durement gagné, dans des paradis fiscaux.

L'île de Jersey connaissait une belle vague de touristes !…

Il décolla et se dirigea vers sa destination finale ; sensiblement différente de celle déposée sur son plan de vol du moins dans l'étape intermédiaire…

C'est une fois l'avion en l'air que Ahmed Noureddine se détendit, souffla un grand coup et serra précieusement la mallette.

Un peu envieux envers Boualim Mouloudjeli qui lui allait mourir en martyr pour la Cause.

Il but un café qui lui était offert à sa santé…

Le plan établi à In Sallah s'est parfaitement bien réalisé.

*

Mohamed Khader, une fois son « client » déposé, avait encore une action à réaliser et sa mission serait alors terminée.

Il quitta la route principale pour se diriger en direction de l'orée de la forêt.

Il s'arrêta, sortit de la voiture, ouvrit le coffre et après avoir vérifié que tout était tranquille il prit une pelle et se mit à creuser un trou ; puis il y jeta le parachute et l'uniforme.

Il devait ensuite répandre de l'essence et allumer le tas.

Une fois que tout aura été réduit en cendre, reboucher avec la terre, effaçant ainsi à jamais toutes traces.

Mohamed Khader regarda sa montre.

C'était un vrai croyant et il était très pieux, or il était en retard et il ne voulait pas rater le prêche de l'imam à la mosquée.

Il se décida à zapper l'étape « feu de joie » et de passer ainsi directement à la phase « rebouchage » !

De toute façon personne n'irait vérifier dans ce coin perdu, alors à quoi bon ?…

Le prêche de l'imam était bien plus important.

Aussitôt pensé, aussitôt réalisé !…

Il sauta à pieds joints sur le monticule afin de tasser la terre, puis il recouvrit l'ensemble de feuilles mortes et regagna la voiture. Il jeta dans le coffre la pelle, et se mit au volant.

Il démarra sur les chapeaux de roues et croisa une Renault Clio blanche garé sur le bas coté qu'il n'avait pas remarqué tout à l'heure.

Son cœur battit plus vite.

En passant à coté il vit un couple enlacé.

Il continua son chemin rassuré : ce n'était qu'un couple d'amoureux en quête de tranquillité.

Rejoignant la grande route il accéléra, il sera à l'heure à la mosquée.

Le couple sortit de la voiture et se dirigea vers l'endroit où se trouvait le chauffeur de taxi.

Ils ont bien effectué une filature discrète depuis le matin et n'ont pas été repérés, mais quand le taxi vînt vers eux, Charlotte Gui pris d'une inspiration soudaine, enlaça et embrassa Bastien le conducteur.

Bastien bien que surprit était ravi du réflexe de sa collègue. Une fois le taxi passé, ce bel élan d'affection stoppa net, mais Charlotte était quand même un peu troublée…

Les 2 officiers de police de la D. C. R. I. (Direction Centrale du Renseignement Intérieur) remarquèrent immédiatement l'endroit. Il utilisèrent leurs mains et après quelques minutes d'efforts… Bingo !

Ils récupérèrent le parachute et l'uniforme.

Cela faisait quelques jours que les Services de Renseignements avaient mis sous surveillance Mohamed Khader connu pour ses liens avec les islamistes radicaux.

Il semblerait qu'ils aient touché le jack-pot !

Ils mirent leur trouvaille dans le coffre et se dirigèrent au siège de la DCRI, à Levallois Perret, afin de rendre compte.

Pendant le trajet, un silence un peu gêné s'installa dans la voiture, juste troublé par la pluie qui commençait à tomber…

*

Pendant ce temps dans l'avion de transport, Boualim Mouloudjeli suivait également le plan établi.

Alors que lui aurait préféré faire s'écraser l'avion sur Paris ou Marseille pour montrer à ces infidèles comment savaient mourir les vrais Croyants, « Frère » Jazaïri le lui a malheureusement interdit. Les infidèles devaient penser à un accident et ne pas découvrir la disparition de la mallette.

Donc il devait crasher l'avion au milieu de la Méditerranée.

Perdu dans ses pensées, le pilote constatait que les conditions météo étaient mauvaises : pluie, nuages…

Tout à coup une alarme stridente d'alerte givre se déclencha le faisant sursauter.

Encore bien trop loin de la mer, Mouloudjeli se décida à élever l'altitude du cargo afin de se dégager de cette purée de pois. Or l'avion déjà en limite de performance était poussif et n'arrivait pas à grimper pour gagner de la hauteur.

Au contraire malgré que le pilote ait poussé les moteurs à leur puissance maximale la vitesse diminuait continuellement et le Casa arrivait à une vitesse proche du décrochage.

Boualim Mouloudjeli pensa immédiatement a une accumulation de givres sur les ailes, l'alourdissant et réduisant ses qualités aérodynamiques, certainement dûe à une panne du système de dégivrage.

Il pesta contre les équipes de maintenance qui n'ont pas fait correctement leur boulot.

Il y a quelques années cela avait coûté la vie à plusieurs personnes lors du crash d'un autre avion cargo, un C130 Hercule cette fois là !…

Tout à coup, alors que le pilote essayait toujours de faire grimper l'avion, l'appareil effectua plusieurs embardés.

Puis soudainement l'avion s'enfonça vers la droite et partit dans un piqué prononcé.

Il fît ensuite 2 tonneaux à la verticale, la vitesse indiquait 280 nœuds alors que la vitesse maximale du Casa est normalement que de 240 nœuds !

Les contraintes physiques exercées sur l'empennage du fait de la vitesse et des efforts du pilote pour sortir de cette situation entraînèrent l'arrachement de la queue du fuselage de l'appareil au niveau de la porte arrière.

Boualin Mouloudjeli allait mourir, mais pas de la façon qu'il avait prévu…

La perte du morceau du fuselage entraîna une explosion et une chute irrécupérable se terminant par un écrasement au sol vers 15 h 45, sous une pluie soutenue, dans un champ situé dans une région inhabité, boisé et difficile d'accès à proximité du village de Trelans en Lozère.

*

Les gendarmes et les services de secours arrivèrent sur zone malgré les difficultés d'accès et le temps.

C'était environ 200 personnes, militaires, pompiers, ainsi que les inspecteurs français de la Section de Recherche de l'Armée de l'Air et du Bureau Enquête Accident Défense (BEAD) et également des enquêteurs du ministère algérien de la Défense et du Moukhabarat, qui ramassaient les débris de l'avion éparpillés sur plusieurs km.

Malgré la pluie, l'incendie (commencé en vol lors de l'explosion) a réduit les palettes de papier en cendre.

Certaines victimes étaient également carbonisées.

Un journaliste du Midi Libre a même été conduit sous la tente du PC où il a dû remettre les cartes mémoires des photos de l'accident. Certains enquêteurs algériens provenant des services de renseignements une certaine… discrétion était d'actualité !

*

Tombouctou, novembre 2012

Après un voyage sans accroc, le Challenger 605 qatari a atterrit sur l'aérodrome de Tombouctou.

Il fît refaire son plein de carburant, puis redécolla afin de rejoindre sa destination finale officielle à savoir Doha.

Ahmed Nourredine à sa descente de l'avion fût étreint chaleureusement par Cheikh AgAwissa.

Puis ils se dirigèrent vers la Range Rover.

Les 2 véhicules de protection (des 4x4 avec une demi-douzaine de moines soldats) encadrèrent la Range Rover et le convoi fila à toute vitesse vers la résidence.

A son arrivé, tenant toujours la précieuse mallette, il se dirigea vers la salle de réunion.

Il fût chaleureusement accueillit par les personnes présentes :

Iyad Ag Ghaly, Abdelmalek Droukdel et Nabil Jazaïri.

Comme d'habitude quand on recevait des amis il n'y avait qu'un garde du corps en l'occurrence Ali Ounard, le fidèle des fidèles parmi les moines soldats (bien qu'il fût plus soldat que moine) qui restait debout.

Les 5 personnes s'assirent sur les tapis.

Ahmed Nourredine remit la précieuse mallette à Iyad Ag Ghaly tout ému et impressionné d'être devant ces hautes personnalités.

La mallette fût ouverte et tous les participants purent enfin voir son contenu.

Iyad AgGhaly le regarda fixement, eu un bon sourire et dit :

– C'est bien mon frère, tu as bien travaillé, Allah est fier de toi !

A ces mots Ahmed Nourredine était au comble de la joie.

Ali, vif comme l'éclair, se précipita alors sur l'homme assis qui lui tournait le dos et lui passa un fil d'acier autour du cou, cala son genou contre le dos et serra.

Nourredine mourut rapidement et s'affaissa sur le coté.

Puis Iyad Ag Ghaly conclut :

– Il a bien rempli sa mission il a mérité de mourir en martyr pour Allah !

Il avait été décidé dès le début que le secret le plus absolu devait être préservé.

La mort du militaire algérien n'était pas un souci.

Ali chargea le cadavre sur son épaule et sorti.

Il allait l'enterrer dignement comme il se doit d'un Martyr !

Ensuite Droukdel et Ag Ghaly firent le point sur l'avancement de la 2e phase du plan : l'attaque du Sud-Mali.

Le fruit était convenablement pourri, gangréné par des politiciens et des militaires maliens corrompus, et ne demandait qu'à tomber dans le panier de la Charia Islamique.

Ils constatèrent que tout se passait conformément au plan établi en mai et que la préparation à la guerre se déroulait activement depuis plusieurs mois par des recrutements d'hommes (plus de 5 000 combattants à présent) et l'achat d'une grande quantité de matériels (véhicules, carburants, armes, munitions, vivres…).

Ils avaient chassé des principales villes du Nord les laïcs du MNLA. La Charia régnait déjà sur cette partie du Mali.

Bientôt ils seraient prêts. Probablement début janvier.

Ensuite ils envoyèrent un message codé à l'Américain signalant l'arrivée de la mallette et la date de la 2e étape.

*

New York, novembre 2012

Robert Goldhand et Ted West étaient ensemble au bureau. Ils regardaient tous les 2 sur le grand écran mural un court reportage de CNN signalant le crash d'un avion cargo algérien en France.

Les services officiels penchant pour la thèse de l'accident dû au givre.

6 personnes décédés dans le crash ont été retrouvées et rapatriées en Algérie.

Le tout illustré par des images du champ dévasté, de témoins signalant une explosion dans le ciel et la conférence de presse de Samuel Finielz le Procureur de la République de Mende.

Robert Goldhand éteignit l'écran à la fois contrarié et satisfait.

Contrarié, car même si les officiels français n'ont en pas parlé, les Algériens, eux, savaient qu'il manquait une personne et la mallette… Et ça c'était ennuyeux !

Même si cela n'empêchait pas la suite de « *Corne d'Abondance* ».

C'est bien pour cela qu'il avait exigé le crash de l'avion au milieu de la mer Méditerranée, plus difficilement accessible pour les sauveteurs.

Il était par contre satisfait car il avait reçu le mail codé signalant l'arrivée de la mallette chez le djihadistes.

En plus il avait à présent la date de l'attaque des islamiques vers le sud du Mali.

Une fois cette attaque lancée il devait respecter sa part du marché et réaliser le service qu'on lui avait demandé.

Il se tourna vers Ted West, bailla à se décrocher la mâchoire, et lui demanda s'il avait un plan pour réaliser la demande du chef d'AQMI.

– Oui Monsieur, j'y ai pensé et j'ai une idée. Je vais devoir partir pour quelques semaines afin de la réaliser. J'aurai besoin de Jack Black, d'un peu d'argent liquide, ainsi que de ça.

Et Ted West tandis un morceau de papier où était inscrit une liste de produits pharmaceutiques.

Cocktail étrange qui entraîna la surprise du lecteur.

Afin de répondre à sa curiosité, Ted West lui dit alors que ces produits étaient fabriqués dans une de ses usines pharmaceutiques et qu'il voulait les avoir de façon discrète afin de ne laisser aucune trace. Produits modifiés et non encore sur le marché ils traitaient les troubles bipolaires et la schizophrénie, ainsi que les troubles nerveux.

Puis il lui expliqua en détail son plan.

Robert Goldhand souriait : les quelques doutes ou questions avaient une réponse satisfaisante de West.

Ce plan était génial.

Visiblement Ted West avait gardé de son séjour en Irak, et des séances d'interrogatoires, quelques connaissances chimiques où cohabitaient connaissances chimiques théoriques et pratiques.

Ah rien ne vaut la pratique et l'expérience du terrain !...

Il appela Pipa Mantis afin que la secrétaire prépara un document officiel donnant toute autorité à Ted West afin de se procurer tout ce dont il avait besoin sans discussion ni inscription dans aucun registre.

Ce document signé de la main de Robert Goldhand étant à remettre au Directeur de l'usine concerné situé à Dallas.

Pipa Mantis arriva et remis un exemplaire papier du document à Goldhand qu'il signa après l'avoir lu et avant de le donner à West. Puis elle envoya par mail un exemplaire en fichier joint au directeur de la dite usine.

Robert Goldhand ouvrit son coffre, pris 3 grosses liasses de billets (environ 30 000 $) et les tendit à West.

– *Voilà pour vos faux-frais, cela suffira ?* demanda t-il.

– *Oui cela devrait aller, s'il en manque je vous ferais une fiche de frais !* répondit West avec une pointe d'humour.

– *Allez disparaissez mauvaise graine ! Tenez-moi informé* dit il en éclatant de rire.

Puis coupant court à l'entrevue il prit l'appel de Jerry Ricochey que Miss Mantis venait de lui transmettre.

– *Bonjour cher ami, comment allez-vous ?...*

Ted West appela Sam White pour qu'il sorte la Cadillac Escalade du garage afin de les conduire lui et Jack Black à l'aéroport. Mais comme Ted West voulait griller une cigarette avant, il dit à Sam White qu'ils attendront la voiture sur le trottoir.

Une fois sortie de l'immeuble, West alluma une cigarette et en offrit une à Black qui accepta.

Jack Black demanda où ils allaient et pour combien de temps.

Pendant que Ted West lui répondit, un vieux SDF noir, poussant une vieille brouette, s'arrêta à coté d'eux.

West, une fois sa phrase terminée, le regarda de haut et lui demanda sèchement :

– *Qu'est ce que tu veux toi ?*

– *Une cigarette s'il vous plait mon bon Seigneur !*

– *Casses toi pauvre con !... Tu ne sais pas que fumer c'est mauvais pour la santé !* dit il en écartant violemment le SDF et en éclatant de rire.

Puis il écrasa la cigarette à moitié intacte, déboutonna sa veste et s'installa à l'arrière dans l'Escalade.

Jack Black tira 2 bouffées sur la cigarette et la jeta au sol.

Une fois la voiture partie, le vieux sans-abri récupéra la cigarette, et continua son chemin en sifflant un vieil air de jazz.

*

Gao, novembre 2012

Sur la place du marché de Gao, au bout de 2e Goudron/Avenue Mamadou Konak, régnait une atmosphère lourde que le souffle du vent ne suffisait pas à rafraîchir.

Avant l'arrivée du Mujao tous les marchés de Gao étaient riches en marchandises.

Maintenant quelque soit le marché il n'y avait que de rares vendeurs qui vendaient hors de prix de faibles quantités de nourriture.

Comme par exemple 800 Francs CFA les oignons (environ 1,22 €) contre 250 Francs CFA (environ 0,38 €) avant...

Et quasiment plus de clients !

Derrière la grande place publique, situé non loin de la Grande mosquée, où comme chaque semaines était exécuté les décisions de la Justice Islamique, on voyait un grand panneau noir où était inscrit à la peinture en lettres blanches :

« L'APPLICATION DE LA CHARIA C'EST LA ROUTE DU BONNEUR C'EST LA ROUTE DU PARADIS »

Hormis le fait que l'orthographe française n'était pas une priorité islamique, on ne peut d'empêcher de faire un parallèle entre cette forme d'humour et celle que l'on retrouvait au-dessus des camps d'extermination avec le tristement célèbre :

« ARBEIT MACHT FREI » (le travail rend libre) de sinistre mémoire…

Mais pour la population de Gao ces considérations historiques et sémantiques ne sont pas vraiment une prioritée…

Comme chaque semaine la population était vivement invitée à assister à l'application de ces décisions.

Il y avait donc une demi-douzaine de véhicules, avec les sinistres drapeaux noirs flottant au vent et une trentaine de soldats armés, dont quelques enfants soldats (gamins paumés dont parfois la Kalachnikov était presque aussi grande qu'eux).

Aujourd'hui le programme était chargé.

Effectivement le Juge Islamique a décidé de commencer les réjouissances avec des coups de fouets (coups de chicottes) pour une femme qui ne portait pas de voile, puis une main amputée pour un voleur.

Mais comme la justice s'appliquait à tous, le juge a également décidé l'exécution d'un soldat du Mujao qui a été arrêté ivre, après avoir violé une habitante noire de Gao.

Une patrouille de la Police Islamique, alerté par des témoins, ayant arrêté le soldat et après une « vigoureuse mise en condition » au commissariat, pour lui faire comprendre son erreur, l'avait conduit devant le Juge Islamique.

Le chef de la police Aliou Malabar était aussi sur la place publique, il prit un micro et commença son discours.

Puis le haut-parleur cracha des versets du Coran.

2 policiers avec leur gilet bleu où figurait l'inscription *Police Islamique,* tenaient une jeune femme noire un peu forte pendant qu'un djihadiste, habillé en noir avec un chèche brun, ayant le rôle de bourreau exécutait la sentence, à savoir 10 coups de chicottes.

Puis ce fût au tour du voleur, un certain Mamadou Dédéou : il arriva directement de la prison où un infirmier lui avait injecté un anesthésiant dans la main et une dose de cocaïne dans le bras.

On posa sa main sur une table et le djihadiste pris une hachette et d'un coup sec trancha la main.

Un souffle de surprise secoua le public.

Aliou Malabar expliqua qu'une fois soigné à l'hôpital le voleur, ayant maintenant compris son erreur, serait aidé afin de trouver un travail afin qu'il ne soit plus obligé de voler !…

Les policiers recouvrirent le moignon d'un morceau de tissu, à la propreté douteuse, qui s'imbiba de sang immédiatement et conduisirent le voleur à l'hôpital situé sur 5ème Goudron/Route de l'Aéroport…

Puis 2 autres policiers allèrent récupérer le condamné à mort dans un des 4x4.

Ils le sortirent du véhicule si violemment qu'il chuta sur le sol poussiéreux.

C'est pieds nus, le visage tuméfié avec quelques dents en moins, mais aussi quelques côtes cassées et les mains entravés dans le dos par un fil de fer que Bilhou Sahraoui s'avança au milieu de la place sous le grondement de la foule.

Le Chef de la Police rappela les faits et en conclusion cita le Juge :

– La Charia s'applique à tous, souvenez-vous en !

Un policier le fit mettre à genou à coup de crosse de fusil d'assaut, et lui fît baisser la tête.

Aliou Malabar sorti son pistolet, se plaça derrière l'homme, l'arma d'un mouvement sec et tira une balle dans la tête du condamné, qui s'affaissa lourdement sur le sol.

Le tout sous les applaudissements et les bravos de la foule !…

Il rengaina son arme satisfait et le sourire aux lèvres.

Les policiers prirent le cadavre par les pieds et le traînèrent puis le jetèrent à l'arrière d'un 4x4.

Il sera enterré dans une fosse commune anonyme dans le désert.

Abou Naim Sahraoui avait les points serrés dans ses poches. Il n'avait rien pu faire pour empêcher l'exécution de son frère : le chef de la police et le juge réclamaient trop d'argent afin de faire preuve de clémence.

C'est donc impuissant et surveillé par 2 de ses collègues, qui avaient ordre de Aliou Malabar de l'abattre sur place s'il voulait délivrer son frère, qu'il a été obligé d'assister à l'exécution de son petit frère.

Rongé par l'impuissance, la culpabilité et surtout un sentiment de vengeance…

*

Kaboul, novembre 2012

A l'aéroport de Kaboul, le Capitaine Justine de St-Jacques se dirigea vers l'Airbus A-340 de l'Armée de l'Air et grimpa la passerelle en compagnie de quelques centaines de soldats français de la Task Force La Fayette qui rentraient en France.

La France poursuivait depuis quelques mois son désengagement des troupes combattantes d'Afghanistan.

Dans quelques jours la Task Force La Fayette sera d'ailleurs dissoute.

Justine de St-Jacques, jolie petite rouquine aux yeux verts, début trentaine, petit bout de chou d'à peine 50 kg, s'installa confortablement près du hublot et regarda à l'extérieur, voyant la ville et les montagnes environnantes qui semblaient l'écraser.

Alors que les autres passagers vont passer 2 jours dans le « sas Chypre » un sas de décompression dans un hôtel au bord de la mer à Pafos afin de déstresser de leur période de 6 mois en Afghanistan, avant de rentrer en France, Justine de St-Jacques ayant passée quelques jours à l'hôpital militaire de Kaboul, continuait le vol sur Paris.

Elle prenait quelques jours de permission chez sa famille en Bretagne dans la grande maison familiale au bord de l'océan.

Puis début décembre elle ira rejoindre sa nouvelle affectation.

Une nouvelle page de sa vie s'écrit à présent.

Elle ferma les yeux et se remémora les évènements de ces dernières semaines :

– Son affectation au COS (Commandement des Opérations Spéciales) et son arrivée il y a quelques mois à Nijrab en Kapisa sur la Base Opérationnelle Avancé (FOB) Meralez Frazier où se trouvait également des troupes de l'armée afghane l'A.N.A.

– Les patrouilles, les attaques des repères talibans, le renseignement, le contact avec les populations locales.

Grâce à la présence française en Kapisa et en Surobi, la population civile connu « relativement » la paix par rapport à d'autres régions afghanes où les attaques des Talibans étaient bien plus nombreuses et plus meurtrières.

Puis ce fameux jour où l'armée française eut des renseignements, par un agent infiltré, sur la localisation d'un groupe de talibans avec à sa tête le dernier commanditaire de l'attaque de la vallée d'Uzbin en 2008 où 10 soldats français furent tués et 21 blessés. Si 40 combattants talibans furent alors mit hors état de nuire, les commanditaires purent s'échapper.

Le colonel commandant la FOB convoqua le Lieutenant Justine de St-Jacques et un plan d'attaque fût établi.

Avec sa section du COS elle partit pour attaquer le groupe de talibans. Mais tout ne se passa pas comme prévu et ce fût elle et ses hommes qui furent encerclés et attaqués par une trentaine de combattants.

Elle se souvint de l'âpreté des combats qui dura plusieurs heures. Ses tirs au fusil à lunette ou au Famas quand ils étaient trop près.

Elle se souvint également quand elle abattit au pistolet le chef taliban, recherché depuis des années, alors qu'il allait abattre, de dos, 2 de ses hommes. Elle revoit sa surprise quand il constata que c'était une femme qui l'avait touché.

Puis sa blessure, qu'elle pensait superficielle, venant d'un tir d'on ne sait où, et en même temps l'arrivée salvatrice de l'hélicoptère Tigre et du bruit des rafales du canon de 30 mm et des tirs de roquettes.

Il était temps… Les talibans s'enfuyant et elle avec quelques hommes les poursuivant en criant comme des dératés !…

Puis l'arrivée de 2 hélicoptères de transport américain dont un Blackhawk médicalisé.

L'évacuation de ses hommes et des blessés.

Et puis plus rien…

Jusqu'au réveil à l'hôpital militaire Français de Kaboul.

Ensuite l'arrivée quelques jours plus tard du Général Eric Hautecloque-Raysz à son chevet et sa surprise mêlée de fierté de recevoir la Croix Valeur Militaire avec Etoile de bronze et sa nomination au grade de Capitaine !

Elle s'y attendait si peu !

Mais également la fierté de ses parents quand elle leur avait annoncé la nouvelle ; notamment de son père Louis-Charles de St-Jacques, Général de Division (3 étoiles) ayant fait sa carrière dans la cavalerie, dans les chars lourds.

Fierté de ses parents et certainement également pour ses ancêtres : longue lignée d'officiers de cavalerie, dans les hussards. Tous les militaires de la famille en ont le caractère : forte tête, ennemi d'une discipline trop stricte, plaçant en avant les qualités équestres et le maniement d'armes…

Tradition plus exactement depuis 1805, où lors de la bataille d'Austerlitz en décembre, un jeune officier, Pierre de St-Jacques sauva la vie du Colonel Burthe commandant le Régiment et participa activement aux charges victorieuses contre l'infanterie russe.

A partir de là le Destin des St-Jacques était tracé : tous les fils aînés des générations suivantes suivirent cette tradition militaire dans ce corps.

Seul Louis-Charles de St-Jacques fît « une infidélité » à la « légère », c'est à dire aux Hussards, puisqu'une grande partie de sa carrière militaire fût réalisé dans la « lourde » chez les Cuirassiers avec des chars AMX-30B puis B2 et enfin AMX-56 Leclerc.

Il a commandé un régiment de chars de combats puis une brigade blindée.

Homme discret, mais courageux n'hésitant jamais à s'investir personnellement ; y compris dans les manœuvres ou les conflits extérieurs auxquels il prit part.

Notamment, entre autre, lors de l'Opération Daguet (en 1991 pendant la Guerre du Golf) où avec ses chars AMX-30B2 il fonça et fît des ravages contre les chars irakiens.

Quand Justine rejoignit l'Armée, le fait d'entrer dans l'infanterie amena de grandes discussions avec son père !...

Mais il a toujours été très fier de sa fille, même si elle a choisi la « piétaille » alors qu'elle adore les chevaux et qu'elle est une cavalière émérite, tout comme son père.

Et enfin Justine de St-Jacques se souvînt de sa surprise, encore plus grande, quand elle rencontra dans sa chambre peu avant son départ, un homme venu lui faire une proposition si tentante qu'elle s'est laissée tenté immédiatement !...

Mais la fatigue était encore bien grande et elle s'endormit sans s'en rendre compte.

*

Central Park, novembre 2012

Franck Outlaw, après avoir acheté un hot-dog à l'entrée du Parc chez un marchand ambulant, s'est confortablement installé sur un banc au *Ladies Pavillon* de Central Park.

Il regardait le lac et les rares barques qui s'y trouvaient en cette période frisquette de l'année malgré le timide soleil.

Quelques joggeurs passèrent devant lui, dont certains ayant un âge bien avancé pour ce genre d'activité : visiblement ils allaient résolument et en petites foulées vers l'infarctus !...

Une jolie blonde, écoutant de la musique avec son I-pod, passa devant lui et lui adressa un sourire tentateur.

Dommage il se serait bien remis, temporairement, au jogging !...

Il commença à manger en essayant de ne pas mettre de la moutarde sur son pantalon...

Quand soudain il sentit une présence derrière lui : pile à l'heure dite.

La conversation dura quelques minutes ; ou plutôt le monologue... Personne ne pouvait imaginer une rencontre entre ces 2 personnes et encore moins une conversation.

De loin on aurait juste cru à 2 personnes qui profitent des derniers rayons de soleil de l'automne.

Puis une fois son hot-dog engloutit, Franck Outlaw se lécha les doigts, s'essuya les mains avec la serviette en papier, se leva sans se retourner et jeta les déchets dans la poubelle.

Puis il se dirigea vers le promontoire *Hernshead* et regarda le lac et les canards qui nageaient.

Ensuite il fît demi-tour, constata que le pavillon était désert, et se dirigea d'un bon pas vers la sortie du Parc en prenant la West 77th Street.

Il était perplexe ne sachant comment interpréter ces nouvelles informations.

Certes depuis la rencontre avec Malone il savait qu'il y a 2 axes contre Goldhand : le volet financier et le volet drogue.

Mais pour l'instant rien de concret à se mettre sous la dent.

Il arrêta un taxi jaune, une Toyota Prius hybride (la vague écologique ayant atteint les rives de New-York), afin de retourner à l'aéroport JFK et rejoindre le jet du FBI qui l'avait amené de Washington.

Passant devant l'immeuble de Robert Goldhand il fût pris d'une inspiration soudaine en demandant au taxi de s'arrêter le long du trottoir et de l'attendre quelques minutes.

Il sortit du véhicule et se dirigea vers un SDF noir poussant une vieille brouette…

– *Salut Charly, comment vas tu Man ?* lui demanda t-il.

– *Oh ! Salut Franck, ça va mon frère…*

S'en suivit alors une conversation au bout de laquelle, Franck Outlaw donna un billet de 20 $ au vieil homme.

Puis il regagnît le taxi pour aller cette fois çi, sans autre arrêt, à l'aéroport.

Ainsi West et Black allaient au Texas ; dommage que Charly, un de ses informateur occasionnel, n'en ait pas plus entendu.

Certes ce déplacement ne donnait pas forcément une indication quant à l'axe à choisir.

Il ne pouvait pas non plus les surveiller ni faire appel à d'autres sections du FBI : cela alerterait Goldhand, or il avait des espions partout.

La plus grande discrétion s'impose jusqu'à l'obtention de preuves irréfutables tel est le mot d'ordre du Directeur du FBI ; manque de bol on en est encore loin…

Il n'arrivait pas à joindre ces pièces de puzzle afin d'en avoir une image précise.

Une fois installé dans un des sièges moelleux du jet il ouvrit le dossier et y joint les différents éléments recueillit ce jour.

Puis posant les feuilles il ferma les yeux espérant y trouver l'inspiration !

Quand l'avion eu atterrit à Washington, Franck Outlaw prit son blackberry et envoya un sms :

« Hotel Fairmont Washington Georgestown, demain soir dans le parking, même endroit, même heure que la dernière fois. FO ».

Puis après un instant d'hésitation il appuya sur « Envoyer ».

Quelques minutes plus tard son smartphone vibra : un sms était arrivé ; il l'ouvrit et lu :

« OK ».

Il avait hâte d'être à demain soir.

*

Washington, novembre 2012

Franck Outlaw s'installa à l'arrière de la Cadillac XTS et salua le conducteur. Lequel regarda l'agent du FBI à travers le rétroviseur intérieur et lui demanda ce qu'il voulait.

Franck Outlaw lui dit ce qu'il attendait de lui.

– Je vous ai déjà rendu un grand service, je pensais que nous étions quitte ; si jamais Robert Goldhand découvre mon rôle je suis mort !

– Quand je vous ai tiré d'un certain mauvais pas, attendez que je me souvienne… Accident, état d'ivresse, et en galante compagnie avec une très, très jeune personne… Qu'en auraient pensé vos amis et surtout votre femme ? Grâce à mes relations nous avons pu jeter un voile pudique sur ces moments… délicats. Je vous ai demandé en retour d'ascenseur 2 services : le premier a été fait. Là ce soir ce n'est qu'une conversation informelle.

Le conducteur lui raconta donc de mauvaise grâce ce qu'il savait. Hélas rien d'immédiatement utilisable pour l'agent du FBI.

Une fois ces informations obtenues, Franck Outlaw se leva et quitta discrètement la voiture.

Il rejoignit sa voiture, mis son cd préféré « *Shaft* » en route et sortit du parking.

La circulation était fluide et il fût rapidement chez lui.

Effectivement ce qu'il venait d'apprendre, ce lobbying pour le Vénézuela, n'avait aucun rapport avec le voyage au Texas de West.

Il se décida néanmoins de garder cette info dans un coin de sa mémoire… On ne sait jamais.

Une fois qu'Outlaw eu quitté sa voiture, le conducteur sortit de la Cadillac les mains tremblotantes.

Il rejoignit la chambre qu'il avait louée pour la nuit et sa maîtresse d'un soir.

Ce n'est qu'après avoir bu une grande rasade de bourbon whisky, qu'il chassa son appréhension et pu se consacrer à une autre activité…

*

Das alte Schloss, décembre 2012

Charlotte Gui et Thomas Castle discutaient ensemble dans le salon depuis un moment en grignotant un gâteau fait maison.

Ils buvaient ensemble un verre d'une excellente vodka Béluga Allure offerte par un ami russe et dont les 40° indiquaient que c'était plutôt une boisson d'hommes !…

Néanmoins Charlotte Gui, à part quelques larmes qui commençaient à poindre, faisait plutôt bonne figure…

Dans la cheminée brûlait quelques bûches et il régnait une douce chaleur qui s'additionnait à celle de la vodka !…

Inès s'étant installée sur les jambes de Castle, la machine à ronrons était en pleine action.

Charlotte et Thomas se connaissaient depuis quelques années. Le hasard était parfois facétieux…

Peu de temps après que Castle ait entendu à la radio que la police anti-terroriste avait réalisé un vaste coup de filet en arrêtant des suspects dans le milieu islamique radical, il eut la surprise de recevoir un coup de fil de Charlotte Gui lui demandant si elle pouvait passer le voir.

Un peu surpris, il accepta malgré tout.

C'est donc seul dans la maison, sa maman et sa sœur étant sortis, qu'il l'a reçu.

Charlotte Gui lui raconta en détail la filature du taxi, puis les arrestations de plusieurs islamistes.

– Ton collègue devait être content de ta manœuvre de diversion, c'était qui ? demanda alors Castle avec un sourire.

– C'est Bastien.

– Sébastien comment ?

– Non c'est Bastien Leblack.

– Mais je te demandais son nom, pas son surnom. C'est un noir ? demanda Castle intrigué en buvant sa vodka…

Charlotte Gui secoua la tête devant cette incompréhension chronique…

– Non ! C'est un parisien !

– Ben quoi, c'est pas incompatible me semble t-il !

– Arrêtes ! lui dit alors Charlotte en lui donnant un coup de coude.

– Alors il s'appelle comment ton Sébastien ?

– Pas Sébastien, c'est Bastien et son nom de famille c'est Leblack, mais il est blanc !

Puis Charlotte Gui reprit sa conversation sur le sujet du jour, les islamistes radicaux, sous le regard hilare de Castle qui venait de comprendre la méprise de la conversation.

Puis il regarda son verre et se dit que cette vodka était décidément redoutable…

Donc après les 96 h de garde à vue, seul le chauffeur de taxi avait été mis en détention.

Il n'avait rien voulu dire quant au parachute et à l'uniforme algérien. C'est d'autant plus bizarre qu'officiellement il n'y avait que 6 personnes dans l'avion qui s'était écrasé, or on a bien retrouvé 6 cadavres.

Charlotte Gui indiqua également à Thomas Castle que lorsque les services de la DCRI ont demandé aux algériens s'il y avait une 7e personne dans le Casa, ils ont nié farouchement.

Ils ont juste reconnu que le nom figurant sur l'uniforme est celui d'un sous-officier parachutiste.

Pas connu pour avoir des sympathies islamiques en plus.

Thomas Castle, alors que passait de la musique classique au piano sur la chaîne Hi-fi, lui fît part de ses impressions.

Puis il chercha son ordinateur portable, se connecta au bureau car il avait toujours ses accréditations, puis lança une recherche sur le nom du sous-officier algérien.

Effectivement rien d'intéressant sauf un détail qui revint en mémoire à Castle ; mais d'importance car, après vérifications, il s'avèra que Ahmed Noureddine a servit dans le même régiment pendant quelques temps que Nabil Jazaïri jusqu'à ce que ce dernier quitta l'Algérie pour rejoindre AQMI et Abdelmalek Droukdel.

Thomas Castle le signala à Charlotte qui nota toutes ses informations.

L'heure du départ est arrivée et ils se quittèrent.

Puis Thomas Castle regagna le salon et relut la fiche de Nabil Jazaïri.

Ensuite il se décida à faire une ballade à pied avec ses deux toutous. Cela lui éclaicira les idées…

Il était en vacances après tout !

*

Chapitre 4

SERVAL EN CHASSE…

Nord Mali, janvier 2013

La machine de guerre de Ansar Dine, du Mujao et d'Aqmi se met inéluctablement en route.

D'un point de vu politique tout d'abord, Iyad Ag Ghaly remet le 1er janvier un Diktat politique au président burkinabé qui sert d'intermédiaire : le Mali devant choisir entre laïcité et intégrité du territoire.

Le 3 janvier Iyad Ag Ghaly fait savoir de manière officielle qu'il retire l'offre de trêve faite le 21 décembre à Alger.

D'un point de vue militaire ensuite : le 5 janvier, près de 200 véhicules 4x4 remplis d'hommes en armes venus de Tombouctou et de Gao se dirigent à grande vitesse en direction de Mopti.

L'offensive est lancée, elle ne doit s'arrêter qu'à Bamako.

En 48 h chrono !...

Le 7 janvier plusieurs lignes de véhicules djihadistes arrivent jusqu'à Boré à 25 km des positions de l'armée malienne.

L'armée malienne tire contre eux et progresse entre Konna et Douentza. Les djihadistes reculent.

Le 10 janvier à 8 h 30 les djihadistes attaquent Konna.

D'intenses combats opposent les 2 forces en présence.

Vers 16 h l'armée malienne recule en plus ou moins bon ordre vers Sévaré.

Le conseil de sécurité de l'ONU réunit en urgence sur demande française communique « *sa profonde inquiétude relative aux mouvements militaires et aux attaques terroristes islamistes dans le Nord du Mali, en particulier la prise de Konna* ».

Les autorités maliennes ont fait parvenir au conseil de sécurité de l'ONU une demande d'aide militaire, demande principalement adressée à la France.

La France décide donc de passer à l'offensive afin d'arrêter cette attaque contre le Mali et de protéger 5 000 ressortissants à Bamako.

Le 11 janvier, grâce aux commandos des COS (Commandement des Opérations Spéciales) les forces ennemies sont localisées.

Les hélicoptères de combat Gazelle des Forces Spéciales équipés de canon de 20 mm et de missiles anti-chars HOT attaquent sur le chemin de Konna.

Plusieurs dizaines de combattants ennemis et des véhicules sont détruits lors de cette première confrontation.

Le Lieutenant Damien Boiteux est blessé et perd la vie.

L'opération SERVAL débute.

Elle a pour but de repousser l'offensive des groupes armés islamistes, de soutenir les troupes maliennes et de permettre au Mali de retrouver son intégrité territoriale.

Les Mirage 2000D basés à N'Djamena partent à l'attaque à coup de bombes de 250 kg à guidage laser.

Les troupes françaises et le matériel arrivent de France à Bamako par un pont aérien multinational.

Les forces pré-positionnés en Afrique (Tchad, Sénégal, Gabon, Côte-d'ivoire) entrent en jeu également.

Le 13 janvier 4 Rafales décollent de St-Dizier lourdement chargés en tout de 24 bombes de 250 kg à guidage laser et avec 3 réservoirs supplémentaires de 2 000 litres par appareil.

Ils feront un vol d'une seule traite de presque 10 h entrecoupés de 5 ravitaillements en vol.

C'est le plus long vol de l'Armée de l'Air avec ses Rafale.

Longeant l'Algérie par l'Est, ils vont frapper des sites au Nord Mali pendant 90 mn. Toutes les bombes lancées font mouche et détruisent des dépôts d'essences et de munitions.

Au sol les Forces Spéciales sont aux premières loges.

Les attaques initiales sont orchestrées les avions de patrouille maritimes Atlantique2 (leur présence en Afrique étant traditionnelle et incontournable) ainsi que par des satellites.

Les frappes aériennes ne concernent pas que les centres logistiques, mais également les sites d'entraînements et les colonnes de véhicules identifiés.

Au début de Serval seules les Forces Spéciales du COS ont tirés, le temps que les forces conventionnelles soient pleinement opérationnelles en hommes et en matériels.

Le 14 janvier une force djihadiste venant de Mauritanie d'environ 400 hommes, commandé par Ousmane Haïara (ancien capitaine de l'armée malienne ayant commandé la garnison de Diabaly de 2007 à 2009), répartis dans 47 véhicules divisés en 2 colonnes s'emparent de Diabaly (village de 20 000 âmes à 400 km de Bamako) après 3 heures de combats avec l'armée malienne qui est mise en déroute.

L'aviation française frappe la nuit suivante.

Le 17 janvier l'armée malienne signale avoir repris le contrôle de Konna après avoir infligé de lourdes pertes à l'adversaire.

Le 21 janvier Diabaly et Douentza ont été reconquises sans combat par l'armée malienne.

Le 22 janvier un camp d'AQMI est bombardé par les avions français à Tombouctou.

Le 25 janvier un parachutage des forces spéciales a permit de reconquérir la zone de l'aéroport de Gao.

Le 27 janvier la reconquête de Gao par les forces françaises, malienne, tchadienne et nigériane est en cours.

Le 28 un hélicoptère Tigre engage le combat contre un groupe de djihadistes tuant une 10aine de combattants et détruisant des véhicules.

Le 28 janvier 600 soldats français prennent le contrôle de l'aéroport de Tombouctou.

Ils ont fait le trajet Diabaly-Tombouctou soit 900 km en 5 jours surmontant 80 ensablements de la colonne, ayant ralentie la progression de 12 h.

250 légionnaires du 2ème REP sont parachutés sur Tombouctou. La reprise de la ville s'est faite sans combat.

Le 28 janvier les combattants du MNLA entre en jeu et reprennent le contrôle de plusieurs villes du Nord.

Ils déclarent vouloir travailler avec la France pour l'éradication des troupes terroristes.

Le 29 les troupes tchadiennes (soit près de 2 000 hommes des Forces Spéciales tchadiennes), les plus efficaces de la coalition africaine, quittent leur base de Ménaka et font mouvement vers le Nord.

Kidal est reprise le 30 janvier.

Le 31 janvier les forces tchadiennes arrivent à Kidal et participent à sa sécurisation.

Le général tchadien Mahamat Idriss Déby Itno indiquant qu'il n'y a eu aucun problème avec les gens du MNLA, avec qui les relations sont très bonnes.

Le 5 février il y aura 4 000 soldats français au Mali.

*

Kidal, 2 février 2013

Le convoi de véhicules arriva devant le bâtiment qui servait de QG aux hommes de la Direction du Renseignement Militaire.

Il était constitué de 2 véhicules 4x4 VPS Panhard des Forces Spéciales françaises armé d'une mitrailleuse lourdes, de 3 picks-up bariolés surchargés de combattants du MNLA (alliés précieux de circonstance de la France), d'un VAB (véhicule blindé transport de troupe), d'un VBL (Véhicule Blindé Léger) Panhard équipé d'une tourelle avec une mitrailleuse de 12,7 mm à l'arrière et d'un blindé à roue Sagaie en protection.

Les portes arrières du VAB s'ouvrirent et 2 hommes, les mains entravées dans le dos, en sortirent surveillés comme le lait sur le feu par des hommes lourdement armés du COS (Commandement des Opérations Spéciales).

« Cadeau » des combattants du MNLA, en signe de bonne volonté, qui jouaient leur crédibilité sur ces actions contre les rebelles islamistes.

Ces 2 commandants islamistes furent arrêtés par le MNLA à In Khalil près de la frontière algérienne alors qu'ils essayaient de fuir. Puis ils furent remis à une unité du COS.

Le premier étant Mohamed Moussa Ag Mohamed (n°3 de AnsarDine et ancien responsable de la police islamique à Tombouctou) et le deuxième Oumeïni Ould Baba Akmed un membre important du MUJAO.

Avant d'être remis aux autorités maliennes, ils allaient être interrogés par les officiers du Renseignement français.

Le Commandant Rémy Gui avait fort peu dormis depuis quelques jours.

Effectivement quelques jours plus tôt, lors d'une attaque conjointe des forces spéciales du COS et les soldats du MNLA à In Khalil d'importants documents, des passeports, des téléphones portables, des cartes SIM et des disques durs d'ordinateurs avaient été trouvés dans une cache, en même temps que des armes.

Or les premières traductions de ces documents révélèrent un plan d'action contre un avion de transport algérien : tous les détails y figurant ainsi que le motif de cette attaque.

Mais aussi le nom de tous les participants djihadistes à cette réunion.

Or Ag Mohamed était présent, son témoignage peut du coup se révéler intéressant.

Connaissant parfaitement l'arabe Rémy Gui entama donc cette séance en essayant de se souvenir des conseils de sa sœur, policière à la DCRI, pour les interrogatoires sensibles…

Après plusieurs heures de conversation, Rémy Gui était très satisfait : le témoignage du n°3 de Ansar Dine corroborait les documents récupérés.

Etrangement il n'avait fait aucune difficultés pour « se mettre à table » quand il se rendit compte que les Français étaient au courant.

Il devait en informer immédiatement Paris et la DGSE.

Il sauta sur son ordinateur portable et envoya un mail crypté, les documents et disques durs suivront.

*

New York, février 2013

17 h, dans le bureau de Robert Goldhand se trouvait également Ted West. Il était revenu il y a 2 jours de son voyage au Texas.

Confortablement installé dans son fauteuil en cuir les pieds croisés sur son bureau, Robert Goldhand regardait le gigantesque écran plat SONY, mince presque comme une feuille de papier, où passait en boucle l'info via CNN :

– Samedi 2 février à 15 h 30 l'ancien tireur d'élite Chris Kyle et auteur du livre de mémoire « American Sniper », a été assassiné dans un stand de tir de Rought Creek Lodge, à environ 80 kilomètres au sud-ouest de Fort Worth au Texas. L'ex membre des SEAL a été tué en même temps que son voisin Chad Littlefield, par Eddie Ray Routh.

Il a été arrêté par la police quelques heures plus tard. Ancien vétéran ayant servi en Irak et en Afghanistan, il semblerait souffrir de troubles post-traumatiques.

La police n'a pas pu préciser le motif du double meurtre.

Chris Kyle était un ancien tireur d'élite redoutable, il s'attribuait la mort de 160 irakiens entre 1999 et 2009. Ses succès en Irak, où il fît 4 passages, lui avait valu le surnom de « Diable de Ramadi » de la part des insurgés irakiens (du nom de la bataille particulièrement sanglante de 2007) et une prime de 80 000 $ avait été placé sur sa tête !

Il quitta le service actif en 2009 pour se consacrer à sa famille et créa 2 ans plus tard la fondation FITCO Cares qui aide les soldats souffrant de stress post-traumatique.

« Chris est mort en faisant ce qui le passionnait : être au service des soldats souffrant de stress post-traumatique » souligne, dans un communiqué de presse, le directeur de la fondation Travis Cox.

Robert Goldhand changea l'affichage de l'écran afin que les cours des bourses mondiales réapparaissent.

Il tira une bouffée sur son barreau de chaise de cigare et regardant Ted West, assis sur le coin de son bureau entrain de boire un café, lui dit d'un ton aimable :

– Beau boulot M. West ! Votre idée d'utiliser un vétéran était diabolique. Pas moyen de nous relier à lui n'est ce pas ?

– Non Monsieur !

Ted West savait que son patron aimait les réponses brèves !…

– Parfait, parfait. C'est très bien ainsi !

Il appuya sur un bouton et appela sa secrétaire :

– Miss Mantis, faites transférer un don personnel de 200 000 $ à la fondation FITCO Cares et un petit mot à Travis Cox l'assurant de toute ma sympathie !

– Bien Monsieur Goldhand !

Ce cynisme ne surprit pas Ted West outre mesure ; Robert Goldhand n'avait rien contre Chris Kyle, bien au contraire, simplement c'était le business !…

– Savez vous pourquoi Abdelmalek Droukdel m'a demandé sa tête M. West ?

– Oui Monsieur, j'ai dû faire quelques recherches mais j'ai trouvé.

Et il lui expliqua la raison de la demande singulière.

Effectivement Droukdel était en relation avec un chef d'une katiba irakienne d'Al-Qaïda dont le frère a été tué par Chris Kyle lors de la bataille de Ramadi.

C'est lui qui a promis une récompense de 80 000 $ à qui arriverait à le tuer.

Quelques années plus tard Droukdel s'est ainsi trouvé un moyen facile de faire plaisir à un ami et de toucher pas mal de dollars, sans aucun risque pour lui.

Avec en prime l'ironie qu'un Américain tue un autre Américain pour venger un homme tué par le 2e, et qui était un ennemi de l'Amérique en plus !…

*

Nord Mali, février 2013

Les forces françaises, maliennes et tchadiennes continuaient inexorablement leur progression.

Parfois sans combattre, souvent lors de combats, toujours meurtriers pour les islamistes.

L'aviation (Rafale, Mirage 2000D, Mirage F1CR, Atlantique2), les hélicoptères de combat (Gazelle et Tigre), les blindés Sagaie et AMX 10RC donnant une force irrésistible.

Depuis le 18 février les combats ont lieu dans le sanctuaire des djihadistes c'est à dire dans le Massif de l'Adrar des Ifoghas.

L'opération Panthère IV qui mobilisa près de 2 000 soldats français et tchadiens vise à détruire les sanctuaires dans lesquels ils sont retranchés.

Iyad Ag Ghaly avait sa mine des mauvais jours.

Rien, mais alors rien ne se déroulait comme prévu.

Il avait dû quitter précipitamment son repère de Kidal avec près de 300 véhicules, depuis déjà quelques jours, pour se réfugier dans le Nord, montagneux et désertique.

Car non seulement les avions français avaient tendance à perdre des bombes près de chez lui…

Mais en plus les troupes au sol remontaient vers le Nord à grande vitesse !

Son beau rêve d'être à la tête d'un Mali Islamique s'écroulait.

Mais rien n'était perdu, il est un Touareg et l'Adrar des Ifoghas sera le Stalingrad des infidèles et de leurs laquais tchadiens.

Jamais ces « chiens » ne le délogeront de sa forteresse naturelle : un massif rocheux creusé de grottes qui sont autant de citadelles et de caches naturelles que les rebelles touaregs connaissent très bien !

De plus ses combattants sont les plus durs et les plus motivés.

Quand les pertes françaises seront trop élevées et que les opinions publiques contesteront cette guerre et exigeront le retrait des troupes françaises, alors il reprendra sa croisade sainte vers le Sud et il ne s'arrêtera qu'à Bamako !

Ce ne sont pas les pitoyables troupes africaines qui pourront l'en empêcher.

Lui n'avait pas peur de ces mécréants, pas comme ce chien de Droukdel qui s'était enfuit lâchement en avion, avec des combattants et la mallette, de nuit avant que l'aéroport de Tombouctou ne tomba, pour se réfugier en Libye.

Soi disant pour préparer une grande contre-offensive…

Foutaises…

Abdelmalek Droukdel eu plus de chance que ses troupes, puisqu'Iyad Ag Ghaly apprit qu'un convoi de 13 véhicules lourdement armés, soit près d'une centaine d'hommes, avait été intercepté par les garde frontières libyens (visiblement ils appartenaient à la mauvaise katiba, ce qui n'est pas toujours le cas heureusement) avec pour conséquence l'arrestation de quelques-uns et la fuite de la plupart des véhicules vers le Nord.

Ag Awissa, son fidèle bras droit, arriva et la réalité reprit le dessus. Il lui fît le compte-rendu des derniers combats.

Avec une quarantaine de combattants répartis en petits groupes, il avait attaqué 150 soldats français et maliens.

Hélas une paire de blindés AMX 10RC arriva et riposta au canon de 105 mm, puis des avions Mirage attaquèrent et détruisirent deux nids de mitrailleuses lourdes et deux dépôts de munitions à coup de bombes guidés laser, puis des hélicoptères de combats arrivèrent à leur tour (enchaînant tirs de roquettes et obus de 30 mm), même touchés à plusieurs reprises ces maudits hélicoptères ne tombaient pas…

Les combats firent rage pendant plusieurs heures, puis il dû se résigner à se replier avec ses hommes : il perdit dans l'histoire une 20aine de combattants et 3 véhicules.

Le chef de Ansar Dine se moquait comme d'une guigne des pertes humaines, la perte des dépôts de munitions était autrement plus ennuyeux, même s'il avait encore de la réserve.

Effectivement sa « forteresse » était truffée d'endroits où il y avait de l'eau, de la nourriture, des munitions, des armes et de l'essence.

Même certains pick-up ont été enterrés afin que les canons de 23 mm soient invisible car plus bas, et deviennent des sortes de casemates.

Le tout étant habillement camouflé afin d'être invisible aux avions ou aux drones.

Chaques crevasses ou ouvertures dans la montagne pouvant être un emplacement pour un combattant.

Jamais les « chiens », comme il aimait à appeler les soldats français, ne réussiront à le déloger.

Il suffit de leur infliger assez de pertes : les combattants voulant mourir en martyrs ne manquaient pas heureusement, même s'il fallait parfois les motiver en les aidant avec de la cocaïne !…

Toutes ses réflexions rendirent Iyad Ag Ghaly un peu moins morose.

*

La longue colonne de véhicules se déplaçait rapidement vers le Nord Mali créant un grand nuage de poussières, à la recherche d'une colonne djihadiste de 6 véhicules, qui ont été repérés par un drone, s'enfuyant vers le Nord.

La colonne était constituée d'une dizaine de véhicules blindés à roues et de 4x4 au camouflage bariolé ou moucheté des forces tchadiennes ainsi que 2 véhicules 4x4 (surchargé de jerricans et de bouteilles d'eau), des Véhicules Patrouilles Spéciales de Panhard des Forces Spéciales françaises en 2 tons de camouflage brun, avec des filets de camouflages, armée de mitrailleuses lourdes, et 2 longues antennes au bout desquelles flottait un petit drapeau français.

Ils servaient de relais entre l'aviation et les Tchadiens.

Le Lieutenant Dupré venait de recevoir des informations par radio, via le Bréguet Atlantique2 de la Marine Nationale, sur la localisation de la colonne ennemie qu'ils traquaient depuis 2 jours.

Il se dirigea vers le commandant tchadien portant un chèche bleu sur uniforme de couleur sable avec des taches marrons (comme ses hommes) et lui demanda de s'arrêter.

Il prit la carte et lui montra le lieu où était les djihadistes.

La colonne venait d'être « traitée » par un Rafale à coups de 2 bombes de 250 kg GBU-12 guidées par un faisceau laser.

Elle était à l'arrêt à quelques km de là.

Le commandant tchadien transmit l'info à ses hommes, puis secoua son poing levé en l'air et tous poussèrent des cris de guerre en secouant, pour certain, leur Kalachnikov ou leur fusil d'assaut M4 en l'air !…

Le convoi se remit aussitôt en route, le terrain était dégagé à présent et plat comme la main, ce qui était plutôt rare.

Au loin apparaissaient de hautes colonnes de fumées noires, signes tangibles du bon travail du Rafale…

Le convoi s'arrêta alors.

Le commandant tchadien et le lieutenant Dupré se mirent debout sur le capot de leur véhicule respectif, ils prirent leurs jumelles relevèrent leur lunettes de soleil et regardèrent en direction des fumées.

Ils virent 6 picks-up Toyota blancs ou beiges clairs avec sur le coté un autocollant rouge et jaune qui courrait sur tout le long.

2 véhicules étaient en feu, du fait des 2 bombes du Rafale.

Les soldats courraient autours des véhicules détruits ainsi qu'autour d'un cadavre, ne sachant quoi faire.

Il fallait faire vite avant que les survivants ne repartent.

Les 2 officiers posèrent leurs jumelles et l'officier tchadien sautant du capot, donna l'ordre d'attaquer.

Les véhicules tchadiens se mirent sur une ligne et tous les hommes, commandant y compris, se mirent à pousser des cris de fous furieux et telle *« La charge de la brigade légère »* attaquèrent les djihadistes à peine remit de l'attaque aérienne.

A cette vision impressionnante, le sergent conduisant le véhicule français accroché au volant, se tourna vers son lieutenant et lui dit :

– Mais putain, ils sont fous ces Tchadiens !...

Le Lieutenant Dupré dû bien reconnaître que la réputation de courage des troupes d'élites tchadiennes n'était pas usurpée. L'entraînement de l'armée française avait donné de bons résultats...

Ce fût alors un tsunami de feu, de poussières et de cris qui submergea les combattants ennemis.

Les 2 véhicules VPS des forces spéciales accélèrent à leur tour, les hommes ne voulaient pas rater la fête !...

Le combat fut impressionnant, violent, rapide et meurtrier : tir de fusils d'assauts, de mitrailleuses, de RPG contre les véhicules encore intacts.

Cela se termina par de furieux corps à corps.

Le commandant tchadien fût blessé légèrement au bras par le tir d'un djihadiste.

Un combattant djihadiste voulu tirer une rafale sur Dupré, mais son arme claqua à vide, il jeta son fusil et prenant un poignard il se lança les yeux injectés de sang contre lui en hurlant :

– *Allah Akbar, Allah ak... !*

Son élan et sa phrase furent arrêtés net par une rafale de fusil d'assaut FAMAS !...

Il fût fait seulement 3 prisonniers : un mauritanien, un français d'origine algérienne et un tchétchène blessé au bras.

Ils sont à présent à genoux, les mains sur leur tête.

Quelques coups de pieds ou coups de crosses venant les rappeler à l'ordre...

Des drapeaux blancs avec des versets du coran écrits en noir furent récupérés sur les véhicules des Islamistes et piétinés par les soldats tchadiens en signe de victoire et de joie.

Les soldats tchadiens fouillaient les cadavres, gardant l'argent et remettant papiers et téléphones portables à l'officier français.

L'armement et les munitions récupérables étant répartis dans les véhicules tchadiens.

Le reste, non utilisable, fut mit dans un trou creusé et détruit à l'explosif par un militaire français.

Le Lieutenant Dupré prit une bouteille d'eau et bu une grande rasade, puis il vida le reste de la bouteille sur sa tête : il faisait déjà largement plus de 40°C à l'ombre et... il n'y a pas d'ombre !

En regardant l'un des 4x4 touché par l'aviation il vit un cadavre à proximité ; bien qu'il fût un peu « abîmé » il était encore identifiable au niveau du visage avec sa barbe poivre et sel et son chèche blanc.

Il s'agissait d'un des chefs d'AQMI à savoir Abdelhamid Abou Zeïd.

Le commandant tchadien, soigné par les Français, arriva le bras en écharpe vers le cadavre et le confirma au lieutenant.

Il cria la nouvelle à ses hommes qui poussèrent des hurlements de joie, et quelques coups de pieds vengeurs sur le cadavre : le décès des 23 soldats Tchadiens et les 66 blessés de l'embuscade dans l'Adrar des Ifoghas quelques jours plus tôt étaient vengés.

Le lieutenant fît le point sur les téléphones portables et les papiers d'identités récupérés et mit le tout dans un sac.

Le Lieutenant Dupré félicita le commandant tchadien pour la réussite de l'attaque et le courage de ses troupes.

– *Oui c'est comme d'habitude, c'est notre métier hein ! Bonne mission !* dit l'officier avec un grand sourire.

Ensuite Dupré retourna à son véhicule et informa également l'Etat-Major, via son ordinateur portable par transmission satellite, du décès d'Abu Zeïd, du décès de 43 combattants de sa katiba et de la capture de 3 combattants étrangers dont 1 tchétchène.

Les prisonniers seront interrogés à Kidal par les officiers du Renseignement.

Dupré ne le savait pas encore, mais quand le nom fût signalé aux officiers du Renseignement Militaire ils furent ravit de cette annonce ; un gros poisson venait d'être pêché !

*

Kidal, février 2013

Le commandant Rémy Gui bien que fatigué était doublement satisfait. Le message qu'il venait de recevoir le ravis.

D'une part le décès d'un Emir de AQMI, réputé pour sa férocité, est une bonne chose même s'il eu été intéressant de pouvoir l'interroger. Mais bon tant pis, une mauvaise herbe d'éradiquée c'est toujours un jardin un peu plus propre…

Même si, hélas, le jardin est grand et les mauvaises herbes… trop nombreuses !

D'autre part le djihadiste franco-algérien, Djamel Khader, après avoir été interrogé sur place sera remis à la Gendarmerie Prévôtale, renvoyé en France et placé en détention provisoire dans l'attente du jugement « *pour association de malfaiteurs en relation avec une entreprise terroriste* ».

Il s'agissait probablement d'un jeune intégriste paumé, recruté dans une cité, attiré par l'appât du gain.

Comme toujours quand il s'agissait de Français, il envoya un mail à la DCRI, afin qu'ils aient leurs infos à jour.

Il sera agréablement surpris quand, dans quelques jours, il recevra un mail de sa sœur Charlotte lui signalant que son djihadiste allait retrouver en prison son frère Mohamed Khader !

C'est une histoire de famille en quelque sorte !…

Mais quand il regarda sur son ordinateur le pédigré du combattant tchétchène le sourire revint ; celui là n'ira pas finir ses jours chez les Maliens comme le prisonnier mauritanien :

« Aslan Chamil, est un lointain descendant de l'imam Nakshbandi Chamil qui conduisit la guerre sainte en 1834-1859 contre l'empire russe. Il a été l'adjoint de l'Emir Muhannad, aussi connu sous Abu Anas qui a été abattu par les services secrets russe en 2011. »

Tout à coup il se souvînt pourquoi ce nom ne lui était pas inconnu.

Il se souvînt de l'affaire en 2011 impliquant les services secrets français et qu'il avait appris fortuitement…

Il devait prévenir immédiatement Paris et la DGSE.

Il adressa immédiatement un mail crypté.

L'officier français de la DGSE ayant :

permit la neutralisation Abu Nas par les services russes,

découvert le rôle de Aslan Chamil dans un attentat contre Poutine,

et bien sur la suite (connu par un petit nombre de personnes !)

étant que cet officier s'appelait…

Castle, le Lieutenant-Colonel Thomas Castle !…

*

Paris, fin février 2013

Il était 20 h, la réunion au sommet se déroulait au Ministère de la Défense dans le bureau du ministre depuis plusieurs heures et on approchait de la fin.

Sont présent autour de la table, Jean-Yves Le Drian, Ministre de la Défense, le Chef d'Etat Major des Armées l'Amiral Guilland, le patron de la DGSE le préfet Erard Corbin de Mangoux et 2 conseillers techniques.

Le Directeur Général de la DGSE après que le bilan de la situation au Mali, au vu des derniers évènements, fût fait, prit la parole :

– M. le Ministre j'ai peut-être la solution à notre problème.

Le ministre souleva la tête et le fixa interrogatif.

– Quel lapin allez vous nous sortir de votre chapeau monsieur le Directeur ?

– Le Lieutenant-Colonel Thomas Castle, M. le Ministre !

Un long silence se fît…

Un ange avec des oreilles de lapin disparu sur la pointe des pattes !

– Ce nom me dit quelque chose… C'est pas… ? demanda le ministre en fixant le patron de la DGSE.

– Oui, c'est lui ! répliqua le Directeur Général.

Puis il expliqua et développa son argumentaire au Ministre de la Défense.

– Qu'en pensez-vous Amiral ? demanda le ministre en se tournant vers le CEMA.

– Je connais l'homme de réputation. Même si je n'apprécie pas son esprit parfois trop…indépendant, il faut bien reconnaître que si une personne peut réussir cette mission : c'est lui ! répondit l'Amiral après avoir échanger un regard avec le patron de la DGSE.

– C'est vrai qu'il a un certain caractère, mais aussi presque autant de médailles, résultants de ses missions réussit, qu'un général soviétique ! rajouta le directeur de la DGSE en souriant.

Mais après quelques secondes de silence, il conclut sa plaidoirie en disant :

– Néanmoins M. le Ministre j'avais pensé lui adjoindre quelqu'un sur cette mission pour effectivement lui tempérer un peu ses ardeurs, parfois un peu excessives !

Et il indiqua aux membres présents son idée.

Jean-Yves le Drian, pris une branche de ses lunettes dans la bouche et se mit à réfléchir.

Oui, oui il se souvient maintenant de cette affaire, qui avait fait le tour des initiés à Paris à l'époque :

Etant chargé des questions de Défense du candidat Hollande, lors de la campagne présidentielle de 2012, un haut fonctionnaire lui avait raconté l'anecdote.

C'est sur que c'est pas tous les jours qu'un Lieutenant-Colonel de la DGSE s'en prend physiquement à un proche conseiller du président de la République de l'époque (à savoir Nicolas Sarkozy).

La raison étant parce que, via une société semi-publique, ce conseiller a fait payer une rançon de près de 17 millions de $ à AQMI court-circuitant l'action des services secrets en cours.

Non seulement c'était pour rien, car les Islamistes ont gardé l'argent, sans libération d'un seul otage, mais en plus cela a détruit l'action de Castle sur le terrain pour faire libérer lesdits otages.

Et en prime Castle avait faillit y rester !

Il se souvient de ce conseiller : Louis de Condé.

Un personnage imbu de lui-même, sournois, avide, ambitieux, violent mais avec l'esprit vif et retor.

Plutôt petit en taille, avec un bouc finement taillé et une queue de cheval.

Conseiller à l'IGAS, en disponibilité à l'époque, grand amateur de chaussures de luxe (Davison, Weston)…

D'ailleurs, et cela avait même fait gloser Nicolas Sarkozy, il avait pris l'habitude de faire venir régulièrement un cireur pour qu'il lui cire ses pompes dans son bureau !…

Thomas Castle lui avait mit une sacré rouste !

Cela fit la fortune du dentiste qui devait redonner un sourire présentable au bonhomme !…

Cette pensée fît sourire le Ministre, il n'appréciait pas du tout Louis de Condé.

Le personnel de l'Elysée l'avait surnommé « *Le petit Duc* » !

Alors que Louis de Condé voulait la tête de Thomas Castle, le directeur de la DGSE s'adressant directement à Nicolas Sarkozy (le Préfet le connaissait et les 2 hommes s'appréciaient), sauva la tête de Castle en donnant au président de la République la liste des états de services remarquables.

Il lui fît comprendre qu'en le limogeant l'affaire allait se retrouver à la Une du « *Canard Enchaîné* » ; à quelques mois de l'élection présidentielle cela aurait fait un peu désordre !…

L'argumentaire porta ses fruits, mais on exigea sanction.

Thomas Castle fût donc « mis en réserve » de la République, sans perte de solde, pour une période indéterminée.

Paradoxalement cela l'empêcha de participer à l'action en Somalie.

Tous les regards se fixaient intensément sur le Ministre de la Défense qui mâchouillait une branche de ses lunettes.

Après un moment de réflexion supplémentaire il donna son accord de principe.

Une fois établie, par le directeur de la DGSE, de la date d'arrivée de Castle au Mali, répondant ainsi à un conseiller qui demandait quand il sera opérationnel sur le terrain, la réunion s'acheva.

Le Ministre de la Défense, en conclusion, souhaita à la DGSE la réussite de leur mission.

Et surtout bien évidemment, de garder le secret le plus absolu sur elle.

Ensuite tout le monde se sépara.

*

L'I-Phone vibra et sonna d'une sonnerie baroque.

Louis de Condé regarda le nom qui s'affichait sur le smartphone, Charles Detalle-Herrant, et prit la communication.

Il pâlît en entendant l'information ultra sensible que son ami, conseiller au ministère de la Défense, venait de lui communiquer.

Il ne fît aucun commentaire et remercia son interlocuteur.

Il bouillait de rage intérieurement, mais finalement il se calma et sourit car enfin il allait avoir sa vengeance.

Il fît une grimace car en souriant sa balafre le fit souffrir ; quand il s'était fait agresser par Castle, non seulement cela lui coûta plusieurs dents, mais en chutant sa joue gauche heurta l'angle de la table en verre, qui en se brisant provoqua une longue et profonde cicatrice qui se rappelait à son bon souvenir chaque fois qu'il souriait.

Cela raviva la haine qu'il éprouvait pour cet homme et l'empêchait de tomber dans les limbes de l'oubli et du pardon.

Il se dirigea vers son bureau dans son grand duplex d'un petit immeuble de haut standing situé avenue de la Division Leclerc à Montmorency.

Parquet en bois précieux, marqueterie et cheminée…

Il s'installa sur son siège ouvrit son Mac Book Pro en alu brossé et envoya un e-mail.

Un e-mail qu'il espérait envoyer depuis un moment, même si le destinataire lui provoquait une certaine crainte voire une grande peur (même si par fierté il se refusait à le reconnaître…) tant il était inquiétant.

Surtout son regard qui vous glaçait le sang !

Puis il referma son ordinateur et bu une grande rasade d'Armagnac, les mains un peu tremblotantes…

Ensuite en se dépêchant il rejoignit sa femme Chantal qui l'attendait nerveusement, ils avaient une sortie ce soir.

Elle n'arrêtait pas de bouger des objets sur la commode de l'entrée car elle avait des T. O. C. (Troubles Obsessionnels Compulsifs), mais si elle est toquée elle n'est pas une bonne cuisinière pour autant !…

Il ne veut pas la faire attendre plus longtemps, n'étant pas d'un abord facile… Loin s'en faut !

Et la patience, pas sa qualité maîtresse non plus !…

*

Washington, février 2013

La pluie frappait moins violemment les vitres, en duo avec le vent.

La tempête touchait à sa fin après plusieurs heures de déluge.

Le smartphone bipa l'arrivée du mail.

L'homme ouvrit le message et le lu.

Un sourire de satisfaction apparu sur son visage, ou plutôt une espèce de grimace satanique qui pourrait passer, avec de l'imagination, pour un sourire.

Il savait qu'il avait bien fait de « recruter » Louis de Condé quand il fût au courant de son histoire.

Rien ne vaut la haine d'un homme prétentieux, qui a été humilié quasi publiquement, pour satisfaire une vengeance réfléchie d'un autre homme intelligent ; comme lui en l'occurrence !…

Il avait bien pressenti que Louis de Condé ferait un « collaborateur officieux » des plus zélé…

Puis il effaça le message et remis l'appareil dans la poche de sa veste.

– Günther, préparez l'hélicoptère, nous partons pour New-York ! dit il d'une voix blanche et caverneuse.

– Bien, Mein Herr !

Il écouta encore un moment la musique et augmenta le son, s'immergeant complètement dans l'atmosphère irréelle ainsi crée.

Il voulait encore profiter un peu de cette plénitude ; il ferma les yeux savourant intensément ces derniers instants du concerto avec délectation…

Puis il se leva lourdement de son canapé.

Appuya sur le bouton d'une télécommande, arrêtant ainsi le Concerto pour Piano en Ut Mineur n°2 op. 18 de Sergueï Rachmaninov, dont la musique prenante et lancinante, envahissait toute la pièce grâce aux multiples haut-parleurs intégrés aux 4 coins de l'immense salon.

Il s'arrêta devant son piano à queue Steinway, et laissa courir ses doigts dessus.

Ses doigts jouèrent sur les touches quelques notes du concerto, puis il referma doucement le couvercle sur le clavier, ce qui fît un petit bruit sec.

Günther, un ancien sous-officier de la Stasi (la Gestapo version Allemagne de l'Est), s'approcha de lui et le vêtit respectueusement d'un long manteau noir.

Les 2 hommes sortirent ensuite de la pièce.

*

Chapitre 5

LE RETOUR…

Das Alte Schloss, mars 2013

« C'est la plaine, vaste campagne entourée d'un léger halo de brouillard matinal.

L'aube d'un nouveau jour du mois de septembre apparaît. La rosée du matin brille.

Le bruit du galop des chevaux se fait de plus en plus présent…

Course poursuite de 2 chevaux qui galopent et dont le bruit du souffle sortant des naseaux devient de plus en plus audible…

Un homme poursuivant une femme…

Nous sommes au XVIIIe siècle, l'homme est en pantalon noir, bottes montantes au-dessus des genoux, avec une chemise blanche, à larges manches, ouverte sur la poitrine.

La femme est jeune et superbe de beauté, avec une longue robe blanche ; elle porte une perruque blanche d'où dépassent quelques mèches prouvant que c'est une rousse flamboyante (un peu une allure à la Mylène Farmer… Époque « Pourvu qu'elles soient douces »), avec autour du cou un beau collier constitué une pierre de quartz couleur noire fumée entourée de perles, et avec des bottines blanches, chevauchant en amazone.

La campagne, puis la forêt, défilent…

Ils quittent ensuite le bois…

Puis c'est l'arrivée devant un château.

Crépitement des sabots sur le gravier… Hénnissements et souffles des chevaux s'arrêtant brusquement…

Les chiens aboient joyeusement, des lévriers azawakhs et un chien loup tchèque.

Les 2 protagonistes sautent de cheval !

Ils rentrent en courant… La course poursuite continue… Bruits de bottes sur le carrelage…

Ils montent un escalier magistral, en pierre, toujours en courant… Eclats de rires !…

La jeune femme s'adosse au mur, essoufflée…

L'homme s'approche d'elle, ses mains troussent la robe.

Il découvre avec plaisir qu'elle est nue en dessous !

Ses mains caressent les fesses de la jeune femme essayant de s'échapper, qui en secouant la tête fait tomber sa perruque : sa chevelure rousse flamboyante apparaît alors dans tout son éclat !

La main de l'homme quitte les fesses et va se plaquer presque brutalement sur son sexe trempé.

La main de la femme ouvre fébrilement les boutons du pantalon de l'homme, en sort un sexe bandé et colle sa jambe nue à lui.

– On a bien du mal à sentir des relents de votre éducation jésuite en ce moment cher Ami, n'est ce pas ? Mais à quoi pensez-vous donc M. le Comte de Castle ?…

– Mais à la même chose que vous ma Chère Justine ! Je vais vous prendre de fort belle manière, comme il se doit d'un gentilhomme !…

Elle éclate de rire et le repousse…

– Avant de parvenir à vos fins, j'attends que vous vous fassiez pardonner mon Ami ! dit elle.

Elle entre dans la chambre.

Il l'a suit et son regard est fixé sur ces charmantes et sensuelles courbes.

« Tu Dieu, elle a du sang et ne s'en laisse pas compter ! »

pense t-il et cela ne fait que renforcer son envie de plaider une cause qui lui est chère : la sienne !…

Un grand lit à baldaquin, quelques chandeliers posés sur un grand meuble en bois avec des tiroirs qui font toute la longueur, et un immense miroir.

Au mur est accrochée une vaste tapisserie représentant une scène de chasse avec chiens et chevaux poursuivant un cerf ; avec dans un coin, une scène où l'on voit une femme adossée à un arbre et un homme entrain de lui rendre hommage !...

L'homme s'approche de la jeune Justine, prend la dague qui est dans sa botte et... coupe le haut de la robe, libérant ainsi sa poitrine belle et ferme !!!

– Quelle impétuosité mon Ami ; la donzelle vous paraît elle donc à votre goût ? dit elle, le souffle court en le regardant, effrontément, droit dans les yeux...

Son sexe bande très fort à cette vue !...

– Cela vous satisfait-il comme réponse ? répond t-il du tac au tac.

Elle lève la cravache qu'elle avait à son poignet et veut le frapper pour son impudence !...

Elle suspend son geste, le regarde et en riant... le pousse !

L'homme tombe et s'allonge sur le lit...

Elle s'approche de lui, puis le chevauche...

Ensuite elle prend fermement le sexe de Castle et s'empale dessus !!

Leurs rythmes se synchronisent et le mouvement saccadé s'entend au grincement du lit : le rythme endiablé d'un métronome devenu fou !

En bruit de fond on entend un clavecin qui joue un morceau de musique parfaitement adapté à la circonstance :

« L'Amour n'est rien quand c'est politiquement correct... » de Mylène Farmer !...

Quand le morceau de musique s'arrête, retenti alors...

Le cri de jouissance d'une femme heureuse plantant ses ongles dans la poitrine de son amant !...

En même temps apparu le bruit lancinant d'un Flop Flop du rotor d'un hélicoptère !!!... »

*

Thomas Castle se réveilla en sursaut.

Il regarda sa montre. 6 h 30.

Inès la petite chatte qui était lové au creux de son épaule se leva, faisant le gros dos, et s'étira en baillant !

– *Bon sang c'est quoi ce bordel, ça se saurait s'il y avait eu des hélicos au XVIIIe siècle !*

Thomas Castle se leva péniblement et se dirigea vers la porte fenêtre en se grattant la tête et en baillant.

Il constata avec surprise et satisfaction que sur le sol l'une de ses chaussette qui avait « disparu » il y a quelques jours, les azawakhs quand ils sont jeunes sont particulièrement imaginatifs pour faire des bêtises, avait réapparu !

Super !...

Il vît alors un hélicoptère Fennec tout gris de l'Armée de l'Air en phase stationnaire, puis se posant, dans le jardin devant la maison...

D'habitude il croisait chez lui plutôt des « Ecureuils », hélicoptères bleu et blanc de EDF qui vérifiaient les lignes à haute-tension, que des Fennec !...

En même temps retenti la sonnerie (*99 Luftballon*) de son smartphone Samsung !

L'hélicoptère arrêta ses turbines.

La maman de Castle ouvrît la porte et les 2 chiens se précipitèrent vers l'appareil.

La porte du Fennec qui s'était ouverte... se referma aussi sec !

Le pilote et l'officier, à coté de lui, regardèrent les chiens, puis se regardèrent ne sachant quelle attitude adopter.

Thomas Castle jeta un œil sur l'écran du téléphone et vît le nom s'afficher : « EMMERDES »

Il soupira et prit la communication :

– Bonjour M. le Directeur ! Vous êtes tombé du lit ?

– Bonjour Castle. Pas d'impertinence je vous prie ; on a besoin de vous. Prenez le taxi qui doit être devant chez vous. Il vous amènera à un avion. Rendez-vous à la Boite dans 3 heures. Si vos fauves n'ont pas traumatisé le lieutenant dans l'hélico, il vous dressera un premier topo de la situation…

– Je croyais que j'étais mis en réserve de la République monsieur le Directeur ?

– Eh bien faites comme les Indiens et sortez de votre réserve ! Dépêchez-vous Colonel, c'est un ordre !

Et avant qu'il n'ait pu répliquer quoi que ce soit, le Directeur avait déjà raccroché !

Thomas Castle, regardant son smatphone, était on ne peut plus perplexe.

Pour que le directeur de la DGSE, en personne, l'appella à cette heure matinale, y mette un hélico et un avion, c'est que cela devait être important.

Il prit en vitesse une douche, se rasa, fini de s'habiller et alla dans la cuisine.

Il prit rapidement un croissant en buvant un jus d'orange que sa maman lui avait préparée.

Ils se regardèrent.

Elle seule savait que Thomas Castle était Lieutenant-Colonel de la DGSE, mis temporairement « en réserve de la République » après certains évènements et que sa période de « vacances » était maintenant terminée !

La DGSE se comporte comme une maîtresse exigeante, et du coup l'entourage doit en savoir le moins possible.

Ne pas pouvoir partager les joies et les peines du travail est parfois difficile mais toujours incontournable…

C'est un job que tu fais par vocation pour le patriotisme ; un peu comme quand tu rentres en religion, la partie abstinence sexuelle en moins heureusement !…

Cela réduirait sensiblement les vocations !!!

Par contre comme pour les prêtres pour qui le secret de la confession est un dogme intangible, dans les Services Secrets le culte du secret est également un dogme intangible…

Inès arriva, sauta sur la table, ronronna et frotta sa tête contre lui. Il lui donna un petit morceau de croissant.

Elle le mangea en ronronnant de contentement.

Il se leva, caressa Inès, qui fît le gros dos et ferma les yeux de plaisir sous la caresse, et se dirigea vers sa maman qui serra son fils dans ses bras.

– Fais bien attention à toi !

– Oui maman !

Ces départs étaient toujours un peu pénibles pour tous les 2.

Il était aussi ennuyé de partir sans avoir pu dire « au revoir » à Annie. Elle allait être triste et fâchée…

Une fois de plus !…

Heureusement sa maman pourra lui donner une excuse.

Surtout ne pas oublier de lui passer un coup de fil après l'entrevue avec le Directeur !…

Car une fois en opération il n'y a plus de téléphone même si la mission doit durer plusieurs mois.

La famille ne devait jamais connaître l'objet de la mission.

Il prit son sac et se dirigea vers l'hélicoptère.

Quand il arriva devant les toutous il les caressa longuement et chacun eu droit à sa ration de caresses et de mots tendres.

Il les ramena vers la maison et ferma la porte.

Ils le regardaient partir à travers la vitre en dressant les oreilles et en couinant…

Le Lieutenant Jacques Martin descendit de l'hélico et ouvrît l'autre porte pendant ce temps.

Il salua Castle.

– Bonjour mon Colonel, nous devons aller jusqu'à l'aéroport de Meyenheim d'où un Falcon 7X vous emmènera jusqu'à Villacoublay. Nous sommes un peu en retard.

– Merci Lieutenant.

– Vous avez des chiens superbes mon Colonel ! Ils ont l'air… gentil !

– Tout à fait Lieutenant, tant qu'ils n'ont pas le poil du dos hérissé ils sont sympas !

– Mais mon Colonel il me semblait qu'ils avaient le poil hérissé non ? dit Martin après un instant d'hésitation.

– Vous avez bien fait de rester dans l'hélico alors !… dit Castle avec un sourire en coin.

Sur ces paroles pleines de bon sens, qui laissèrent le lieutenant Jacques Martin perplexe, le Fennec décolla, puis l'arrière se souleva et se dirigea vers l'ancienne base aérienne de Meyenheim, où le Falcon 7X blanc de l'Armée de l'Air venait d'atterrir.

*

Paris, mars 2013

Castle se rendît au 141 bld Mortier dans le 20e arrondissement après un vol rapide et sans histoire.

Il arriva à « la Boite », surnom donné au siège parisien de la DGSE, appelé officiellement « Centre Administratif des Tourelles » et « la Piscine » par les médias.

Il entra dans le bâtiment principal grâce à son passe électronique. Puis il prît l'ascenseur et toujours grâce à son passe demanda l'étage du Directeur Général.

Les portes s'ouvrirent silencieusement et il prit le couloir.

Cela lui faisait plaisir de retrouver ces couloirs avec ces grands carreaux blancs sur le sol.

Cette atmosphère de secret matérialisée par les portes des différents bureaux qui restaient fermées pour maintenir la confidentialité.

C'est vrai que c'est la maison du secret et des secrets.

C'est d'ailleurs pour cela qu'il n'y avait pas de machine à café (pas de soucis d'entretien) et c'était le règne de la machine à café individuelle.

Tout comme c'était le règne de la déchiqueteuse : tous les documents non nécessaires étant détruit à la fin de la journée.

Il se dirigea vers le bureau du Patron.

Il salua Jacqueline Jardin, la secrétaire.

– *Bonjour Jacqueline, un petit présent à la plus belle de toutes ; vous êtes superbe comme toujours !* lui dit-il avec un sourire enjôleur et il lui offrît un petit paquet.

– *Oh Thomas, arrêtez vil flatteur, mais il ne fallait pas, c'est trop gentil !* dit-elle en ouvrant le paquet cadeau et en découvrant un ravissant coquillage qui manquait à sa collection.

– *J'ai rendez-vous avec le Vieux ! Comment est il en ce moment ?*

– *Oui je sais, je vais vous annoncer. Oh ! il mène rudement sa barque…*

Elle décroche le téléphone, appuie sur une touche et dit :

– *Monsieur le Directeur, le Lieutenant-Colonel Castle est arrivé.*

– *Faites le entrer je vous prie, Jacqueline.*

Castle entra dans le bureau du Directeur Général.

Cela lui fît un drôle d'effet, car il y a maintenant presque un an, la discussion fût orageuse.

Le directeur de la DGSE recula son siège, posa ses lunettes sur son bureau, se leva et tendit la main à Castle pour une franche poignée de main.

Vêtu d'un costume bleu marine avec une cravate violette, il faisait bien moins que 60 ans, et seuls ses cheveux gris pouvaient faire deviner son age…

Castle a beaucoup de respect pour lui, car il sait qu'il est juste et droit ; rareté pour un poste plus connu pour nécessiter, entre autre chose, plus de courbes que de la droiture !

Il était le boss de la Boite depuis le 9 octobre 2008, 3 jours après avoir été nommé Préfet.

Malgré qu'il fût nommé par Nicolas Sarkozy, le nouveau président reconnu son grand professionnalisme et ses grandes capacités, car malgré que son poste suscita la convoitise de plusieurs personnes, il avait été maintenu à son poste.

– Bonjour Colonel, vous avez fait bon voyage ?

– Oui merci M. le Directeur ! dit il en s'asseyant dans le confortable fauteuil, tout de même un peu intrigué.

Depuis sa retraite forcée, à part ses mails avec Jacqueline Jardin, c'était la première fois que le Bureau l'appelait.

En plus vu les moyens engagés, Fennec, Falcon, voiture avec gyrophare à Villacoublay… Il devait y avoir une grosse, très grosse anguille sous une toute petite roche !…

Thomas Castle regarda, en attendant, le bureau.

Joli bureau contemporain d'une grande largeur en forme de L où cohabitait un grand écran plat d'ordinateur (celui avec la pomme !) qui fait aussi ordinateur… Et un second ordinateur, un portable cette fois çi.

2 smartphones posés côte à côte, et l'inévitable gros téléphone classique avec autant de boutons qu'un adolescent en pleine période de puberté !…

Un moniteur où défilait les images des différentes caméras est également présent.

Il connaissait donc, dès son arrivée, la présence de Castle dans le bâtiment.

Une lampe classique au style indéfinissable venant compléter le tableau, avec les drapeaux français et européen.

Rien de personnel, pas de photos ou d'objets.

Un bureau élégant, fonctionnel et anonyme ; où trônait quand même une assiette avec des petits gâteaux !…

Le silence se poursuivit un moment.

Puis tout à coup le Directeur demanda :

– *Vous êtes au courant du crash du Casa 295M algérien ?*

– *Oui j'ai vu cela aux infos télévisées ; un banal accident, un problème de givre d'après le préfet !* dit Castle, en omettant de signaler la visite de l'officier de la DCRI (Charlotte était venue de manière officieuse après tout) et en se demandant où il voulait en venir.

– *Faut être givré pour croire complètement les infos télévisées !* dit pince sans rire le Directeur

Il lui tendit un dossier avec la mention *« Secret Défense »* et prit, après une petite hésitation, un petit gâteau, qu'il grignota avec gourmandise.

Thomas Castle ouvrit le dossier et avant qu'il ne puisse le parcourir, le Directeur lui offrit un verre de cognac d'une fort bonne maison, se servit à son tour et s'adossant à son fauteuil il commença son intervention :

– *Le Casa 295M a décollé du Bourget pour l'aéroport militaire de Boufarik. Il avait une dizaine de palettes de papier fiduciaire pour faire des billets de 200, 500 et 1 000 dinars. Il y avait 5 militaires et 1 cadre de l'imprimerie de la banque d'Algérie.*

– *C'est tragique, mais… !* commença Castle

– *Attendez la suite. Ce que les journaux ne savaient pas c'est qu'il y avait une 7e personne, un officier du moukhabarat, chargée de convoyer les plaques de gravures pour ces billets ! Or on a retrouvé que 6 cadavres carbonisés, le papier brûlé, mais PAS la mallette contenant les plaques de gravures !... La DCRI a eu une chance pas croyable, car elle a arrêtée un islamiste connu, Mohamed Khader chauffeur de taxi, qui a récupéré un parachutiste ayant sauté du Casa ; il l'a conduit à l'aéroport de Pontoise (où il y avait un jet qui l'attendait, pour officiellement un vol vers Doha), et ensuite a enterré un uniforme et un parachute. Mais ça vous le saviez déjà !* dit le directeur en buvant une gorgée de cognac.

Castle vit à ce moment un petit sourire de satisfaction amusé sur le visage du Directeur !

– *Etrange en effet !* dut admettre Castle qui fît comme si de rien n'était.

– *L'histoire aurait pu s'arrêter là. Mais il y a quelques jours nos alliés du MNLA nous ont remis des disques durs pris lors d'une attaque conjointe avec les Forces Spéciales du COS dans une cache de Ansar Dine au Nord de Gao, dans un patelin dont je ne me souviens plus du nom !*

– *Et...* demanda Castle dont la curiosité commença à se réveiller, ainsi que son appétit : il piocha dans les petits gâteaux si savoureux !

– *Vous savez que les islamistes d'Al-Qaïda ont cela de commun avec feu « nos amis » soviétiques, c'est qu'ils écrivent tout, tout le temps...*

Le directeur, sur de son effet devant Castle, décida donc qu'il était temps d'abréger le suspense et lui annonça alors la découverte au milieu d'un grand nombre d'informations (dont toutes n'ont pas encore pu être traités) d'un plan visant à récupérer les plaques de gravures dans l'avion algérien par l'attaque de 2 membres : 1 s'échappant en sautant en parachute et l'autre se sacrifiant en faisant s'écraser l'avion en pleine méditerranée.

Ces plaques devant servir à déstabiliser le gouvernement algérien par l'arrivée massive sur le sol algérien de « vrai » faux billets !

Cette déstabilisation entraînant un soulèvement populaire (type printemps arabe) destiné à faire prendre le pouvoir à Al-Qaïda !

Première phase d'une attaque plus globale une fois que l'Algérie serait tombée.

Ce plan a été organisé par Abdelmalek Droukdel, chef d'Aqmi et secondé par Iyad Ag Ghaly, chef touareg d'Ansar Dine.

Cela a été confirmé par Mohamed Moussa Ag Mohamed (l'idéologue de Ansar Dine) que les touareg du MNLA ont capturé à Khalil, près de la frontière algérienne, lors de sa fuite suite à la prise de Tombouctou.

Il s'est « spontanément » confié aux officiers français de la DRM (Direction du Renseignement Militaire) présent…

Castel écoutait le récit sans voix !

L'Afghanistan puissance 10 à la frontière sud de la France et de l'Europe.

C'était machiavélique comme plan, presque trop même pour ces Islamistes !…

– Castle, votre mission est simple : vous devez récupérer cette mallette à tous prix. Selon toute vraisemblance elle se trouve chez Ag Ghaly, avec probablement également nos otages, dans le massif de l'Adrar des Ifoghas. Accessoirement, les Algériens vous élèveront une statue.

Puis après un petit moment de silence, il dit :

– Vous aurez carte blanche, vous n'aurez à rendre compte qu'à moi ou au Ministre de la Défense. Tous les moyens de l'opération militaire « Serval » et son Etat-Major sont à votre complète disposition. Le nom de cette opération sera « Serval 2 » et ne sera pas dévoilée officiellement, elle est classée « SECRET DEFENSE ». Par contre je vous connais, il faudra quand même l'accord du président de la République si vous voulez utiliser un missile nucléaire ASMP-A !… Au fait, une dernière chose, ce serait pas mal que vous passiez faire quelques tests de tirs avant de partir, je ne voudrais pas que vous vous soyez trop rouillé pendant vos vacances ! dit il avec un sourire.

Castle trouva que le Directeur maniait l'humour noir à haute dose en ce moment…

– *En quelque sorte on peut donc dire que Serval va à la pêche de la sardine ! ou plutôt devrais-je dire que c'est « la chasse par Serval 2 l'Ansar Dine » !!!* dit Castle tout heureux de son trait d'humour !…

– *Castle, je constate avec plaisir, en tous cas pour les jeux de mots approximatifs, que vous n'êtes pas trop rouillé !* dit le directeur avec un regard où la lassitude le disputait à un début d'hilarité…

Le Directeur vida d'un coup le fond de son verre, jeta un coup d'œil sur l'écran de télévision, et reprenant son sérieux (que jamais il ne quitta vraiment) il regarda Castle droit dans les yeux et dit :

– *Vous pourrez choisir l'équipe que vous voudrez, je pense que les volontaires ne manqueront pas dans le service. Par contre je vous adjoins le Capitaine de St-Jacques, c'est réellement un officier en tous points remarquable ; comme vous pourrez le constater, voici son dossier.*

Thomas Castle se leva en même temps que le Directeur et voulu protester.

Simultanément le Directeur appuya sur le bouton de l'interphone et dit :

– *Faites entrer le Capitaine de St-Jacques, Jacqueline, je vous prie !*

– *M. le Directeur, vous savez que je n'aime pas avoir un fil à la patte !*

– *Cela n'est pas négociable Colonel !*

Puis allumant un de ses traditionnel cigare, coupant ainsi court aux véhémentes protestations de Castle, il dit avec un sourire radieux en tendant le bras :

– *Lieutenant-Colonel Thomas Castle, je vous présente le Capitaine Justine de St-Jacques !*

Castle se retourna d'un bloc croyant avoir mal entendu, gardant devant la bouche le dernier gâteau sournoisement subtilisé.

– A vos ordres mon Colonel ! dit impassible, d'une voix ferme, le capitaine

Mais là où Castle n'en croyait pas ses yeux, c'est qu'il avait en face de lui non seulement une femme ressemblant comme 2 gouttes d'eau, mais en plus jeune, à l'actrice Poppy Montgomery, l'héroïne de la série *« Unforgettable »*, mais surtout, et c'est ce qui le laissait sans voix, elle ressemblait tout à fait à la rousse de son rêve qui avait été interrompu quelques heures plus tôt.

Et en plus elle avait le même prénom !!!…

Or il n'a jamais entendu parler de cet officier.

– Parfait, vous pouvez disposer. Je crois Colonel que du travail vous attend… Bonne chasse ! Pas vous Capitaine, attendez un moment s'il vous plait, j'ai quelque chose à vous dire !

Une fois Castle sortit, le directeur dit à Justine de St-Jacques ce qu'il attendait d'elle et lui donna ses consignes.

Puis il lui souhaita bonne chance et lui serra la main.

Thomas Caste vit alors une Jacqueline Jardin avec un sourire moqueur, en train de le regarder…

– C'est pas beau de se moquer !… En plus c'est même pas drôle ! C'est vraiment trop injuste !!!… lui dit-il

Puis les 2 officiers quittèrent ensuite le bureau de Jacqueline Jardin et se dirigèrent vers le bureau de Justine de St-Jacques afin de constituer l'équipe.

*

New York, mars 2013

Robert Goldhand était de fort mauvaise humeur.

Rien ne se passait comme il fallait au Mali.

Pour la première fois depuis longtemps il avait mésestimé l'adversaire, ou plutôt il était arrivé plus tôt qu'il n'avait imaginé.

Il n'avait pas prévu une réaction aussi rapide des Français.

Bien sur il se doutait bien qu'ils avaient un plan d'action dans les cartons, mais il ne pensait pas qu'il entrerait en action si vite.

Fichus satanés français, toujours à faire ce que l'on attend pas d'eux !…

C'est pas avec les Anglais que cela arriverait, eux au moins ils sont prévisibles.

Bien sur il n'avait pas peur que cela remette en cause durablement l'opération « *Corne d'Abondance* » car, peu ou prou, il avait fait la même analyse que Iyad Ag Ghaly.

Quand les pertes françaises feront trop souvent la Une des journaux, les Français réclameront le départ des troupes car ces morts leurs paraîtront intolérables.

Les politiciens français, courant comme toujours derrière l'opinion publique, embrayeront alors sur cette lancée.

Comme pour l'Afghanistan.

Simplement cela retardait l'opération de plusieurs mois. Heureusement qu'il n'avait pas encore fait partir pour le Mali, à destination de *Graphique Industrie* à Bamako, le conteneur de 40'pied avec une trentaine de palettes de papier fiduciaire.

Seule cette société avait la capacité d'imprimer la fausse monnaie ; elle imprimait déjà des documents sécurisés comme les cartes d'identités, cartes grises ou chèques de banque.

Effectivement toute la fausse monnaie devait être fabriquée en toute sécurité au Mali, le Mali Islamique, pour ensuite être écoulée en Algérie provoquant ainsi le chaos financier et politique.

Ensuite, après la prise de pouvoir par les Islamistes, se seront ses sociétés (et uniquement les siennes) qui pourront exploiter les richesses de gaz et de pétrole du pays.

Le couronnement pour Robert Goldhand de l'opération « *Corne d'Abondance* ».

C'est pourquoi il avait expliqué lors de la réunion à Tombouctou, l'importance de l'attaque vers le sud, afin de conquérir le pays en entier et l'envoi du papier uniquement à ce moment là.

De toutes façons les plaques, sans le papier et les encres, ne servaient à rien aux Islamistes ; à part peut être de presse-papiers !

Heureusement l'embellit venait de Colombie avec un accroissement sensible des bénéfices depuis le changement de tête à la *Blancura Inocente.*

C'est pour cela qu'il avait invité ce soir Ted West à un repas à son domicile. Il avait demandé à son chauffeur de conduire la Mustang de West.

Il voulait parler avec lui pendant le trajet en voiture.

M. Black conduira la Rolls et M. White sera en protection.

Ted West donna les clés de sa voiture au chauffeur.

Le groupe allait descendre dans le parking souterrain, quand Goldman retourna à son bureau chercher son portable.

Puis ils prirent tous l'ascenseur et descendirent au sous-sol.

Il était presque 20 h 30 et il n'y avait plus grand monde.

Sam White ouvrit la porte arrière de la Rolls Royce Phantom et Robert Goldhand s'installa suivit de West.

Jack Black était au volant, quand soudain…

Une ombre noire apparut tenant dans sa main gauche un boîtier avec une lumière clignotante et dit d'une voix glaçante :

– *Que personne ne bouge ou j'appuie sur le bouton et la bombe sous vos fesses explosera. Je dois vous parler M. Goldhand. Maintenant !*

En même temps, passé la surprise, Sam White mit la main sous sa veste et voulu sortir son pistolet Glock 17.

Vif comme l'éclair l'ombre noir s'approcha, prit dans sa poche un objet noir, une matraque télescopique électrique, fouetta l'air et frappa Sam White.

Il reçut le choc du coup et de la décharge électrique pendant à peine 3 secondes mais cela a suffit à le tétaniser et il s'écroula au sol.

Jack Black voulu sortir son arme à son tour quand il sentit le canon froid d'une arme sur sa tempe.

Très doucement il tourna les yeux et vit que c'était un pistolet russe Gsh-18 ; il savait que ses balles perçaient 8 mm d'acier à 20 m or sa tête n'était pas à 20 m de l'arme…

L'homme recula ensuite un peu.

Mais sa tête était moins solide que de l'acier, malgré ce que disait sa pauvre mère !…

– Ne faites pas de gestes brusques messieurs, Günther n'aime pas les surprises. M. West avancez doucement et regardez sous la voiture, là où vous êtes placé et dites à M. Goldhand ce que vous voyez !

Ted West s'exécuta, très lentement, se gardant bien de faire un geste brusque pouvant créer une fort regrettable mauvaise interprétation !..

Il avait compris instinctivement que cette ombre, dont on ne voyait qu'un long manteau noir avec une capuche cachant le visage, ne plaisantait pas et décida donc sagement de ne pas toucher à son arme.

Il mit la tête sous la voiture et vit un petit paquet de C4 ; le petit paquet d'explosif était suffisant pour réduire la voiture et ses occupants en cendre, mais pas les 2 agresseurs.

Une fois que West lui eu confirmé les paroles de l'inconnu, Goldhand s'approcha près de la portière et fixant l'inconnu le regard noir, lui cracha d'un ton mauvais :

– Mais putain t'es qui toi… bordel ?!!!…

– TRAPP, my name is HANS TRAPP ! dit la voix avec un fort accent germanique et avec un humour anglais glacial que personne ne releva…

Devant le regard étonné de Goldhand il lui dit :

– Je sais que vous avez une opération au Mali en cours qui s'appelle « Corne d'Abondance » et je viens vous fournir des informations très importantes.

Robert Goldhand pâlit, comment diable ce type pouvait-il être au courant. C'est impossible !…

Hans Trapp lui apprit donc que les services secrets français étaient au courant pour les plaques de gravures et qu'une équipe d'agents allait partir incessamment de Paris.

Le chef de cette équipe était le Lieutenant-Colonel Thomas Castle et il devait impérativement appeler ses contacts au Mali afin qu'il fusse éliminé le plus rapidement possible car il représentait un grand danger pour eux.

En plus Castle pourrait également représenter un danger à moyen terme pour Goldhand lui-même.

Il ne devait parler de lui et de cette rencontre, à personne, jamais. Sinon…

Günther s'éloigna de Jack Black et rejoignit Hans Trapp en pointant son arme sur le groupe.

Puis il dit :

– A présent sortez de la voiture et mettez-vous tous les 4 coté gauche à 2 voitures de la votre. Je ne bluffe pas M. Goldhand si vous ne faîtes pas ce que je vous dis, je viendrai vous abattre personnellement. Voici une preuve que je ne bluffe pas, ce sera la 1ère et unique que je vous donnerai : je fais TOUJOURS ce que je dis !

Pendant que Ted West aida Sam White encore à moitié groggy à rejoindre Goldhand et Black du coté gauche de la voiture, Hans Trapp et Günther se reculèrent un peu, puis de sa main ganté un pouce appuya sur la touche du boîtier.

Une explosion assourdissante, mais contenue, transforma la Rolls Royce en décombre fumante !

Robert Goldhand pendant, une fraction de secondes, pu voir le visage illuminé par les flammes de l'explosion de l'ombre, et ce qu'il vit lui fît peur, viscéralement peur.

Un sourire satanique éclairait le visage de Hans Trapp !…

Et cette peur Goldhand la ressentait pour la première fois de sa vie ; cet homme ne plaisantait pas il le savait, c'était un vrai méchant !…

Les 4 hommes détournèrent le regard instinctivement sous le choc de l'explosion.

Quand ils se redressèrent ils virent que les 2 hommes avaient disparu !…

*

Airbus A-340 de l'Escadron 03. 060 Esterel en vol, mars 2013

Après avoir décollé de l'aéroport de Roissy Charles de Gaulle, Thomas Castle et toute son équipe en profitèrent pour se reposer un peu.

Contrairement à leurs habitudes où lors des missions les agents sont habillés en civil afin de se fondre dans la population, là toute l'équipe est en uniforme camouflé sable de l'Armée de Terre. Cette fois ci c'est en uniforme qu'ils se fondaient dans l'environnement !…

Ce n'était pas si fréquent que Castle, lors d'une mission, puisse exhiber ses galons !…

Ils ont pu profiter d'un vol direct de l'Armée de l'Air vers Bamako. Il restait largement de la place pour son équipe et le matos nécessaire qu'ils ont emporté.

C'est quand même plus confortable que le C-130H Hercule du GAM56 qu'ils auront à utiliser sur le terrain…

On se croirait presque dans un vol civil en partance pour les vacances vers un lieu paradisiaque !…

Il a même pu passer un coup de fil à Annie et n'a pas été trop obligé de mentir quand il lui a dit qu'il partait de Roissy dans un superbe Airbus A-340 pour l'Afrique.

En omettant bien sur que c'était un avion militaire et qu'il partait en mission.

Bizarrement Annie ne semblait pas trop fâchée, en tout cas moins que d'habitude…

Castle fît le point sur la situation : il était heureux d'avoir pu choisir son équipe.

Il se souvient de la réunion avant le départ où tout le groupe était réunit pour la 1ère fois dans la grande « salle de crise » afin de les informer sur la mission.

Vaste salle, avec une grande table et entourée de chaises bleues sur une moquette ocre. Avec au mur une grande carte du monde et dans un coin un meuble en bois rectangulaire.

Réunis autour de la table, écoutant Castle leur expliquant ce que l'on attendait d'eux, se trouvait :

– Capitaine Justine de St-Jacques alias *Nettoyeur* ; respectant la tradition chaque membre du groupe a un surnom correspondant à ses capacités. Pour Justine une fois connues par le Service ses faits d'armes en Afghanistan, ce surnom fût adopté à l'unanimité.

– Lieutenant Denis Hacquer alias *Décodeur*, capable de casser tous les codes informatiques et crac en informatique… Un hacker redoutable dans une autre vie, avant qu'il ne croise Castle !

– Lieutenant Bernard Grim alias *Caméléon*, capable de se camoufler et de se transformer en imitant même la voix…

– Major Farid Merhleen alias *Dénicheur*, dont le talent est inversement proportionnel à sa taille, capable de tout trouver même les choses les plus… introuvables. Castle lui avait proposé 2 fois de passer officier, mais il a toujours refusé !…

– ainsi que 5 officiers et sous-officiers du Service Action en provenance du 11ème Choc de Perpignan, que Justine avait choisi préalablement et proposé à Castle.

Le patron avait raison, les volontaires ne manquaient pas à l'appel…

C'était l'esprit de corps et de dévouement, caractéristique des agents de renseignements et d'actions.

A la DGSE on est toujours présent à l'appel pour les opérations difficiles.

Comma l'a démontré la dernière opération « officielle » en Somalie pour délivrer Denis Allex le collègue retenu depuis trop longtemps ; certains membres de l'équipe de sauvetage avaient même différé leur départ de la Boite pour en être !...

C'est triste qu'il y ait eu cette malchance qui a fait que l'opération ne fut pas une réussite...

Mais contrairement à ce que les médias, toujours prompts à casser du sucre sur le Service, avaient affirmés d'une manière péremptoire, ce n'était pas un fiasco puisque malgré l'attaque d'une centaine de terroristes shootés aux amphétamines et à la cocaïne, le groupe d'une dizaine d'agents en a éliminé 17 !...

Heureusement la présence d'hélicoptères Tigre avait permis au groupe de décrocher sans se faire submerger.

Les hélicos portaient bien leur nom et avaient fait de beaux cartons à coups de griffes, pardon, de roquettes et d'obus de 30 mm...

Malgré les pertes et le blessé, on est loin du fiasco des américains lors de la tentative de libération des otages en Iran...

Thomas Castle regarda par le hublot, l'Airbus A-340 était au-dessus des nuages, le ciel était d'un bleu magnifique et la température d'un non moins magnifique –50°C !...

On pouvait voir les 4 traînées de condensation des réacteurs.

Castle alluma sa tablette numérique, y inséra la clé USB que l'on lui avait donné à son départ de la « Boite ».

Il cliqua sur le 1er dossier intitulé : « Capitaine Justine de St-Jacques ».

Il relu donc avec beaucoup plus d'attention le dossier de son « fil à la patte ».

Parcours exemplaire d'un officier exemplaire.

Il s'en rendit compte au fur et à mesure qu'il lisait son dossier et ses états de services.

Il leva les yeux de sa tablette et tourna la tête à gauche vers la rangée médiane de sièges.

Il croisa le regard de Justine de St-Jacques qui le regardait depuis un moment...

Castle ne pouvait pas le savoir, mais elle était troublée par le fait que lors de son retour d'Afghanistan elle avait fait un rêve étrange dans ce même appareil : dans une autre époque elle avait rencontré et vécu une histoire amoureuse avec un homme qui ressemblait beaucoup à Thomas Castle, alors qu'elle ne l'avait jamais vu ni entendu parlé.

Elle avait dû faire preuve de sang-froid et d'indifférence pour masquer son trouble au siège de la DGSE !

Il se passa quelque chose d'indéfinissable à ce moment précis pour tous les 2 d'ailleurs…

Le sentiment incompréhensible, inexplicable rationnellement, d'une complicité intemporelle.

Mais pour Thomas Castle également, à part son rêve, puis la rencontre dans le bureau du directeur de la DGSE, il n'avait jamais vu ni entendu parlé de Justine de St-Jacques !…

Puis Castle se replongea dans sa lecture :

« Carrière classique, sans coup de pouce de son père Louis-Charles de St-Jacques, Général dans l'Armée de Terre.

Célibataire sans enfant, puis de brillants et courageux faits d'armes en Afghanistan avec notamment le dernier en date où encerclée avec sa section du Commandement des Opérations Spéciales par une trentaine de talibans, elle fît preuve d'un courage et d'une abnégation hors du commun.

Malgré une blessure elle neutralisa une dizaine de combattants au fusil à lunette, elle sauva la vie de 2 de ses hommes à grand coup de FAMAS en tuant un chef taliban très connu et trop imprudemment présomptueux par la même occasion !… »

Il comprend mieux maintenant le résultat des tirs d'entraînements. Denis Hacquer s'était bien fichu de lui !…

Suivant le conseil de *Décodeur* il avait emmené Justine avec lui pour une séance de tir.

Il trouvait l'idée pertinente, car en plus de refaire ses qualifications comme le lui avait demandé le Directeur, il pouvait se faire une idée des qualitées de tireur du Capitaine.

Là où il aurait dû se méfier c'est quand cet « enfoiré » de Hacquer lui a lancé un pari sur un score supérieur au sien que réaliserait St-Jacques.

Evidement il releva le défi.

Non seulement elle tirait remarquablement bien, surtout au fusil à précision, au pistolet ils étaient de forces égales, mais en plus cela lui coûta 60 € !

Hilare « *Décodeur* » lui apprit alors le surnom de Capitaine Justine de St-Jacques !

Il remarqua son petit sourire de satisfaction quand lui donnant ses 30 € elle le remercia d'un :

– *Merci mon Colonel, c'était pas si mal pour un homme de votre âge !*

Il cru que « *Décodeur* » allait se pisser dessus tellement il rigolait.

Thomas Castle promit à « *Nettoyeur* », avec le sourire et les yeux mi-clos, qu'il aurait sa revanche la prochaine fois.

Il sourit et reprit sa lecture :

« Une fois que l'hélicoptère Tigre arrivé pour les secourir eut nettoyé les abords à grand coup de roquettes de 70 mm et d'obus de 30 mm, elle poursuivit les talibans avec une poignée d'hommes une fois que les renforts fussent arrivés.

Malgré sa blessure elle ne voulue être évacué qu'en dernier lieu, par un hélico Blackhawk médicalisé américain, et seulement une fois que tous ses hommes fussent mis à l'abri.

Après le Lieutenant Delphine Duhamel, elle était la 2e femme officier à recevoir la Croix Valeur Militaire avec Etoile de Bronze ; elle fût promu Capitaine sur son lit d'hôpital par le Général commandant les forces françaises en Afghanistan.

Par la suite elle demanda sa mutation à la DGSE après la visite que lui fît le Directeur Général. »

C'était il y a 3 mois !…

Puis il sortit du fichier et cliqua sur la 2e icône qui correspondait à sa mission.

Tous les derniers éléments connus par les services de renseignements y figuraient.

Il découvrit ainsi, presque par hasard, la capture et le compte rendu d'interrogatoire du combattant tchétchène, Aslan Chamil, dont le nom lui rappela quelques souvenirs sur une de ses ancienne mission en Russie…

Mais il pu lire également tous les comptes rendu d'interrogatoires des prisonniers djihadistes.

Ainsi que, en partie seulement, ce qui a pu être découvert et traduit sur les ordinateurs et disques durs saisis, ainsi que sur les documents récupérés au Nord de Gao.

Il sortit du programme, enleva la clé USB, appela ensuite son équipe et ils firent le point ensemble, en squattant quelques sièges de la travée centrale.

La conversation dura un moment, puis chacun regagna sa place.

Le vol se déroula sans accroc.

Puis l'avion arriva à l'aéroport de Bamako.

Ils prirent ensuite, avec leur matériel, un avion cargo C-130H Hercule, plus rustique, pour se rendre à l'aéroport de Gao.

*

Massif de l'Adrar des Ifogas, mars 2013

Iyad Ag Ghaly était perplexe.

Il venait de raccrocher avec l'Américain.

Son information sur la dangerosité de l'agent secret français et de son équipe, et la nécessité absolue de l'éliminer pour la sauvegarde de la suite des opérations, l'intriguait.

Certes il avait d'autres soucis bien plus immédiats que cet éventuel hypothétique danger…

Mais au son de la voix, il sentait qu'il ne devait pas prendre cette information à la légère.

Son info devait être fiable car il se doutait bien que cet Américain avait beaucoup de relations.

Alors que sur le front, malgré des conditions inhumaines, plus de 50°C pendant la journée, un terrain inadapté aux véhicules où tous les déplacements devaient se faire à pied, malgré les multiples caches pour faire des embuscades, hé bien les troupes françaises et tchadiennes continuaient d'avancer jours après jours sans subirent de pertes conséquentes.

Ce qui n'était pas le cas des combattants djihadistes.

Avant le coup de fil de l'Américain, il avait reçu un coup de fil de son allié Shebab somalien le chef Mohktar Ali Zutteyr.

L'un des chefs des islamistes somalien, Khalif Amid Ali, lui proposait son aide ainsi qu'à Abdelmalek Droukdel en envoyant des troupes s'il le souhaitait, afin de chasser les infidèles.

Iyad Ag Ghaly songea alors au proverbe arabe qui disait qu'il ne fallait pas dire ses peines à autrui, car l'épervier et le vautour s'abattent sur le blessé qui gémit !

Au contraire, tout en le remerciant, il se déclara optimiste quant à la conclusion de cette épreuve.

Il termina sa phrase par :

– Dans la nuit noire, sur une pierre noire, la fourmi noire est vue par Allah le miséricordieux !

Il fît transcrire ce coup de fil dans les archives de Ansar Dine ; plus tard cela fera partie de l'Histoire du Mali et c'était important d'en conserver la trace.

Puis il appela son adjoint Cheikh Ag Awissa et Abdel Ag Akory afin de les informer du coup de fil de l'Américain et de sa décision.

Il fût surpris par le désir de « *Triple A* » de participer avec Ag Awissa à l'opération contre les agents français.

Ce n'était pourtant pas trop son genre, l'action sur le terrain, d'habitude.

Mais finalement il se rallia à ses arguments.

Un plan fût élaboré et le nombre de combattants participant à l'opération choisit.

*

New York, mars 2013

A peine eut il terminé sa conversation avec Iyad Ag Ghaly et qu'il essayait de faire le point sur ce mystérieux Hans Trapp avec Ted West (qui d'ailleurs n'avait pas encore d'infos ; pour lui c'était un véritable fantôme et il en fît la remarque à Goldhand), que Pipa Mantis l'appela sur l'interphone :

– Monsieur Goldhand, j'ai 2 agents du FBI qui voudraient vous parler.

Cela ne le surprit pas outre mesure et il s'attendait à leur visite. C'était logique après l'attentat contre sa voiture.

Depuis 2001 tout ce qui est attentat est du ressort fédéral c'est à dire du FBI et pas de la Police traditionnelle.

Après avoir fait remarquer sèchement à West que sa Rolls était, elle, un modèle « Phantom », mais que ce Trapp n'avait rien d'un modèle fantôme lui !...

Il demanda donc à sa secrétaire de les faire entrer.

Franck Outlaw entra en premier suivit de John Malone.

Quand Franck Outlaw appris l'attentat contre Goldhand il fût extrêmement étonné, mais saisi immédiatement la possibilité inespérée qu'il avait de rencontrer officiellement Goldhand sans éveiller les soupçons.

Conformément à la promesse qu'il lui avait faite, il appela John Malone et lui demanda s'il voulait être de la fête.

La seule contrainte étant qu'il ne pouvait être présenté comme agent de la DEA, donc Outlaw le présentera comme un consultant du FBI.

Robert Goldhand se leva, il leur serra la main, tout comme Ted West, et il leur demanda de s'assoire.

Il redit donc peu ou prou la même chose que lors de sa déposition faîte aux policiers de New York, à savoir que ni lui ni ses collaborateurs n'avaient rien vu, que c'était lorsqu'ils allaient tranquillement vers leur voiture qu'elle a explosé.

Heureusement personne n'avait été blessé.

La conversation dura encore une vingtaine de minutes et avant de partir Franck Outlaw remit sa carte de visite aux 2 hommes.

Une fois sorti de l'immeuble de Goldhand, Franck Outlaw et John Malone rejoignirent leur voiture.

Les 2 agents étaient perplexes.

La visite ne leur ayant rien appris de neuf.

De même que les équipes scientifiques ne purent rien leur apprendre d'important sur l'explosif employé, sinon qu'il s'agissait de C4 anonyme et intraçable.

Même les caméras de surveillance n'apportaient aucune informations.

Franck Outlaw remarqua que Goldhand semblait perturbé, plus qu'il ne voulait l'avouer.

Puis il suggéra à John Malone que peut être il s'agissait des narco-trafiquants colombiens.

L'agent de la DEA n'était pas convaincu car le C4 ce n'était pas la tasse de thé des trafiquants de drogue.

Trop sophistiqué pour eux à son avis.

Mais il fera quand même faire des recherches par Burt Watch du bureau de Bogota.

Une fois les 2 agents fédéraux partis, Robert Goldhand, le regard dur et la bouche mauvaise, demanda sèchement à West de trouver des infos sur ce Trapp à n'importe quel prix et de prévoir l'élimination de ce fils de pute !

*

Chapitre 6

LA CHASSE PAR SERVAL 2 L'ANSAR DINE…

Nord Mali, mars 2013

L'avion de transport Hercule C-130H entamait sa phase de descente vers l'aéroport de Tombouctou.

Après être arrivé à Bamako, toute l'équipe s'était installé dans la foulée dans le gros quadrimoteur, avec armes et bagages.

Le confort n'était plus le même…

Une fois l'avion arrêté et la rampe arrière abaissée, ils enlevèrent leur casque anti-bruit, puis prirent leurs affaires.

Ils furent accueillit par un officier qui les dirigea vers le QG de l'Etat-Major dans des algécos blancs crème.

Puis ils se dirigèrent dans un vaste bâtiment en dur.

Vaste salle où il y avait plein de cartes et d'ordinateurs (portables ou non) en pleine action, et des fils partout.

Au mur les inévitables cartes d'Etat-Major où étaient représenté tous les Groupements Inter Armées Tactiques, tous les éléments des forces françaises, maliennes, tchadiennes et les forces opérationnelles des autres pays africains participantes.

Suivant les ordres de Paris, on leur attribua une place qui leur était dédiée.

Seules une poignée d'officiers supérieurs étaient au courant de la présence de l'équipe de la DGSE.

Denis Hacquer, alias *décodeur*, s'installa dans son coin et avec l'aide de membres de l'équipe se dépêcha afin de tout rendre opérationnel le plus rapidement possible.

Chacun s'occupait suivant ce qui avait été prévu dans l'Airbus.

Thomas Castle demanda à ce que le terroriste tchéchène soit transféré à Tombouctou car il voulait le voir et lui parler.

Un officier appela Thomas Castle lui indiquant qu'un appel pour lui est arrivé.

Castle prit l'appareil un peu intrigué, qui diable cela pouvait-il être ; peu de personnes sont sensées être au courant de sa présence.

A l'autre bout du fil se trouvait son ami le Colonel-Major Al Hadji Ag Gamou.

L'un des seuls officier supérieur Touareg resté fidèle au Mali car fier d'être malien.

Iyad Ag Ghaly rêvait de se payer sa tête.

Lors du conflit de 2012 le Colonel-Major s'était réfugié au Niger avec 500 hommes, dont 80 % étaient des touaregs de son clan les Imghad, avec des véhicules blindés et des 4x4, après avoir fait croire au MNLA son ralliement à la rébellion.

La ruse, comme seul le désert en a le secret, avait réussit, car il était bien resté fidèle à Bamako.

Il gagna ainsi ses « galons » de héros en sauvant ses hommes et du matériel militaire !

Les hommes de Ag Gamou sont une armée dans l'armée : tenue sable plus adapté au désert, alors que le reste de l'armée a une tenue verte. Pas de casque ou de béret, mais un chèche couleur sable également.

Plus efficace au combat car bien plus rudes.

Quasiment que des Touaregs. Ces hommes n'obéissant qu'à Ag Gamou et à personne d'autre.

D'ailleurs à Bamako cela faisait un peu peur : car ces hommes sont plus considérés par certains militaires maliens comme une milice que comme une unité de l'armée régulière.

Seulement il fait figure d'exception, puisque les autres unités touaregs de l'armée malienne, généreusement entraînés et équipés par les Américains, se sont allègrement ralliées aux djihadistes, avec armes et bagages, lors de leur offensive en 2012 !…

Fin janvier il a quitté le Niger pour rejoindre les forces nigériennes et tchadiennes dans les combats.

Ils sont devenus ami lors du dernier passage de Thomas Castle au Mali, où suite à une série d'aventures il avait sauvé la vie d'un des fils du colonel touareg.

En remerciement il lui avait offert un jeune chiot azawakh AgSongo : c'est un présent de haute valeur pour les Touaregs.

Immédiatement Castle était tombé sous le charme de cette petite boule de poils ras et son regard de bébé !

Hilare devant le charmant spectacle, Ag Gamou lui avait avoué avoir hésité entre lui offrir un bébé azawakh ou un bébé dromadaire !!!...

Le colonel Touareg, passé les formules de politesses traditionnelles, lui annonça avoir été averti de sa présence par « *Radio Tam-Tam Mali* » !

Il regrettait de ne pouvoir venir le voir immédiatement car il venait de quitter Gao.

Il était avec les troupes françaises et tchadiennes et combattait, à la tête de ses troupes, contre les islamistes du MUJAO dans le nord de Gao.

Il a donc délégué le plus brillant de ses officiers touareg, un de ses jeunes cousins, Bokar Ag Gamou, afin de l'aider dans sa mission.

Pour le reconnaître il lui demandera des nouvelles de Ag Songo. Thomas Castle le remercia vivement et raccrocha quelques minutes plus tard.

Décidément l'Afrique et le secret, cela faisait 2 !...

Il se souvient de cet homme, regard noir, visage à la fois dur et avenant et une barbe de 2 jours montant jusqu'aux pommettes quand il combattait et qu'il n'avait pas le temps de soigner sa moustache.

A peine eut il fini sa réflexion qu'un sous-officier français arriva en compagnie d'un militaire Touareg :

– Mon Colonel cet officier désire vous parler, vous l'attendiez paraît-il.

– Oui, merci sergent.

Il avait en face de lui un touareg d'une trentaine d'année, dont l'uniforme sable, chèche compris, était recouvert de la tenue bleue, traditionnelle des touaregs.

Seuls les lunettes de soleil, les rangers et la kalachnikov apportaient visuellement une touche de « modernité ».

– Bonjour Colonel Castle. Je suis le Lieutenant Bokar Ag Gamou le cousin de votre ami le Colonel-Major Al Hadji Ag Gamou. Comment va le petit Ag Songo ?

Et ils se serrèrent vigoureusement la main.

– Très bien merci ! Il grandit bien, c'est devenu un très bel Azawakh. Comment va le Colonel-Major ? lui demande t-il en lui montrant une photo de l'azawakh.

– Très bien, certains de ses hommes sont avec lui depuis plus de 20 ans. Tu sais Gamou il mange avec nous, il se bat avec nous, malgré son grade il est resté simple. C'est un bon guerrier, je veux être comme lui ! dit-il les yeux billant de fierté et reprenant tout naturellement le traditionnel tutoiement.

Ils firent ensuite une réunion avec Justine de St-Jacques.

Thomas Castle demanda au Lieutenant Touareg s'il savait où était un intermédiaire connu avec qui il avait eu à faire lors de sa précédente mission : Deïty Ag Sidamou.

Il prit son téléphone portable et commença une série de coups de fil en langue touareg.

Et il leur annonça quelques temps plus tard une bonne nouvelle.

Effectivement après quelques coups de téléphone, ils apprirent que le Malien était à son domicile à Gao.

Thomas Castle décida donc de partir en hélicoptère le lendemain matin.

Seront du voyage Justine, Bernard Grim alias *Caméléon*, 2 sous-officiers du Service Action ainsi que Bokar Ag Gamou.

A présent il était l'heure de manger et de se reposer.

Castle avait encore des informations récentes, remis par les services de renseignement, à étudier après le repas : un « dessert » copieux !…

*

Deïty Ag Sidamou n'arrivait pas à trouver le sommeil.

Il y a quelques heures il avait reçu un sms lui donnant le lieu et l'heure d'un rendez-vous non loin de *la Dune Rose* près du fleuve Niger.

Il s'y rendît, car il ne pouvait faire autrement.

Même chassés de la ville de Gao, les islamistes y évoluaient encore relativement facilement : ce ne sont pas les troupes de l'armée malienne qui pourraient les arrêter.

Bien sur il y avait les soldats français, mais les différentes attaques du MUJAO contre Gao montraient bien qu'ils avaient toujours une certaine capacité de nuisance…

C'est donc la trouille au ventre qu'il rencontra le Cheikh Ag Awissa.

Il craignait qu'il ne lui demanda de mettre une ceinture d'explosifs et d'aller mourir en martyr…

Ils se rencontrèrent, en compagnie de Abdel Ag Akory dans une petite maison un peu à l'écart de la ville près du fleuve Niger.

Après que le Cheikh lui eu exposé son plan et sa demande, il dissimula sa surprise et sa joie.

Finalement cette demande originale était sans risque pour lui.

Il le remercia vivement et obséquieusement et lui assura que sa confiance était bien placée.

Une fois rentré chez lui, le doute et un peu la peur, l'envahirent.

*

Comme chaque matin, quand elle le pouvait, Justine de St-Jacques quitta le camp français afin de faire son jogging matinal.

La base française de Tombouctou étant caractérisée par son coté rustique où le système D « à la française » était grandement mis en valeur et faisait l'admiration chez les autres armées « modernes ».

Profitant de la température encore agréable et avant de partir pour Gao, Justine partît donc en petite foulée, sa queue de cheval se balançant de droite à gauche, afin de faire ses quelques km s'isolant du monde en écoutant de la musique.

Elle aimait beaucoup cela, cela lui vidait la tête des soucis du moment. Elle se sentait en pleine forme ensuite.

Elle se trouvait à présent dans les rues de Tombouctou, cela lui donnait l'occasion de voir cette ville (enfin un peu) qu'elle ne connaissait pas.

5 soldats maliens dans un pick-up Toyota, de couleur sable bariolé de lignes courbes vertes et marrons, étaient en patrouille.

Equipés de bérets verts ou de casquettes et d'uniformes de couleurs variées les militaires, malgré l'heure matinale étaient déjà « légèrement alcoolisé » afin de lutter contre la trouille d'une rencontre avec les combattants de AQMI.

Voyant la femme, l'officier à coté du chauffeur fit arrêter le véhicule devant elle et 3 soldats armés de leur kalachnikov sautèrent vers elle, suivit de l'officier.

Seul le chauffeur était resté au volant.

*

Thomas Castle cherchait des yeux Justine afin de prendre le petit déjeuner.

Le départ de l'équipe de la DGSE pour Gao devait avoir lieu dans 1 heure. Ils pourront profiter d'un vol en hélicoptère.

Effectivement un EC725 Caracal des Forces Spéciales devait descendre sur Gao ce matin.

Toute l'équipe était réunit ainsi que Bokar Ag Gamou, il ne manquait que le Capitaine de St-Jacques.

Alors qu'il buvait son café, Bernard Grim lui apprit qu'elle était probablement en train de faire son jogging matinal.

Castle se figea : une femme seule en train de courir à Tombouctou !…

Il fait alors remarquer qu'il avait pourtant été clair dans ses consignes : pas de déplacement en solo !

Ça commence bien, on lui met « un fil à la patte » pour le surveiller et c'est lui qui doit la surveiller !

Comme toutes les femmes elle n'en faisait qu'à sa tête et n'écoutait que quand ça l'arrangeait !…

Intérieurement de fort mauvaise humeur, et un peu inquiet quand même, il demanda à Bernard Grim et à un sous officier de le suivre.

Ils prirent une Peugeot P4 et filèrent en direction du centre ville.

Depuis le départ des combattants islamiques la ville revivait et la circulation redevenait un peu plus importante : beaucoup de motos, des camions Mercedes ou Berliet anti-diluviens surchargés de personnes ou de marchandises (quand ce n'est pas des 2…), quelques voitures et des carrioles tirées vaillamment par des ânes…

Les 3 hommes scrutèrent la rue et les trottoirs.

Quand soudain Thomas Castle repéra un pick-up militaire arrêté en travers sur le trottoir. Il le signala au chauffeur.

Le véhicule fit demi-tour et les hommes sautèrent du P4 ; ils s'approchèrent discrètement vers le véhicule de l'armée malienne.

Le sous-officier se plaça doucement à coté du chauffeur, qui regardant la ruelle, ne les avait pas vu venir.

Il dégaina son pistolet et le mit sur la tempe du chauffeur qui se retourna et fît des gros yeux ronds !

Il ouvrit la portière et tirant par le col le chauffeur, il le sortit doucement du véhicule.

Le chauffeur, les mains sur la tête et tremblotant fut plaqué au sol. Puis assommé !…

Pendant ce temps Grim et Castle pénétrèrent dans la ruelle arme au poing.

Et ils n'en crurent pas leurs yeux !...

*

Quand Justine en treillis-rangers avait quitté la base française pour faire son jogging elle n'avait sur elle, comme arme, que son pistolet HK USP recouvert par sa veste de treillis.

Prise dans sa musique (des chansons du groupe Texas) elle fût surprise quand le pick-up malien l'a bloqua pendant son exercice.

Elle eut un doute quand elle vit les 3 hommes armés sauter du véhicule et venir vers elle en souriant.

Quand elle vit l'officier venir vers elle en titubant elle n'en avait plus beaucoup.

Effectivement les soldats voyant une femme seule, une blanche en plus et d'un petit gabarit, sans arme, se dirent que c'était l'occasion de passer un bon moment sans grand risque.

Comme de toute façon ils l'égorgeront à la fin, cela passera pour un crime des Islamistes.

La menaçant de leurs armes ils obligèrent Justine à entrer dans la ruelle qui était une impasse.

Puis l'officier tout sourire ôta ses lunettes de soleil et les mit dans sa poche thoracique.

Ensuite le regard lubrique, il s'approcha d'elle et essaya de lui caresser les seins.

Justine restait calme, elle étudiait la situation...

Elle lui mit une claque du revers de la main et le repoussa.

Sous le coup de la surprise, il tomba s'attirant les rires et les quolibets des 3 autres soldats.

Il se releva, le regard moins lubrique, mais beaucoup plus mauvais en se frottant la joue et épongeant nerveusement le sang de sa lèvre éclatée.

– *Attrapez-moi cette sale pute !!!...*

2 hommes se dirigèrent vers Justine : le premier fût accueillit par un coup de rangers dans les parties dites « nobles » de son anatomie, le pliant en 2 en hurlant (mais pas de rire…) et l'autre goûta au tranchant de la main de Justine directement dans la gorge, puis dans les yeux.

Voyant cela le 3e sauta sur elle et il l'a fît tomber, avant de se faire éjecter et de retomber lourdement sur un petit tas de bois.

Justine d'un bond fût à nouveau sur ses pieds, juste au moment où l'officier vint sur elle.

Il essaya de la frapper mais son poing ne rencontra que l'air. Elle lui pris le bras et le retourna…

On entendit alors un « crac » des plus sinistres…

*

Thomas voulu aller aider Justine, quand *Caméléon* le retint à l'épaule et lui dit de ne pas s'inquiéter, enfin de ne pas s'inquiéter pour le capitaine, mais plutôt pour les Maliens…

Il lui demanda alors avec un grand sourire s'il voulait parier 30 € quant aux résultats !

Il le regarda étonné ; mais se souvint de la séance de tir…

Il déclina donc poliment l'offre !…

Bernard Grim alluma une cigarette et en offrit une à Castle.

Comme au spectacle ! En plein air le spectacle, puisqu'en salle tu n'as plus le droit de fumer !…

Un des soldats se réveilla et s'empara puis pointa son fusil vers Justine. Thomas Castle sauta sur lui et l'assomma.

Pendant ce temps Justine de St-Jacques régla son compte au dernier impudent.

Bien qu'un peu essoufflée, elle se dirigea vers les 2 hommes laissant derrière elle le résultat de son entraînement matinal.

– Eh bien mon Colonel, je ne savais pas que vous faisiez également du jogging. Rien ne vaut une petite séance le matin pour être en forme pour la journée.

Puis se dirigeant vers Bernard Grim elle dit :

– Décidément la réputation des noirs n'est plus ce qu'elle était… Pas endurant pour un sou !

Bernard Grim éclata de rire.

Et tous les 3 se dirigèrent vers la rue principale.

Thomas Castle ne put s'empêcher de sourire à son tour mais reprenant son sérieux il signala quand même à Justine de St-Jacques qu'il n'appréciait pas que ses consignes ne soient pas respectées et qu'il serait bon qu'elle s'en souvienne dorénavant…

Un bruit strident, 2 véhicules blindés à 8 roues VBCI français arrivèrent sous un nuage de poussière.

Les soldats français casqués et portant leur gilet pare-éclats sortirent. Un lieutenant se présenta devant Castle, se mit au garde à vous en voyant son grade, salua et lui demanda :

– Mes respects mon Colonel. On nous a signalé une bagarre. Vous avez besoin d'aide ?

– Non, merci. Par contre Lieutenant faites ramasser les 4 « lapins crétins » dans la ruelle et conduisez tout ce petit monde à la gendarmerie malienne ; motif : agression contre un officier de l'Armée Française.

– Bien mon Colonel, à vos ordres.

*

L'hélicoptère EC-725 Caracal tout gris du 4ème RHFS embarqua le groupe de 6 hommes et femme.

Il volait au ras du sol, en changeant continuellement de cap afin de limiter les risques de subir des tirs ennemis.

Il se dirigea vers Gao.

Equipé d'une mitrailleuse de chaque coté en sabord, les portes latérales étaient ouvertes, ainsi les passagers purent voir le paysage magnifique défiler devant eux.

Le Caracal survola le fleuve Niger un moment, puis atterrit sous un nuage de poussières, sur l'aéroport international de Gao Korogoussou à coté d'un avion de transport Transall, d'hélicoptères Puma et Gazelle.

Un hélicoptère Tigre décollant ensuite pour se diriger vers le nord de la ville en compagnie du Caracal, à peine l'équipe de la DGSE débarquée.

Le groupe se dirigea vers l'entrée de l'aéroport.

Un sous-officier salua Thomas Castle et lui indiqua les 2 véhicules (des Peugeot P4) à sa disposition.

Le groupe se réunit autour de Castle qui dessina sur le sable du sol, le plan de l'action à venir.

Une fois que chacun a bien compris son rôle, les 2 groupes allèrent dans les véhicules et se dirigèrent vers le domicile de Deïty Ag Sidamou.

Bokar Ag Gamou grâce à quelques coups de fil donna l'adresse à Castle.

Il était situé Premier Goudron/Bld des Askias quasiment en face du Poste de Police.

Dans le 1er véhicule il y avait le lieutenant Bernard Grim, Thomas Castle et Bokar Ag Gamou.

Dans le 2e véhicule il y avait Justine de St-Jacques et les 2 sous-officiers.

La route était goudronnée et il y avait des poteaux qui tenaient les fils du téléphone et de l'électricité.

Les 2 véhicules prirent donc la 5ème Goudron/Route de l'Aéroport, ils passèrent la Place de l'Indépendance, puis arrivant devant le Bureau de Poste ils tournèrent à droite (la Mairie étant sur leur gauche), puis sur 1er Goudron/ Bld des Askias, ils passèrent devant la Banque du Mali (qui n'avait de banque plus que le nom, vu que tout était dévasté, comme tous les bâtiments officiels d'ailleurs…).

Une fois le Marché aux Légumes (qui depuis le départ des Islamistes reprenait de l'activité) dépassé, ils arrivèrent devant le domicile de Ag Sidamou.

Tout le monde vérifia alors ses armes.

Justine, Thomas et Bokar se présentèrent au portail de la demeure du Malien.

Castle frappa violemment à la porte une fois qu'il a vu que ses hommes se sont correctement positionnés.

Effectivement les 3 autres hommes étaient en protection.

Le portail s'ouvrit en grinçant à fendre l'âme…

Apparu alors une femme « un peu » forte vêtue d'une robe rose bonbon très flashy, pratique car certainement très visible les nuits sans lune !!!…

Elle les fît entrer dans la cour.

Thomas Castle, en la voyant, pensa à un proverbe chinois qui disait qu'une femme laide c'est le trésor d'une maison, car cela évite bien des préoccupations…

Visiblement ici le trésor est particulièrement conséquent !…

Bokar Ag Gamou demanda en dialecte si Deïty était présent.

Avec une expression méfiante, et une intelligence toute relative, elle répondît qu'elle ne savait pas !

Thomas Castle se présenta à son tour et lui dit qu'il avait rencontré Deïty l'année dernière lors de son dernier voyage et qu'il souhaitait le voir pour lui parler « affaires ».

A ses mots les yeux de la matrone reprirent vie !

Elle cria une longue phrase en dialecte.

Comme par magie Ag Sidamou apparu en tendant les bras vers Castle et en souriant de toutes ses dents.

En voyant ce spectacle Justine de St-Jacques pensa immédiatement à la version malienne de Eddy Murphy dans *« Le flic de Beverly Hills »* !

Il s'en suivit des accolades à n'en plus finir.

Tout le groupe entra dans la pièce qui servait de salon.

– *As salalâm'alleïkoum* (*Que la paix soit sur vous*)* dit le Malien en donnant une poignée de main à toutes les personnes présente.

– *Ah quel bonheur que la France soit là ! C'est beaucoup de joie et du bonheur que François il a chassé les terroristes ! La France et le Mali c'est le même pays ; si le Mali dort tranquille c'est grâce à la France. Je suis trop content. Tu te rends compte, ils cherchaient à faire prier les gens obligatoirement, même ceux qui sont dans la brousse. Puisse Allah tous les faire périr !!... Inch'Allah !...* Continua t-il.

Et il cracha par terre pour illustrer son propos.

Justine et Castle se regardèrent en souriant.

Décidément le personnage ne risquait pas d'user sa veste à force de la retourner !...

Savourant le thé vert offert, la conversation pris une tournure plus anodine.

Puis Castle décida d'attaquer le problème :

– *Je cherche des renseignements sur les djihadistes de Ansar Dine et sur leur chef. Connais-tu quelqu'un qui puisse me renseigner sur leur localisation ?*

– *Présentement c'est dangereux tu sais Colonel, très dangereux et très difficile...*

– *J'ai de l'argent pour t'aider dans tes recherches...*

Et pour illustrer ses paroles il sortit de sa poche une liasse de billets de Francs CFA.

50 000 Fr CFA (environ 75 €) furent posé sur le sol.

– *Voici pour tes premiers frais ; je suis pressé malgré tout.*

Deïty Ag Sidamou, avec la même vitesse qu'une épidémie de syphilis sur le bas-clergé au Moyen-Age, ramassa les billets, puis dit à Thomas Castle l'œil brillant :

– *Je vais me renseigner Colonel, mais il m'en faudra un peu plus comme tu es pressé...*

– *Et c'est combien le « un peu plus » ?*

Ag Sidamou avala péniblement, puis le regard fuyant dans un souffle dit :

– 100 000 Francs CFA (environ 150 €) quand je te donnerai la date, l'heure et le lieu.

Le revenu mensuel moyen au Mali étant d'environ 40 € !

Castle donna son accord.

Ag Sidamou soulagé demanda à ce qu'ils reviennent dans 3 heures.

Puis le groupe se leva et ils quittèrent la maison.

Sur le trottoir Bokar Ag Gamou dit à Castle que selon lui il est entrain de se faire avoir.

Puis les 2 véhicules retournèrent à l'aéroport de Gao, au QG des forces française.

*

Une fois ses visiteurs partis, Deïty Ag Sidamou pris fébrilement son téléphone et appela le numéro que Ag Awissa lui avait laissé lors de leur dernière conversation.

– Les mécréants français sont venus comme vous l'aviez prévu… Oui, oui, j'ai dis comme vous m'aviez dit de dire !…

Omettant toutefois, sans doute par une innocente inadvertance, de parler des 150 000 Fr CFA en jeu.

– Oui très bien, je leur dirai. Il en sera fait selon votre volonté. Mort aux croisés. Inch'Allah. Allah le miséricordieux est le plus grand !

C'était une idée de Ag Awissa de faire attendre les Français quelques heures avant qu'ils ne reçoivent le lieu et l'heure du rendez-vous. Cela permettait de renforcer la crédibilité des infos de Ag Sidamou.

Il attendit donc sagement le retour des Français ; mais quand même un peu inquiet.

*

3 heures plus tard, Castle et ses amis étaient à nouveau devant le portail de Ag Sidamou.

Ils entrèrent une fois que la matrone leur avait ouvert.

Le Malien toujours avec un large sourire leur dit qu'il avait une bonne nouvelle à leur annoncer.

– J'ai trouvé un homme qui a le renseignement que tu cherches Colonel. Mamadou Dédéou un voleur qui a eu une main amputée.

– Il est sur ?

– Oh oui Colonel. Après lui avoir coupé la main ils lui ont donné un petit travail afin qu'il ne vole plus car il avait reconnu ses erreurs…

– C'est pas commun comme SAV ! dit Justine de St-Jacques mi-figue mi-raisin à Castle

– Il faisait le ménage dans le poste de Police c'est là où il a entendu l'info que tu cherches…

– Pourquoi il n'a pas donné l'info à l'armée malienne ou à l'armée française, Deïty ? demanda Castle un peu soupçonneux…

– Il veut pas donner, mais il veut bien le… vendre ! dit Ag Sidamou avec un sourire plein de sous-entendu…

Puis Ag Sidamou lui indiqua un lieu de rendez-vous pour fin de journée sur la *Dune Rose* situé à 5 km au nord-ouest de Gao.

Castle lui remit les 100 000 Fr CFA promis, déclenchant une avalanche de sourires et de courbettes…

Les billets filèrent dans les poches sans même être comptés. Deïty Ag Sidamou est confiant de nature !

Entre gens sérieux on peut se faire confiance !…

Puis le groupe se retrouva sur le trottoir.

Ils avaient un rendez-vous à préparer.

Justine de St-Jacques se montrant confiante quant à la suite, Thomas Castle la regarda et lui cita ce proverbe touareg à méditer :

– *Bouche de miel, cœur de fiel !*

*

Situé à 5 km de Gao, *La Dune Rose* dite « *Koïma Hondo* » dans la langue Songhaï est un lieu touristique très populaire à Gao.

La légende locale voulant que c'est le lieu des sorciers ; « *Koïma* » signifiant : allez et écoutez.

La légende signifiant :

« Venez et écoutez les sorciers en visitant les dunes »

Un lieu de rendez-vous tout à fait adapté en la circonstance…

Même un Islamiste peut avoir le sens de l'humour !…

La Dune Rose est la première d'une série de dunes qui longeaient le fleuve jusqu'à Tombouctou.

Elle se levait au-dessus du fleuve Niger et si Castle avait été un simple touriste il aurait certainement plus profité de la superbe vue. Hélas Thomas Castle et Bernard Grim n'avaient pas l'esprit à profiter de la beauté du paysage et du panorama.

D'un coté le désert où il y avait quelques dromadaires et des troupeaux de bovins pas vraiment en bon état se déplaçant dans les broussailles, et de l'autre côté le fleuve Niger.

Comme le soleil se couchait, la dune prenait sa couleur rose.

Les 2 hommes, une fois arrivés au pied de *la Dune Rose*, sortirent de la Peugeot P4 et continuèrent à pieds leur chemin vers le sommet de la dune.

Une attaque, sorte de bis répétitas de la dernière attaque qui a eu lieu le 22-23 février, d'un groupe d'une dizaine de combattants, probablement du MUJAO, mobilisait les forces maliennes et les forces françaises depuis quelques heures.

Les agents de la DGSE, du coup, ne pouvaient compter que sur leurs forces.

Cela ennuyait un peu Castle, mais normalement ce n'était qu'un rendez-vous d'information, a priori pas de combat en vue. Ils changèrent donc leur plan au dernier moment.

Au loin, sur le fleuve, quelques pirogues de pêcheurs naviguaient et des hippopotames se baignaient.

Tout à coup, une silhouette apparue provenant du sommet.

Les 2 français s'arrêtèrent.

Mamadou Dédéou tremblant de peur s'approcha des 2 militaires comme on le lui avait ordonné.

Il n'y avait pas d'échappatoire, le Cheikh Ag Awissa ne lui ayant pas laissé le choix : la vie de sa femme et ses 2 enfants était en jeu.

Le « deal » était simple, la vie de sa famille en échange d'un service. Service qu'il rendra à Allah et qui, généreux et miséricordieux, lui permettra alors de profiter de 1 000 vierges en récompense…

– : -

Quelques heures plus tôt un groupe d'hommes en armes avaient investi la petite maison misérable de la famille du malien.

Cheikh Ag Awissa et Abdel Ag Akory quand ils ont élaboré le plan d'action contre les agents de la DGSE ne voulait pas perdre des combattants aguerris qui auront une autre mission.

Il leur fallait un « con utile », un martyr motivé ou que l'on motivera, afin de réaliser la mission.

L'ancien chef de la police de Gao, Aliou Malabar, avant de partir avec un groupe de combattants et des documents pour aller dans une base libyenne, leur parla alors du voleur à la main coupée de Gao.

Le candidat idéal, dont la « candidature spontanée » officieuse fût immédiatement acceptée !

Une fois la femme et les enfants du Malien sous la surveillance d'hommes en armes dont on ne voyait que les yeux, on amena alors Dédéou devant le Cheikh.

Ag Awissa lui avait d'abord lu sentencieusement un verset du Coran qui se terminait par :

– Combattre vous a été prescrit, bien que vous l'ayez en aversion.

Puis il lui dit ce qu'il attendait de lui.

S'il refusait, sa famille serait égorgée sous ses yeux et lui serait attaché dans le désert, afin de mourir lentement sous l'action du soleil et ainsi d'avoir tout le temps de faire repentance de ses péchés avant de quitter cette vie.

Mais bien sur alors là, pas de vierges pour l'accueillir dans l'au-delà !!!...

Cheikh Ag Awissa reprenait à son compte la méthodologie de Mahomet qui ne laissait aucun choix à ses fidèles les plus pacifiques, les forçant à combattre les non-musulmans.

Une fois que Mamadou Dédéou eu « spontanément » accepté la proposition, il fût équipé et on lui expliqua sa mission.

Rien de bien compliqué en fait.

Rencontrer 2 croisés français, et une fois près d'eux...

3 djihadistes tout de noir vêtus, devaient rester avec sa famille jusqu'à ce qu'il ait accompli sa mission.

Ce que Mamadou Dédéou ignora, c'est qu'une fois qu'il était partit, le premier djihadiste conformément aux ordres du Cheikh, égorgea les enfants sous les yeux de leur mère.

Puis les 3 hommes violèrent la femme, qui hurlait et pleurait, à tour de rôle.

La population féminine dans le sanctuaire de l'Ansar Dine dans l'Adrar et les Ifoghas étant particulièrement modeste c'était une occasion à ne pas manquer...

Ils l'égorgèrent ensuite, l'esprit et le corps satisfait.

Le Cheikh leur ayant bien ordonné qu'il n'y ait pas de témoins vivants.

Puis ensuite conformément aux consignes données ils badigeonnèrent à la peinture blanche les murs intérieurs avec des inscriptions à l'orthographe approximative :

« TRAITRE », « A MORT LES COLABO »

C'était une idée de Abdel Ag Akory afin de faire croire à une exécution par des maliens et d'orienter ainsi les recherches (s'il devait y en avoir un jour) ailleurs que chez les djihadistes.

Ainsi ce sera l'explication logique de l'attentat contre les Français : une banale vengeance d'un homme désespéré qui a perdu sa famille sauvagement assassinée !...

Diabolique et simple à comprendre !...

Ils devaient à présent accomplir la 2e partie de leur mission : tuer l'autre témoin.

– : -

Pendant ce temps, Castle et Grim étaient figés.

Ils étaient maintenant tous les 3 en haut de la Dune Rose.

Ils avaient bien reconnu l'ancien voleur grâce à son moignon.

Mais à présent ils voyaient surtout la ceinture d'explosifs entourant le Malien !

*

Comme pour la dernière attaque du MUJAO qui avait eu lieu il y a une dizaine de jours, les combats eurent lieu dans le nord de la ville, dans le Quartier 4, et dans le centre de la ville près de la Mairie.

C'était une attaque de diversion afin d'occuper les soldats maliens et français pour permettre les 2 actions principales : l'attaque contre les agents français et ensuite tuer le témoin de l'histoire, Déïty Ag Sidamou.

En plus cette attaque, politiquement, devait montrer que les djihadistes même malmenés, étaient toujours capable d'attaquer quand et où ils voulaient.

La présence des médias occidentaux permettant de répandre l'information avec une belle amplification.

Les journalistes simplifiant toujours tout !...

Les djihadistes s'emparèrent allègrement de la Mairie et du Palais de Justice.

Le bâtiment officiel fut à nouveau incendié ainsi qu'une station-service.

Les combats étaient féroces, les djihadistes shootés aux amphétamines et à la cocaïne se battaient comme des lions.

Ils étaient depuis plusieurs heures retranchés dans les bâtiments de la Mairie. Des snipers sur le toit prenaient pour cible des militaires ou des civils imprudents.

Les forces maliennes commandées par le Colonel-Major Dacko encerclaient la Mairie et tiraient à tout va avec un enthousiasme débonnaire, peu récompensé par l'efficacité !...

Un militaire malien tirait au hasard, sa kalachnikov à bout de bras au-dessus de sa tête !

Puis un groupe de 3 militaires reculait tout en continuant à tirer devant eux, laissant la place à un autre soldat qui tira une roquette de son lance-roquettes RPG7 ; puis il recula à son tour, un chèche vert cachant la moitié de son visage et son casque posé en arrière comme une casquette !...

Un lieutenant malien prit le micro de la radio et dit :

– Allo t'es tà ?... Toi t'attendras coté gauche ok, c'est là que vient le danger !...

Plusieurs soldats maliens furent touchés par des tirs de snipers et évacués manu militari.

Un groupe de militaires maliens assis à même le sol refaisaient le plein de munitions et remplissaient frénétiquement, avec des cartouches, les chargeurs de leurs Kalachnikov.

Les autres soldats redoublèrent de vigueur dans leurs tirs de lance-roquettes, de mitrailleuses lourdes de calibre 12,7 mm (au point de faire chauffer au rouge les canons) et de fusils AK-47 Kalachnikov, sur la Mairie, créant une montagne de douilles... Pour un effet... nul !

Un vieux véhicule blindé à 8 roues BTR-60, qui avait dû connaître son heure de gloire lors de son séjour en Afghanistan aux mains des soldats soviétiques, avançait lentement en pissant de l'huile (comme disait un mécano malien : « *C'est bien car cela prouve qu'il y a encore de l'huile !... »*), en pétaradant et en crachant des volutes de fumée noires ; pratique pour camoufler l'engin !

La tourelle pivota et la mitrailleuse de 14,5 mm fit également entendre sa voix dans ce concert de ferrailles !...

On se serait cru dans un film américain où tout un régiment de policiers tire sur une maison en bois, jusqu'à ce que la maison s'écroule et soit changée en allumettes !...

Comme cela commençait à s'éterniser, il fût décidé de faire intervenir les soldats français afin de régler le problème.

Officiellement bien sur se seront les troupes maliennes qui auront repoussé l'attaque !...

Des véhicules blindés français VBCI arrivèrent à leur tour un peu plus tard, ainsi que des soldats du 92ème RI en provenance de l'aéroport.

Un lieutenant donna ses consignes à ses hommes et il conclut :

– *Dès que vous voyez un homme armé qui n'est pas de chez nous ou de l'armée malienne vous avoinnez c'est compris ?*

Tirs du canon de 25 mm du VBCI baptisé « *SFAX 1881* », ainsi que des missiles anti-chars ERYX, se succèdaient contre la mairie assiégée.

Les soldats avancèrent courbés le long du mur.

– *300 m dans mon axe, tir de grenade !* ordonna le lieutenant en se retournant après avoir abaissé ses jumelles.

Un soldat arriva avec une longue grenade fixé sur le canon de son fusil FAMAS, se positionna et tira.

– *Objectif traité !*

– *C'est bon ça !* dit le lieutenant

Puis un hélicoptère Gazelle tira un missile HOT contre le bâtiment.

– *Ennemis à 50 m se déplaçant devant votre dispositif !*

Le canon de 25 mm tira des rafales afin de terminer le travail.

Puis il y eut une explosion à l'intérieur d'une maison :

un djihadiste vennait de se faire exploser à l'approche d'une patrouille.

– *Putain de merde ! ça va mon adjudant ?...*

Les combats durèrent plusieurs heures.

*

– *Et merde, il a une ceinture d'explosifs !*

Castle et Grim se jetèrent comme un seul homme au sol.

Piouuu !

Un coup de feu tout juste audible éclata à peine la phrase de Castle dite dans le micro de sa radio HF.

La balle blindée de calibre. 408 (10,4 mm) avec une vitesse supersonique de 1 067 m/s atteignit sa cible en moins de 2 secondes.

La tête de Mamadou Dédéou explosa et une partie de la boite crânienne s'envola.

Le voleur, bombe humaine malgré lui, s'écroula tel un pantin sans vie dont on aurait coupé les fils…

Justine de St-Jacques a vu dans sa lunette grossissante que son tir avait fait mouche.

Elle avait posé son fusil de précision longue portée Cheyenne Tactical M-200 (le meilleur fusil de précision longue distance d'après les spécialistes) sur un trépied avec une surface un peu bricolé dans la pinasse avec moteur qui naviguait incognito au milieu des autres pirogues sur le fleuve Niger.

Le vent a un peu tourné modifiant la trajectoire finale de la balle car elle avait visé le dos du malien…

A peine Castle avait-il prononcé sa phrase qu'elle avait compris et appuyée sur la queue de détente.

Cheikh Ag Awissa n'avait pas entendu le coup de feu, mais en voyant le Malien s'effondrer, il comprit instantanément.

Il se leva, brandit son arme et tira des rafales contre les 2 agents de la DGSE.

6 djihadistes habilement camouflés se levèrent à leur tour et tirèrent également.

Le 1er combattant islamique qui s'était levé, et qui pointait son lance-roquettes RPG contre la butte derrière laquelle s'était réfugié Castle et Grim, s'effondra à son tour touché par un nouveau tir de Justine de St-Jacques.

Bernard Grim et Thomas Castle tirèrent alternativement contre les attaquants de brèves et précises rafales.

2 djihadistes se retournèrent et tirèrent de longues rafales de fusils mitrailleurs vers la pinasse où se trouvait Justine.

Celui de droite fut abattu par un tir de Castle.

Volant en ayant le soleil couchant dans le dos, l'hélicoptère Gazelle du 4ème RHFS vira une fois arrivée à proximité de la *Dune Rose* et le 2e djihadiste fut abattu par un tir du fusil HK417 du sous-officier de la DGSE.

La Gazelle pivota sur son axe et le 2e sous-officier de la DGSE tira une grenade via son fusil FAMAS Félin sur un groupe de combattants.

Bernard Grim fît un roulé-boulé et abattit un autre moine soldat. Castle prenant un autre tireur à revers augmenta son score.

Ag Awissa tira une longue rafale contre Bernard Grim : une des balles érafla la jambe du *Caméléon*.

Un tir en provenance de l'hélicoptère abattit le dernier assaillant, soulevant un nuage de sable.

Le combat fût bref mais intense.

Pendant ce temps la pinasse avait accostée.

Justine de St-Jacques a replié les pieds de son CheyTact M-200 et l'a rangé dans sa housse de transport qui est à présent accroché dans son dos.

Elle sauta ensuite dans l'eau, passa à coté d'un hippopotame qui nonchalamment retournait se baigner, et se mit à courir vers la *Dune Rose* en direction de ses amis.

L'hélicoptère Gazelle, suivant les consignes données par Castle, retourna vers l'aéroport de Gao.

Castle et Grim (dont seul le treillis a souffert de sa rencontre avec la balle de la Kalachnikov) descendaient la *Dune Rose* en courant vers leur véhicule.

Il y avait 7 cadavres en haut : 6 djihadistes et Mamadou Dédéou. Castle était perplexe car persuadé d'avoir touché le chef des assaillants ; mais point de cadavre…

– *Joli tir Capitaine, félicitations ! Vite grimpez dans la voiture, nous devons rendre une petite visite de courtoisie à notre cher ami Deïty !* dit Castle

– *J'ai prévenu l'Etat-Major afin qu'une patrouille essaye de récupérer des infos sur les cadavres* ! dit Bernard Grim

A peine eut il terminé sa phrase qu'une explosion rompit le silence, pulvérisant et éparpillant le cadavre, façon puzzle, du pauvre Dédéou !…

Tous les 3 se regardèrent : dans le feu de l'action ils avaient oublié que le Malien avait une ceinture d'explosifs.

La chance était avec eux ce matin car une ceinture d'explosif avec des billes d'acier et des clous était mortelle dans un rayon de plusieurs dizaines de mètres !

Pendant que la Peugeot P4 se dirigeait vers la maison de Deïty Sidamou, Castle tenta de joindre Bokar Ag Gamou afin de l'avertir de l'attaque et de leur arrivée.

Mais rien, l'officier touareg restait silencieux…

*

Les 3 soldats djihadistes profitant de la confusion se sont séparés en 2 groupes.

La confusion était extrême, car des assaillants djihadistes ont attaqué un Check–Point nigérian et les tirs d'armes automatiques se succédaient.

Bokar Ag Gamou était en planque devant le domicile de Deïty Ag Sidamou, quand soudain il vit 2 ombres noires courant vers la maison.

Il sortit de la voiture, une vielle 504 presque neuve, arma son fusil d'assaut et lâcha 2 brèves rafales sur les assaillants.

Un djihadiste tomba, frappé en pleine poitrine.

Puis voulant ajuster son tir sur le 2e homme, l'officier touareg ressentit un grand choc sur la tête et s'évanouit !

Le 3e djihadiste venait de l'assommer ; l'autre le rejoignit ne sachant que faire.

Tout d'abord ils attachèrent le Touareg et le jetèrent dans le coffre de la voiture.

Ils virent passer un VBCI à toute vitesse dans la rue perpendiculaire ; puis le véhicule blindé français s'arrêta, recula et sa tourelle canon pivota vers eux.

Leur armement ne faisait pas le poids face au blindage et aux obus de 25 mm.

Ils sautèrent dans la voiture et la voiture démarra en trombe faisant fumer ce qui restait des pneus, pour s'enfuir.

Le conducteur frappait de rage le volant, le Cheikh allait être mécontent car la mission n'avait pas été complètement accomplie.

Au moins ils ne revenaient pas les mains vides !…

*

Thomas Castle était inquiet du silence de Bokar Ag Gamou et c'est perdu dans ses pensées que leur véhicule arriva au niveau du check-point nigérian en plein milieu des réjouissances !…

Tirs en rafales automatiques de fusils d'assauts sur la pauvre Peugeot P4 qui tressautait sous les impacts.

Les 3 occupants évacuèrent vite fait le véhicule, quand soudain un combattant djihadiste du Mujao tira une roquette de son lance-roquettes RPG7, pulvérisant la P4 !…

Justine de St-Jacques fît un roulé-boulé sous le choc de l'explosion et se releva doucement un peu groggy.

Elle se retrouva alors devant un autre djihadiste dont le chèche, qui fût blanc il y a bien longtemps, ne laissait découvert qu'un fin rectangle devant les yeux.

Il pointait son arme sur elle.

Elle roula sur elle-même de coté en même temps que l'homme tira une rafale, la manquant de peu.

Puis il réajusta son tir, elle faisait à présent une cible parfaite ; cette fois çi elle ne pouvait pas lui échapper !

2 coups de feu claquèrent quasiment en même temps !

Les 2 balles touchèrent la tête du combattant qui semblait incroyablement surprit.

Puis il tomba au sol, après avoir par réflexe tiré une longue rafale jusqu'à ce que le chargeur fût vide.

Heureusement les balles partirent vers le ciel.

Thomas Castle, son pistolet SIG SAUER P226 au poing, arriva vers Justine et lui demanda si tout était ok.

– Oui merci, joli tir aussi mon Colonel. Cela nous fait donc 15 A !

– Bon vous n'allez pas commencer à faire un match de tennis non plus ! dit Bernard Grim qui venait d'arriver.

Les 2 « joueurs de tennis » échangèrent un regard, puis un sourire complice et pour finir un clin d'œil…

Ca y est sans qu'une parole ne fût échangée, l'esprit de compétition commun prît le dessus et fît que tous les 2 avaient convenu du challenge : qui gagnera le set et le match ?

Puis Castle rengaina son pistolet dans son holster.

Le combat avait cessé.

Tous les djihadistes ayant été neutralisé…

Un officier nigérian accompagné d'un commandant malien et d'un officier français s'approchèrent de Thomas Castle.

– *Juste le traitement d'une infiltration, hein, quelques éléments se sont infiltrés, mais on s'en est bien occupé hein !* dit un officier malien rigolard

L'officier français confia alors à Castle que cette attaque semblait être un peu mieux coordonnée que les précédentes.

En conclusion de son rapport, il lui dit alors :

– *Quand on est arrivé à Gao, il y avait des jeunes cinglés tous noirs, qui avaient été abandonnés par les djihadistes ; ils se sont alors jeté sur nous : on les a grillé sur place, ils n'avaient aucune tactique militaire ; cette fois ci ça semblait être mieux goupillé !…*

Après ce bref échange de paroles, les 3 agents de la DGSE se rendirent au domicile de Ag Sidamou qui n'était qu'à quelques pâtés de maisons de là.

Les 2 sous-officiers, venant de l'aéroport, en voiture sont arrivés sur place en même temps que Castle et son groupe.

Ils trouvèrent une dizaine de soldats du 92ème RI qui étaient sortis du véhicule blindé et également le cadavre du djihadiste.

Une fois les soldats partis, Thomas Castle établit le plan d'action et le groupe se mit en place.

En conclusion il insista sur le fait qu'ils ne devaient tirer que contre des combattants djihadistes s'il y en avait, car Ag Sidamou devait impérativement leur fournir des informations.

Après vérification de leurs armes les hommes se tinrent prêt derrière Bernard Grim.

Bernard Grim, avec une science maîtrisée, crocheta la serrure du portail et le groupe entra.

Castle et Grim pénétrèrent dans la maison en courant et arme au poing.

Tout à coup ils virent Deïty Ag Sidamou dont le visage pris une jolie couleur grisâtre !…

La grosse matrone arriva en même temps dans la pièce.

Profitant de cette arrivée, le Malien prit un revolver sous ses amples vêtements, sauta d'un bond vers sa femme et se plaquant contre elle, lui mît le revolver contre sa tête.

– *Si vous avancez, je la tue !* cria t-il paniqué, puis il dit :

– *J'ai rien fait, c'est pas moi… Ils m'ont forcé !*

La situation, pour le moins inattendue, était tendue…

Les 2 autres agents arrivèrent et mirent l'homme en joue.

– *Baissez vos armes !* ordonna Castle qui voulait faire baisser la tension.

– *Laissez moi partir ou je la tue !…*

La grosse matrone commençait à rouler des yeux et ses mentons gélatineux à trembler ; elle le suppliait en dialecte.

Thomas Castle essaya de parlementer après avoir rengainé son pistolet dans son étui sur le torse.

« Boïingg » !!!…

Justine de St-Jacques était arrivée silencieusement derrière lui et sur la pointe des pieds, de toutes ses forces, elle abattit sur la tête de Ag Sidamou la marmite en fer qu'elle avait trouvé dans la cuisine.

Le Malien tomba dans les pommes, la marmite, avec l'empreinte de la tête du bonhomme, tomba au sol également !…

– *Aïe ! Ca, ça doit faire vachement mal ! J'ai toujours dit que les rousses étaient assommantes ! Sauf votre respect Capitaine…* dit Bernard Grim sérieux comme un pape.

– *C'est sur que c'est pas lui qui dira le contraire ; mais toi franchement, tu es un peu de partie pris ; tu dis cela parce que… entre ta mère, ton ex, et tes 2 filles… t'as un peu du mal avec les rouquines !* dit Thomas Castle hilare.

La grosse matrone voyant son homme assommé, se mit à insulter Justine de St-Jacques, puis Thomas Castle, les accusant de meurtre !…

Un comble, c'est bien la peine de rendre service !

Elle était complètement déchaînée et hystérique.

On peut dire qu'elle avait les « boules » bien qu'on soit loin du modèle « geisha »…

Thomas Castle décida de rétablir le calme et une certaine forme de sérénité, en lui mettant un « pain » en pleine figure sans autre forme de procès et avec une délicatesse retenue. L'assommant à son tour.

Elle s'écroula sur son homme, pour lequel se fût un 2e gros choc !…

Devant le charmant spectacle du couple à nouveau réunit Bernard Grim dit sentencieusement :

– Oui… Mais enfin, y-a pas à dire Thomas, toi tu sais parler aux femmes ! ça m'étonne pas que tu sois toujours célibataire ! Vous 2 vous faîtes vraiment la paire. Vous faîtes un concours ma parole !

– C'est sur que c'est pas ton cas ! répliqua Castle

– J'aime trop les femmes, du moment qu'elles ne sont pas rousses, pour rester avec une seule ! dit Bernard Grim en souriant.

Pendant ce temps Justine de St-Jacques essayait de tirer Deïty Ag Sidamou afin de le libérer du poids de ses responsabilités un tantinet écrasantes !

N'y arrivant pas elle dit :

– Excusez-moi Messieurs de vous déranger dans l'évocation de vos souvenirs un brin nostalgiques, mais un coup de main, et pas un coup de poing mon Colonel, m'aiderait assez !…

2 sous-officiers arrivèrent alors à leur tour et se chargèrent de la dame, puis la posèrent sur le canapé qui émit un drôle de bruit de ressorts fatigués…

Pendant ce temps le Malien fût attaché.

Tout le groupe fouilla la maison de fond en comble à la recherche d'indices et d'informations.

C'est Justine de St-Jacques qui découvrit un petit cahier rouge le livre de compte, un ordinateur portable, un disque dur amovible, des téléphones portables et un téléphone satellite.

Tout cela fût promptement jeté dans un grand sac.

Ce sera au lieutenant Denis Hacquer de justifier le bien fondé de son surnom et de décoder tout cela.

Le commissariat de police n'étant pas loin, Deïty Ag Sidamou, toujours dans les pommes, y fût conduit.

Thomas Castle avait une idée en tête, mais le décorum était important.

*

Quand Deïty Ag Sidamou se réveilla, il était assis sur une chaise rustique dans le poste de police avec Thomas Castle en face de lui.

Justine de St-Jacques et Bernard Grim étaient ensemble un peu en retrait.

Thomas Castle s'approcha du Malien avec un bon sourire.

– *Qu'est ce que tu veux Colonel, j'ai rien fait... Laisses moi partir ou je vais me plaindre à la police.*

– *En voilà un heureux hasard, on est justement au poste de police.*

Deïty Ag Sidamou regardait à droite, à gauche mal à l'aise.

Puis Thomas Castle lui annonça l'attaque des djihadistes contre lui et ses amis lors du rendez-vous, mais également l'attaque qui avait faillit se produire contre lui.

A cette annonce, Deïty vira du terne gris à un blanc fort présentable.

Puis il lui annonça la disparition de leur ami touareg et lui demanda ce qu'il savait et s'il connaissait l'endroit où il pouvait être.

Le Malien nia vertement.

Castle lui demanda alors s'il voulait les aider ; alors il le laisserait en paix.

– Oui oui Colonel moi j'aime la France !

Thomas Castle, avec un bon sourire, regarda fixement le Malien.

– Capitaine regardez ça, vous ne le verrez pas tous les jours c'est bluffant ! dit Grim en buvant de l'eau à la bouteille.

Justine de St-Jacques lui jeta un coup d'œil interrogateur.

– Dormez Deïty, dormez, dormez, quand je serai à 3, vous êtes dans un état de sommeil profond vous vous sentez bien, je compte 1,2, 3 !

En même temps que Castle parlait, il se plaça à coté du Malien, et simultanément à la fin de sa phrase il posa 2 doigts sur la nuque de Deïty.

Le Malien, s'écroula endormit.

Justine ouvrit de grands yeux incrédules…

– Vous allez ouvrir les yeux et toujours dans cet état de sommeil profond vous allez me raconter ce qui c'est passé ; éveillez-vous au claquement de doigts !

Clac-clac !!

Et chose incroyable Deïty Ag Sidamou commença à parler d'une voix monocorde ; il raconta la première rencontre avec le Cheikh puis sa demande dans une maison à l'écart près de la *Dune Rose*. Puis après la visite de Castle le coup de fil et le lieu du rdv. Mais il ne savait rien de plus.

Thomas lui posa d'autres questions mais il ne lui apprit rien de plus quant au possible lieu de détention de Bokar Ag Gamou.

Par contre il lui parla d'une rencontre il y a presque 1 an où il servit d'intermédiaire entre les djihadistes et des trafiquants colombiens et des Américains.

Bernard Grim souriait, Justine de St-Jacques n'en croyait pas ses oreilles.

– Je vais compter jusqu'à 3 et vous aller dormir, dormez dormez dormez Deïty, 1,2, 3 !

Clac-clac !!

Le Malien retomba dans les bras de Morphée.

Devant le regard incrédule de Justine, Thomas Castle lui dit alors que l'hypnose ne marchait pas sur tout le monde.

Ben non ce serait trop simple pardi !...

Mais qu'il avait remarqué que le Malien serait un sujet réceptif et qu'il pourrait prendre le contrôle.

Il lui expliqua ensuite qu'en fait il était conscient, qu'il voyait les gens, mais qu'il y avait une distorsion entre rêve et réalité : il était bloqué dans son corps.

Mais il y avait des limites à l'hypnose, on ne pouvait pas en faire des tueurs ou on ne pourrait pas l'obliger à se faire du mal ; il se réveillerait alors automatiquement.

– Mais il se peut qu'il se moque de vous et qu'il raconte n'importe quoi !

– Non Capitaine ; Deïty, vous allez ouvrir les yeux et vous allez me dire, en riant, où se trouve votre livre de compte, et la couleur de ce livre, quand j'aurai compté jusqu'à 1,2, 3 !

– Le cahier rouge se trouve dans le 2e tiroir de mon bureau collé au fond à l'extérieur ! dit alors le Malien d'une voix hilare.

C'était effectivement là qu'elle l'avait trouvé !

Puis Thomas Castle trouva qu'il était temps d'en finir avec cette séance.

– Dormez, dormez, dormez, vous vous sentez bien, je compte 1,2, 3 vous ne vous souviendrez de rien, éveillez-vous au claquement de doigts !

Clac clac !!

Et en même temps Castle reposa 2 doigts à l'arrière de la nuque du Malien.

Bernard Grim expliqua à Justine de St-Jacques, qu'il y a quelques années, lors d'une mission, le Colonel avait rencontré l'hypnotiseur canadien Messmer.

On n'a jamais su ce qu'il s'était passé lors de cette mission, mais depuis ce moment le colonel réussissait de temps en temps ce genre de prouesses…

Inexplicable mais bluffant !…

Justine de St-jacques, en regardant Castle, se dit qu'elle devait se méfier le jour où il lui demanderait de dormir !

S'imaginer riant ainsi devant tout le monde comme une débile lui donnait des frissons « d'horreurs » rétrospectifs !!!…

Puis ils prirent une carte de la ville et repérèrent le lieu du RDV entre le Malien et les djihadistes.

Justine pensait que c'était un leurre.

Thomas Castle pensa le contraire, car comme les djihadistes avaient prévu de supprimer le Malien ils n'avaient donc pas besoin de prendre de précautions particulières.

Autant faire simple et établir ce rendez-vous à proximité de leur planque.

Une stratégie d'attaque fût mise au point.

*

Bokar Ag Gamou, les mains entravés dans le dos, avait les yeux bandés. Il était couché sur un sol en terre battue.

Il s'était redressé et était à présent adossé contre un mur.

Tout son corps lui faisait mal suite aux coups reçus.

La maison était silencieuse, sauf une conversation en arabe dont il n'entendait que des bribes.

Le Touareg n'avait pas peur.

Ce que les djihadistes ne savaient pas c'est que le Lieutenant Bokar Ag Gamou n'était pas un Touareg comme les autres.

Ancien Sergent-Chef à la Légion Etrangère, sa carrière dura 8 ans ; son 2e engagement s'étant arrêté fin 2011.

Il quitta alors la Légion pour rentrer au Mali et rejoindre son cousin le Colonel-Major.

Il fût promu immédiatement Lieutenant du fait de son inestimable expérience qu'il avait acquit à la Légion.

Il avait fait plusieurs séjours en Afghanistan puis par défi et curiosité avait demandé à faire en 2010 le fameux stage de 8 semaines à Kourou en Guyane dans la jungle équatoriale : il décrocha le brevet envié d'Aide Moniteur Forêt.

Seule l'élite de la Légion l'a : moins de 200 légionnaires en 25 ans. 8 semaines de souffrances, de privations, afin de repousser ses limites physiques et psychiques.

Vers la fin du stage, il y avait une séance où les stagiaires étaient « capturés » et « torturés ». Il s'agissait d'acquérir alors le bon comportement lors de ces moments de stress intense.

Aussi quand les djihadistes l'ont jeté dans cette pièce puis lui ayant enlevé son bandeau lui ont ordonné de baisser la tête devant eux, il s'est alors souvenu de ce que l'adjudant-chef brésilien leur avait dit au commencement du stage :

« Un légionnaire ne baisse pas la tête ni devant Dieu ni devant la Mort ! »

Du coup devant son refus il reçu de rage une succession de coups de poings, de coups de pieds et de coups de crosses ; mais il ne baissa pas la tête !

Etrangement ils ne l'avaient pas interrogé, ce n'était que des sous-fifres et ils attendaient leur chef.

Tout à coup il entendit la porte s'ouvrir, un homme entra cria un tonitruant « *Allah Akbar* » et arma, d'un claquement sinistre, son fusil d'assaut.

*

Le groupe s'approcha du bâtiment.

Bernard Grim, alias *le Caméléon*, portait bien son pseudo, puisque c'est recouvert d'une tenue touareg bleu ciel (chèche compris) sur son uniforme, et accompagné d'un âne tirant une carriole avec des fruits, qu'il avançait vers la maison suspecte.

Il vit un homme assit près de la porte.

Il s'approcha de lui.

L'homme, un brin soupçonneux, se dirigea vers ce marchand ambulant, vivement intéressé par sa marchandise.

Bernard Grim, dont on ne voyait que les yeux, fît semblant d'être muet et par geste lui demanda s'il voulait des fruits.

Le djihadiste sourit, cogna sur la porte afin de la faire ouvrir et faire ainsi profiter de l'aubaine aux autres.

Cela faisait plusieurs jours qu'ils n'avaient pas mangés de fruits frais.

Le portail s'ouvrit et 2 hommes en tenue civils apparurent.

Le djihadiste commença une phrase que jamais il ne finit puisque l'agent de la DGSE tendit vers lui un bras au bout duquel il y avait un pistolet munit d'un silencieux.

2 flops (bruit des détonations étouffées par le silencieux) se succédèrent et créèrent 2 nouveaux « yeux » dans le visage du djihadiste où se reflétait une grande surprise.

Justine de St-Jacques abattit d'un coup unique le 1er des deux civils, pendant que l'autre était attrapé par Thomas Castle qui posa le canon du pistolet sur sa tempe ; Castle lui demanda en chuchotant où était le prisonnier.

Désarçonné par cette attaque surprise, il lui indiqua la petite dépendance à coté de la maison principale.

– *Merci !* et Castle l'assomma net.

Il pourra donner ultérieurement des renseignements peut-être intéressant à la Direction du Renseignement Militaire.

Thomas Castle, par signes, indiqua à sa troupe d'attaquer la maison, lui et un des sous-officier en couverture, se dirigeant vers la dépendance.

Les 2 groupes avançaient rapidement en se courbant vers leurs objectifs.

Tout à coup, alors que le groupe de Justine s'approchait de la maison, un homme armé d'une Kalachnikov en bandoulière se réajustait après s'être soulagé le long du mur.

Il brisa net le silence en hurlant, donnant ainsi l'alarme, et se saisit de son arme.

Justine de St-Jacques n'hésita pas une seconde et tira à deux reprises, le touchant en pleine poitrine.

*

Thomas Castle vit un homme debout de dos entrain d'armer son fusil d'assaut vers Bokar Ag Gamou ; sans hésiter il l'abattit à bout portant de 2 coups de feu.

Puis il se précipita vers Bokar, lui enleva le bandeau qui recouvrait ses yeux et le libéra de ses liens.

Thomas Castle l'aida à se relever ; Bokar Ag Gamou grimaça de douleur, mais le rassura sur son état.

Il le confia au sous-officier en lui disant de l'évacuer, et lui donna la Kalachnikov du djihadiste qu'il venait d'abattre.

Puis il alla rejoindre le groupe principal.

Les 4 agents avaient à présent pénétrés dans la maison.

Les tirs se succédaient par de brèves rafales.

La discrétion n'étant plus de mise, les Français utilisaient également leurs fusils d'assauts.

Quelques cadavres de méchants, de çi de là, témoignaient de l'âpreté des combats.

Un homme sauta sur Thomas Castle en hurlant un « *Allah Akbar* » tonitruant.

S'en suivit une bagarre, où coups de poings et coups de pieds de close combat se succédaient.

Puis le djihadiste renversa Castle et sortant un poignard de son fourreau, voulu l'abattre sur lui.

Il bloqua le poignet de l'attaquant.

Il pouvait voir sur son visage tout le fanatisme exacerbé par l'absorption de cocaïne ou d'amphétamines.

Une rafale de 3 coups de FAMAS crépita et le djihadiste s'effondra sur Thomas Castle qui le jeta de coté en se relevant.

– *30 – 15 !* dit Justine avec un sourire

– *Oui, mais enfin, c'était pas la peine, je lui mettais la raclée de sa vie. Je maîtrisais la situation !…* répliqua Castle

Puis un immense bonhomme arriva sur Justine de St-Jacques en hurlant. Il la souleva et la jeta de toutes ses forces.

Au même moment, un tir se produisit qui faillit toucher Castle et l'obligea à s'abriter.

Il repéra l'ombre qui tirait ; répliqua à son tour en tirant au jugé et l'abattit.

Pendant ce temps Justine s'était relevé et donna un violent coup de pied au bas-ventre à son assaillant, qui devait bien faire le double d'elle.

Sans aucun effet !…

C'est comme si elle avait frappé un (gros) sac de sable…

Le bougre la regardait avec un sourire niait !…

Puis avec ses grosses mains il l'agrippa à son uniforme et la jeta par-dessus son épaule et elle atterrit, comme un chat, tout en souplesse cette fois, çi sur le sol.

Il se précipita vers elle et… 2 coups de feu l'arrêtèrent !

Il se retourna, se dirigea alors vers Thomas Castle les poings en avant.

Castle ne fît ni une ni deux et… vida son chargeur sur lui !

– *Putain c'est « Terminator » ce con !…*

Telle fût en toute simplicité, le bref et émouvant éloge funèbre pour le regretté Ali Ounard, le fidèle moine soldat que Iyad Ag Ghaly avait chargé de « surveiller/protéger » Abdel Ag Akory, alias *Triple A*, lorsqu'il lui avait annoncé sa volonté de se joindre au commando pour tuer l'agent français de la DGSE.

– *Ca va Capitaine ? Nous disons donc 30 – 30 !* dit Castle avec un petit sourire ironique tout en remettant un chargeur plein dans son arme.

– *Hé non, mais sérieusement tous les 2, vous n'allez quand même pas faire un match de tennis en 5 sets j'espère !* dit Bernard Grim qui arrivait tenant son fusil HK 417 canon vers le bas.

– *Merci mon Colonel, mais je me débrouillais très bien sans vous ! Tout était sous contrôle !*

Thomas Castle faillît avaler de travers et voulu répliquer qu'effectivement ça se voyait, mais il préféra secouer la tête et soupira devant une telle mauvaise foi si typiquement féminine…

Les tirs s'espacèrent…

Puis, par la fenêtre, Castle aperçu un homme qui tentait de s'échapper et couru à sa poursuite.

Triple A courrait à toute vitesse, il se retourna et tira plusieurs coups de feu contre son poursuivant.

Il vit un pick-up Toyota et sauta dedans.

La clé de contact était sur le contact.

Il démarra fébrilement et partit sur les chapeaux de roues…

Il ne comprenait pas comment les Français l'avaient repéré.

Ses mains tremblaient sur le volant et il essaya de reprendre sa respiration.

Thomas Castle arriva un chouia trop tard et vit le véhicule s'enfuir vers le Nord dans un nuage de poussières.

Il tira alors une longue rafale vers le fuyard.

Il tourna la tête à droite et à gauche et vit arriver 2 Maliens en civil sur une moto.

Il prit une poignée de Francs CFA dans sa poche et leur dit :

– *Je vous l'emprunte ; location courte durée*

Il grimpa sur la moto qui en démarrant chassa de l'arrière.

Les 2 Maliens se regardèrent en souriant : ils avaient « emprunté » la moto peu de temps auparavant…

Pas encore le temps de s'attacher !

Ils se partagèrent joyeusement l'argent donné par Castle.

Justine de St-Jacques arriva en courant suivit de Bernard Grim.

– *Et merde !… Il me faut un hélico… Tout de suite !*

2 véhicules blindés sur roues VAB des forces françaises arrivèrent en même temps.

10 mn plus tard un hélicoptère de reconnaissance SA 342M Gazelle équipée d'un viseur Vivianne accompagné pour sa protection d'un hélicoptère EC 665 TIGRE HAP camouflé en marron, noir, vert du 4ème RHFS furent déroutés.

La Gazelle (qui avait les mêmes couleurs de camouflage) se posa afin de récupérer Justine de St-Jacques.

Elle grimpa dans l'hélico et se coiffa d'une paire d'écouteurs.

Sur ordre du Capitaine, Grim et les 2 sous-officiers durent fouiller la maison.

Pendant ce temps un infirmier soigna Bokar.

La Gazelle décolla sous un nuage de poussière et suivi de son Tigre protecteur, se dirigea vers le Nord.

Plus haut dans le ciel, un Bréguet Atlantique2 de la Marine Nationale repéra sur ses écrans les 2 véhicules.

L'opérateur donna les indications au pilote de la Gazelle.

Pendant ce temps Thomas Castle avait repéré le pick-up et essayait de le rattraper.

Ils étaient à présent sortit de la ville et la « presque » bonne route se transforma lentement mais sûrement en une espèce de piste plus ou moins défoncée.

La moto qui avait connu des jours meilleurs, il y a bien longtemps, faisait un bruit d'enfer inversement proportionnel à sa vitesse de pointe !…

Castle s'agrippait comme il pouvait et se faisait un peu l'effet d'une boisson orangé dont la publicité disait, il y a quelques années, qu'elle devait être bien secouée pour mélanger la pulpe !…

Quand on pense qu'il y en a qui paye pour pouvoir faire des Rallyes Raid !…

Abdel Ag Akory regardait dans le rétroviseur et voyait au loin un point noir qui le poursuivait.

Or la route était tellement mauvaise qu'il n'arrivait pas à rouler plus vite.

En plus le pick-up commençait doucement à chauffer et *Triple A* avait l'impression qu'elle perdait de la puissance.

La moto gagnait à présent sur lui inexorablement…

Mais elle n'arrivait pas encore à se rapprocher assez près.

Tout à coup il vit 2 points noirs dans le ciel se rapprochant des 2 cotés.

Abdel Ag Akory jura comme un charretier quand il vit les hélicoptères à coté de lui.

Thomas Castle était allongé sur sa moto comme un adolescent sur sa mobylette afin de gagner quelques précieux km/h !

Cette course poursuite faisait très film d'action Américain…

Il entendit alors et vit ensuite les 2 hélicoptères devant lui.

Le Tigre sur la droite du pick-up avait calé sa vitesse et ils étaient à présent côte à côte.

Castle vit alors le canon de 30 mm sous le nez du Tigre tourner à gauche et il lâcha une très brève rafale d'obus qui firent exploser le moteur, et envoyer en l'air le capot, lui faisant faire une très jolie parabole…

Parabole qui faillit se finir sur… Castle !

Le pick-up fît alors une embardée digne des meilleures cascades.

Les 2 hélicoptères se posèrent sous un nuage de sable.

Thomas Castle sauta de la moto et fila vers le pick-up renversé sur le toit.

Il récupéra *Triple A* inconscient en le tirant énergiquement par les épaules et l'éloigna du véhicule en feu, lui sauvant ainsi la vie.

A peine fût-il à distance de sécurité que le pick-up explosa !

Justine de St-Jacques arriva en courant et attacha les mains du djihadiste dans le dos.

– *Ca va mon Colonel ? Vous êtes devenu fou. Vous vous êtes pris pour Tom Cruise dans « Mission Impossible » ? Qu'est ce qui vous est passé par la tête ?* lui demanda t-elle pince sans rire

– *Dites donc Capitaine, un ton en-dessous je vous prie. Vous aimez faire du jogging, moi à mon âge je préfère faire de la moto !*

– *Ah c'est malin !…* bougonna Justine pendant que les VAB arrivèrent.

Le convoi composé de 2 VAB et de 2 véhicules VBL s'arrêta.

Triple A revenait à lui et on le conduisit dans un des VAB soigneusement surveillé par les soldats.

– *Amenez-le à la DRM qu'ils l'interrogent et ensuite refilez le aux Maliens !* dit Thomas Castle alors qu'il allait en compagnie de Justine rejoindre la Gazelle.

– *Attendez ! Je suis le Cheikh Abdel Ag Akory et je veux parler au responsable de la DGSE, le Lieutenant-Colonel Thomas Castle. J'ai des informations très importantes à lui communiquer concernant le but de sa mission c'est à dire la récupération des plaques de gravures ! Je ne parlerai qu'à lui !* cria Abdel Ag Akory

Thomas Castle et Justine de St-Jacques, bien en phase, s'arrêtèrent de marcher et se retournèrent d'un bloc !…

Chapitre 7

PRÉPARATIONS…

Gao, mars 2013

Cela faisait maintenant plus de deux heures que la « conversation » durait dans une pièce fermée d'un bâtiment à proximité de l'aéroport de Gao.

Deux sous-officiers de la DGSE gardaient la porte, empêchant ainsi toute arrivée intempestive.

Abdel Ag Akory buvait régulièrement de l'eau donnée par les Français.

En face de lui étaient assis Thomas Castle et Justine de St-Jacques.

Une caméra tournait et enregistrait la confession de la tête pensante de l'Ansar Dine. Une si belle prise de guerre méritait d'être enregistré pour la postérité !

Les palabres avaient commencées et dès le début, le but était pour *Triple A* de monnayer sa libération.

C'est ce qu'il a demandé immédiatement à Thomas Castle quand il fut remis de sa surprise en constatant que son poursuivant (et accessoirement son sauveur) était son interlocuteur…

Thomas Castle lui donna son accord de principe sous réserve de la valeur et des preuves tangibles de ses « révélations ».

Il était malgré tout dubitatif car au départ ainsi qu'il l'avait dit à Justine lorsque l'Emir leur avait dévoilé son identité :

– *Monsieur Ag Akory a rendez-vous avec la potence et son absence me déplairait !…* plagiant les paroles du Commodore.

Cela l'avait fait sourire car elle ne savait pas qu'il aimait le film « *Pirate des Caraïbes, la malédiction du Black Pearl* ».

Par contre *Triple A* était nettement moins sympathique que Jack Sparrow, malgré une légère ressemblance !…

Mais le revirement de ces paroles, à présent, provoquèrent un sursaut choqué de Justine de St-Jacques.

Les 2 officiers de la DGSE se forçaient à rester impassibles, mais des échanges de regards entre eux montraient à quels points ces informations étaient de la dynamite.

Dynamite dont l'onde de choc dépassait le Mali, la France et allait jusqu'à Washington !…

Afin de terminer sa confession en fournissant une preuve de sa bonne foi, Abdel Ag Akory ôta sa chaussure, fît pivoter le talon et sous le regard étonné de ses interlocuteurs, pris une clé USB qui y était insérée pour la donner à Thomas Castle.

– Tout ce que je vous ai dit figure en fichier informatique sur cette clé USB avec dates et lieux ; il y a également les coordonnées géographiques de la base Libyenne.

Les 2 officiers sortirent de la pièce et rencontrèrent Bernard Grim qui était allé chercher Bokar Ag Gamou.

Thomas Castle se dirigea vers l'officier Touareg et lui demanda comment il allait ; puis il le prit à part et discuta à voix basse avec lui pendant un moment.

Quand il eut fini, le Touareg, avec un grand sourire, le serra dans ses bras et le remercia.

Puis il se dirigea vers la sortie.

Justine de St-Jacques se dirigea vers Castle et lui demanda ce qu'il comptait faire.

– Je n'ai qu'une parole, je vais le relâcher ; il a accompli sa part du marché, j'accomplirai la mienne.

– Il pourrait nous donner d'autres renseignements, en plus on n'a pas vérifié ses dires, cela pourrait être du vent… C'est un haut responsable terroriste, il a du sang sur les mains, c'est pas normal

qu'il puisse s'en tirer. Et, sauf votre respect mon Colonel, vous n'avez pas autorité pour ce genre de décision me semble t-il !

– Capitaine, le Directeur m'a donné toute autorité concernant l'opération SERVAL 2, or ces renseignements concernent entièrement la dite opération, vous pouvez disposer ! lâcha sèchement Castle.

Pendant que Thomas Castle en compagnie de Bernard Grim rejoignaient *Triple A*, Justine de St-Jacques sorti du bâtiment énervée et en ronchonnant.

Déjà qu'elle avait trouvée qu'il était souvent « Border Line », là il avait vraiment « pété un câble » !

C'était du vrai n'importe quoi !

Elle se dirigea donc, d'un pas énergique, vers le bâtiment de l'Etat–Major.

Elle avait un important coup de fil à donner.

– Abdel, j'ai une bonne nouvelle à vous annoncer, je respecterai ma parole. Voilà comment cela va se passer, mais si vous m'avez menti, je vous retrouverai ! dit Thomas Castle

Le Cheikh souriait, il n'avait pas menti.

Il savait qu'il avait bien fait de préparer ce plan en cas de problèmes…

*

20 heures.

Le VBL s'arrêta devant le portail de l'hôtel.

Au-dessus du dit portail on pouvait lire en grand caractère et en 2 couleurs de bleues : *« L'ATLANDIDE _GAO »*

Abdel Ag Akory sortit du véhicule en souriant.

Puis il le regarda partir, satisfait.

Il devait à présent trouver une personne qui ait une barque et ensuite descendre tranquillement le fleuve jusqu'au Niger et il sera sauvé.

Avec l'argent mis de côté il pourrait se refaire une vie fort confortable.

Car comme disait Samuel Johnson :

« *Il vaut mieux vivre riche que mourir riche !...* »

Bien évidemment cette partie de l'histoire il n'en avait pas soufflé mot lors de sa conversation avec les agents français !

L'hôtel, situé près du marché et non loin du fleuve Niger, avait accueillit depuis sa construction en 1932 un grand nombre de voyageurs du désert.

Abdel Ag Akory avait trouvé la suggestion, de l'officier français qui conduisait le véhicule blindé, de le déposer à cet endroit fort judicieuse et s'y était rallié.

Tout à coup il vit sur sa droite et sur sa gauche un groupe d'hommes armés qui se dirigeaient vers lui.

– Bonjour Cheikh Abdel Ag Akory ! Nous avons à parler ensemble non ?...

Triple A tourna la tête rapidement, son visage se figea, et au milieu devant le portail se trouvait à présent le Lieutenant Bokar Ag Gamou !...

*

Tombouctou, mars 2013

L'avion cargo Transall C-160 avait atterrit sur l'aéroport de Tombouctou.

Le vol, rapide, c'était passé dans une atmosphère « fraîche » entre Thomas Castle et Justine de St-Jacques.

Le groupe se dirigea vers la salle qui leur était réservée.

Thomas Castle donna à Denis Hacquer la clé USB ainsi que le sac où il y avait les affaires récupérées chez Ag Sidamou.

Il lui demanda son rapport le plus rapidement possible.

Le portable de Castle vibra et il vit qu'un MMS était arrivé.

Il l'ouvrit, sourit et appela Justine de St-Jacques en lui tendant son portable.

Elle regarda la petite vidéo, puis retendit le portable à son propriétaire en le regardant fixement.

– *Pourquoi m'avoir menti ?*

– *Je ne vous ai pas menti Capitaine. J'ai dit que je relâchais Triple A car c'était une promesse. Je l'ai fait. Un marché est un marché. Après ce qui peut lui arriver n'engage ni mon honneur ni ma responsabilité…*

– *Que va t-il lui arriver ?*

– *Ce n'est plus mon problème, ni le votre.*

Justine de St-Jacques se dit en le regardant que cette maxime, dite par Napoléon, pourrait lui aller comme un gant :

« *Il faut être grand dans la Vertu comme dans le Crime…* »

*

Sur l'écran blanc, Denis Hacquer fît un résumé des informations qu'il avait réunit grâce aux pièces données par Castle.

La moisson était miraculeuse.

Il apparaissait que la mallette avec les plaques de gravures était à présent en possession du chef d'AQMI Abdelmalek Droukdel.

Il est maintenant réfugié avec des combattants à sa solde, dans une base secrète Libyenne construite par le Colonel Kadhafi il y a quelques années dans le sud-ouest du pays. Non loin de la frontière algérienne.

Les coordonnées de la base ayant été fournies, et ayant eu l'accord du Lieutenant-Colonel Castle, il demanda à la DGSE d'orienter et d'obtenir ainsi des images du lieu par le satellite HELIOS 2B.

Le satellite permettant de photographier un lieu donné plusieurs fois par jours sous plusieurs angles.

Autour de la table où était réunit en plus de Castle, Justine de St-Jacques, Bernard Grim et Farid Merhleen étaient étalé de multiples cartes d'Etat-Major récupérés on ne sait comment par le « *Dénicheur* ».

Tous écoutaient les informations données par « *Décodeur* ».

En plus il apparaissait qu'il existait un DVD d'une rencontre secrète entre un Américain et les djihadistes.

Réunion confirmée par Deïty Ag Sidamou.

Il y a donc une imbrication inédite entre des Américains et des terroristes islamiques, le tout chapeauté par des trafiquants de drogue qui avaient servi de lien.

La DGSE transmettra bien évidemment cette information capitale à la CIA ; mais probablement uniquement quand le DVD sera disponible, car les Américains ne prendront cette info au sérieux que s'il y avait une preuve irréfutable.

Mais, cerise sur le gâteau, Abdelmalek Droukdel serait également partis avec les otages français.

Thomas Castle se leva, prit un téléphone satellite crypté et se dirigeant vers une autre pièce, appela le directeur de la DGSE pour lui annoncer les dernières nouvelles.

C'était la 2ème fois qu'il l'avait en ligne depuis le départ de Gao. Il y a quelques heures il avait dû répondre au coup de fil du Directeur et lui indiquer le plan qu'il avait établi avec Bokar Ag Gamou pour régler le problème *Triple A*.

Le directeur de la DGSE avait totalement approuvé son plan et sa décision, par contre il lui avait demandé de faire plus confiance au Capitaine de St-Jacques qui était un élément remarquable.

– *Je vous rappelle dès que j'ai un plan à vous proposer !* dit Thomas Castle en guise de conclusion puis il raccrocha.

En revenant dans la salle de réunion, il vit qu'il y avait une nouvelle personne.

Le lieutenant touareg lui adressant en souriant une vigoureuse poignée de main après lui avoir fait un salut réglementaire impeccable.

– Mon Colonel j'ai une information secrète très importante à vous communiquer. C'est le Colonel-Major Al Hadji Ag Gamou lui-même qui m'a donné la permission et m'a demandé de vous la transmettre.

– Je suis tout ouïe !

– Il y a un groupe d'Islamistes qui a fuit le Nord Mali sous les ordres d'un chef de AQMI, Abdelmalek Droukdel pour se réfugier en Libye. Nous avons un espion dans leur rang. Il s'agit un ancien membre de la Police Islamique, un Touareg qui a décidé par vengeance de revenir vers nous ! Il s'agit de Abou Nain Sarhaoui.

– Pourquoi trahit-il ses frères d'armes, il aurait pu s'échapper et vous rejoindre tout simplement.

– Son frère, un combattant du MUJAO a été exécuté devant ses yeux sans qu'il puisse le sauver ; c'est à ce moment là qu'il a décidé de le venger en agissant de l'intérieur et qu'il a contacté par téléphone un de ses cousins qui est un officier du Colonel-Major.

Justine de St-Jacques et Thomas Castle se regardèrent.

C'était une information inespérée, mieux que de gagner le gros lot du loto !

Thomas Castle informa alors Bokar d'une partie des dernières nouvelles en sa possession.

Il lui demanda s'il avait la possibilité de demander à la taupe de transmettre des informations sur la localisation de la mallette, des otages français et s'ils changeaient de lieu souvent.

Bokar Ag Gamou promit de le tenir au courant et de faire le maximum. Il quitta la pièce après avoir salué tout le monde.

*

La réunion se poursuivit pendant de longues heures.

On commençait à avoir une « image » précise de la base secrète libyenne :

Elle était située dans le Sud-Ouest du pays, dans la région de Fezzan dans l'Erg de Mourzouq, une région très aride, sans eau, un ancien lac recouvert de sable. Entre les villes de Ghât et Mourzouq ; non loin (une centaine de km) de la frontière algérienne.

De nouvelles photos satellites s'ajoutaient régulièrement, et toutes les infos disponibles à la DGSE ou à la DRM étaient transmises en temps réel.

Ainsi les officiers français reçurent également les plans de construction faites par des sociétés françaises de BTP.

Même s'il semblerait qu'il y ait une extension dont on ignorait le détail.

Ayant détecté la probable présence de quelques blindés de l'ancienne armée libyenne (certainement des T-72 et des transports de troupes) maintenant aux mains des milices islamiques, Thomas Castle pensa tout haut que la présence de chars Leclerc pouvait être utile.

Le canon de 120 mm du char était plus « expressif » que le canon de 105 mm de l'AMX-10RC !…

Il faudrait envisager leur arrivée de France…

Mais peut-être également l'envoi d'une force de frappe aérienne, par les Rafale présents à N'Djamena, en soutient.

Un plan commençait à s'échafauder dans l'esprit de Thomas Castle en repérant à 150 km environ de la base une étendue en latérite, point de chute possible pour les avions cargos.

Justine de St-Jacques s'excusa et sortit, elle avait une idée.

Elle rentra dans la salle une dizaine de minutes plus tard.

Il ne restait que Thomas Castle. Sur ordre de leur chef les autres étaient partis se reposer un peu.

Ils échangèrent un long regard…

Puis Justine, s'asseyant sur la table et faisant battre ses jambes dans le vide, lui fît part de son idée : faire venir des chars Leclerc depuis la France allait poser de gros problèmes mais il y avait une autre solution…

Elle lui annonça alors que son Général de père participait aux manœuvres « *Gulf Falcon 2013* » au Qatar.

Il faisait partie de l'Etat-Major du Général de Division Aérienne Emmanuel de Romemont qui dirigeait l'exercice.

Manœuvres interarmées qui se déroulaient du 16 février au 7 mars. Il y avait cette année 17 chars Leclerc et 23 VBCI appartenant au 1er Régiment de Chasseurs de Verdun.

Or nous étions le 6 mars.

– Mais si on peut « emprunter » quelques chars il faut encore pouvoir les faire venir, or la France n'a pas d'avion capable de transporter les 57,4 tonnes de la bête, les Américains n'accepteront jamais de fournir les avions gros porteurs Galaxy C5 et en plus comment aller en Libye ! fit remarquer perfidement Justine.

Thomas Castle lui fît part de son idée, en lui montrant un point sur la carte d'Etat-Major à une centaine de kilomètres de la base libyenne, au sud de la ville de Mourzouq et lui expliqua le plan qu'il avait envisagé.

Elle regarda la carte puis le regarda pour voir s'il était sérieux, ne pouvant s'empêcher de manifester sa surprise, son incrédulité et finalement aussi son admiration en secouant la tête !…

Le 8 mars il était prévu une visite du Ministre de la Défense au Mali, à Gao entre autre.

Il devait passer la veille à l'aéroport de Tombouctou afin de faire le point avec l'Etat-Major des progrès de l'opération SERVAL, il demandera alors le feu vert du ministre pour son plan.

Il récupérerait ainsi non seulement la mallette mais en plus les otages français.

Thomas Castle avait un important coup de fil à passer.

S'il ne réussissait pas à convaincre son interlocuteur son beau plan risque de n'être qu'une chimère…

Il préviendrait le directeur de la DGSE si la réponse est positive, inutile de lui faire de fausses joies avant !

*

Erg de Mourzouq, désert de Libye, mars 2013

Abou Nain Sarhaoui a coupé la communication très satisfait. Il avait pu fournir immédiatement les renseignements demandés.

Sa vengeance était à présent inexorablement en marche.

Il avait bien vu Abdelmalek Droukdel avec une mallette.

Il l'avait rarement avec lui, elle était toujours posée au même endroit. Il avait pu donc indiquer facilement le lieu.

Il s'était d'ailleurs demandé ce qu'elle pouvait bien contenir.

Les otages restant toujours à la même place, il les avait également surveillé, c'était donc facile pour lui de répondre.

En plus comme il n'y avait que le désert à perte de vue, la base, gigantesque complexe de bunkers plus ou moins enterrés et toujours camouflés, étant située au milieu de nulle part, il n'y avait donc pas de patrouilles nocturnes.

Même si les otages parvenaient à s'échapper, ils seraient morts de soif rapidement car il n'y avait aucun point d'eau à des dizaines de km à la ronde.

Du coup leur surveillance n'était pas très lourde.

Selon toute vraisemblance ces informations étaient destinées aux Forces Spéciales françaises.

Il remit sa Kalachnikov sur son épaule et se dirigea tranquillement vers un baraquement. L'excitation de la progression de sa vengeance prenant le pas sur l'inquiétude du risque de se faire démasquer.

– Tu parlais avec qui espèce de chien ?…

Abou Nain Sarhaoui sursauta, la question claqua dans le silence comme une rafale d'arme automatique.

Aliou Malabar, l'ancien chef de la Police Islamique de Gao, était placé dans son dos.

Il se retourna lentement et vit un pistolet braqué sur lui.

Il leva les mains.

Abou Nain Sarhaoui essaya de nier ; l'ancien chef de la police se rapprocha de lui et lui prit son arme, puis appela des moines soldats.

Un des moine-soldat fouilla le prisonnier et tendît respectueusement un téléphone satellite Turaya à Aliou Malabar.

Puis il fut jeté manu-militari dans une geôle, après avoir reçu une ration copieuse de coups de crosses…

Aliou Malabar se devait de prévenir immédiatement l'Emir Abdelmalek Droukdel.

*

Moscou, mars 2013

Dans son bureau du Kremlin, le téléphone portable se mit à vibrer et ensuite à sonner discrètement.

La sonnerie (issue d'une chanson du groupe finlandais Turisas) apportant une touche anachronique par rapport au morceau de musique classique passant actuellement en musique de fond dans le bureau.

Le Président de la Fédération de Russie Vladimir Vladimirovitch Poutine se retourna, regarda l'heure qu'indiquait sa montre « *Breguet Marine* » à son poignet droit et récupéra le smartphone dans la poche de sa veste accrochée au dossier du siège.

Ce n'était pas un accro au portable comme les autres présidents ou chefs de gouvernement, c'est sa fille qui l'avait convaincu il y a quelques années d'en avoir un.

Comme souvent quand il n'avait pas de rencontres officielles il était en chemise, sans cravate, et posant son poing droit sur sa cuisse, il s'appuya au dossier de son fauteuil et décrocha, après avoir vu le n° de téléphone s'afficher.

Seul un cercle très restreint d'amis connaissait ce numéro.

– *Da Polkovnik Castle, kafe twy patshyvayesch tovaritch ?* * (*Oui Colonel Castle, comment vas-tu camarade ?) dit-il en souriant.

– *Gospodine Poutine, Guten Tag. Sehr gut vielen Dank Herr Präsident* ! (* Monsieur Poutine, bonjour. Très bien, merci beaucoup Monsieur le Président) dit Thomas Castle qui, son russe étant trop faible pour une conversation longue, enchaîna en allemand.

Vladimir Poutine ayant été 5 ans en Allemagne de l'Est, à Dresde à partir de 1985, maîtrisait cette langue parfaitement.

C'est d'ailleurs toujours en allemand que les 2 hommes conversaient.

Depuis une de ses missions en 2011 qui l'amena en Russie et au cours de laquelle il sauva la vie de Poutine, alors Premier Ministre, d'un attentat tchétchène dans sa datcha gouvernementale de Novo Ogorevo.

Jolie bâtisse jaune et blanche, du XIXe siècle, située à 30 km à l'ouest de Moscou, dans une magnifique forêt de pins et de bouleaux.

Une solide estime et un respect réciproque les liaient depuis, renforcé par leur passion commune des animaux.

Koni, la chienne labrador noire arriva en remuant la queue pour chercher quelques caresses, que Vladimir Poutine prodigua de la main droite.

Thomas Castle s'excusa de le déranger, et après avoir pris des nouvelles de Koni et du berger bulgare Buffy, lui dit qu'il avait une bonne nouvelle à lui annoncer et une demande à lui formuler.

Tout d'abord il lui annonça que les forces françaises au Mali avait capturé un terroriste tchétchène qui ne lui était pas inconnu : Aslan Chamil (l'adjoint de Abu Anas tué en 2011 un peu grâce à Castle) qui avait réussit in-extremis à s'enfuir après l'échec de sa tentative d'attentat contre Poutine.

Vladimir Poutine se redressa sur son siège.

L'œil bleu perçant prenait une teinte glaciale sur le visage lisse.

Le Tsar avait la rancune tenace et ce tchétchène figurait en bonne place sa liste…

Il apprit donc avec plaisir que les Français l'avaient attrapé au Mali… Bien loin de sa zone d'influence habituelle.

– *Cher Président, tu pourras bien sur le faire récupérer par des hommes du FSB* (nouvelle dénomination pour le KGB) *il est à ta disposition à Tombouctou, ainsi que l'enregistrement de son interrogatoire. Nos services de sécurité ont également trouvé des informations sur les groupes tchétchènes qui pourront t'intéresser !* dit-il reprenant le traditionnel tutoiement russe.

– *Spasiba Thomas** (*Merci Thomas).

– *Vladimir j'aurai un grand service à te demander, cela nous permettra, entre autre, de libérer nos otages qui sont maintenant dans le sud-ouest de la Libye.*

Et il lui expliqua ses besoins et le plan d'attaque qu'il voulait soumettre au ministre de la Défense et notamment la délicate partie où la présence russe était indispensable et qui restera, bien sur, secrète.

– *J'ai besoin de pilotes qui soient capable de faire atterrir leur avion dans l'Erg de Mourzouq en Libye, sur une piste qui est une large étendue de latérite plate et durcit qui sera balisé par des torches qu'auront disposé des sapeurs du Génie Parachutiste. Des vrais pilotes, pas des transporteurs comme ceux de la compagnie Volga Dnepr que l'on affrète actuellement. En as-tu dans l'aviation russe ?*

Vladimir Poutine ne tiqua pas contre la petite pique envoyé par Castle ; en fait il était admiratif devant l'audace de ce Lieutenant-Colonel français.

Il devait avoir des ancêtres cosaques, seul un cosaque aurait pu avoir cette idée folle et géniale à la fois.

Et bien sur assez de couilles pour la proposer !…

L'année dernière le FSB lui avait annoncé la mise au placard de l'officier de la DGSE et le motif.

Le motif de sa disgrâce lui avait bien plu…

Il lui avait donc fait parvenir plusieurs boites de caviars de bélouga sauvage russe en provenance de la mer Caspienne.

Ainsi qu'une bouteille de Vodka russe Béluga Allure 70cl 40° (clairement une boisson d'homme !!) dans un beau coffret en cuir marron via le Consulat de Russie de Strasbourg.

Le tout accompagné bien sur d'une carte avec un petit mot d'encouragement écrit de sa main !

A lui, inutile de lui proposer un passeport de la Fédération de Russie !…

– *Khorocho** (*Bien). *Je m'en occupe, donnes moi les coordonnées où tu veux que les avions atterrissent et un numéro où l'on puisse te joindre ; si mes officiers disent que c'est réalisable pour un Antonov 124, un officier supérieur russe prendra contact avec toi pour les modalités pratiques ainsi que pour la récupération du Tcherno-zopié* (* *Cul-noir, surnom méprisant des russes envers les tchétchènes). *Tu as mon accord de principe.*

– *Spasiba Vladimir** (*Merci Vladimir) dit Castle après lui avoir communiqué les coordonnées géographiques GPS du lieu d'atterrissage.

– *Historiquement la France et la Russie ont toujours été des alliés stratégiques. Nous étions plus souvent ensemble qu'en guerre. Dassvidanya Thomas* (* *Au revoir Thomas) dit Vladimir Poutine, pour qui la Cordiale Entente Franco-Russe n'est pas qu'une vue de l'esprit, après avoir pris note sur une feuille de papier.

Puis après avoir raccroché son portable, il avança son siège contre son bureau et passa quelques coups de fil.

*

Tombouctou, mars 2013

Après que Thomas Castle eu raccroché avec son 2e interlocuteur, algérien cette fois çi, Justine de St-Jacques voyant le sourire sur son visage, attrapa le téléphone, fit un numéro et une fois la liaison établie dit :

– Bonjour Papa, j'ai quelqu'un qui veut te parler !

Et elle tendit l'appareil à Castle ; il regarda alternativement le combiné et Justine et hésita.

Elle fît une mimique étonnée et mettant sa main sur le téléphone, afin que ses paroles ne fussent pas entendu, elle lui chuchota un brin agacé :

– Mon Colonel, vous venez de discuter avec le Président russe comme si vous étiez 2 potes d'école, vous allez pas me dire qu'un « simple » Général de Division va vous intimider ?…

C'est sur, mais si le père est comme la fille il y a de quoi être… intimidé ! pensa Castle pour lui même.

Il prit néanmoins fermenent le combiné et après s'être raclé la gorge dit :

– Bonjour, mes respects mon Général. Lieutenant-Colonel Castle.

– Bonjour Colonel, ma fille m'a beaucoup parlé de vous !

Ca commençait bien !…

Puis un long silence se fît…

Ce qui provoqua une appréhension chez Castle.

– Que puis je faire pour vous Colonel ?

Thomas Castel lui parla alors franchement de son plan d'action. Il lui demanda ensuite si cela était réalisable sachant qu'il aura des Antonov An124-100 Condor de l'aviation militaire russe comme moyen de transport.

Un long silence se fit alors à nouveau…

Louis-Charles de St-Jacques, comme tout bon militaire qui se respecte, avait toujours considéré avec beaucoup de méfiance les espions, fussent-ils Français.

Quand il apprit que sa fille allait rejoindre cette institution cela ne l'avait pas particulièrement rassuré ni fait changer d'avis…

Mais là il devait bien reconnaitre que l'on avait atteint des sommets ! Ces types sont fous, enfin ce Castle est fou !

Fou mais génial, son plan se tient, de l'audace, encore de l'audace, toujours de l'audace…

Décidement il lui plaît bien ce bonhomme !

En ce qui le concerne en tout cas c'était parfaitement réalisable, bien que difficile et dangereux. Tout comme la partie aérienne (qui elle le concernait moins).

– Colonel Castle, votre plan est cohérent je vais déja faire des premières études et approches afin de planifier votre plan d'action. Mais bien sur tant que je n'aurai pas le feu vert du président de la République je ne bougerai pas. Au revoir.

Et il coupa la communication sans autre forme de procès !

Thomas Castle appela alors le Directeur de la DGSE.

Il lui exposa alors son plan d'action pour récupérer les otages et les plaques de gravures ainsi que les 2 coups de fil précédents qui confirmaient la possible réalisation de son plan.

Quand Castle, après avoir eu un accord de principe, eu raccroché avec Paris, il ne se doutait pas que le directeur, buvant un café, dit à voix basse :

– Et dire que je lui ai mis le Capitaine de St-Jacques dans ses pattes pour calmer ses ardeurs, qu'est ce que cela aurait donné autrement !…

Il vida sa tasse, souria, secoua la tête et se dit que finalement ce type était génial ! Appeler directement le président de Russie, il n'y avait que lui pour penser et surtout faire un truc pareil !…

*

Avant de se rendre à Gao, le ministre de la Défense fît un crochet par Tombouctou et arrivant sur l'aéroport il se dirigea avec son équipe dans la pièce qui servait de salle de réunion.

Cette réunion n'était pas couverte par les nombreux journalistes qui le suivaient et qui l'attendaient à Gao pour le lendemain.

Jean-Yves Le Drian bu un verre de jus d'orange, laissant la veste et la cravate dans le Falcon 7X, après avoir prié les différentes personnes présentent de s'assoire.

Autour de la table se tenait donc en plus de Jean-Yves Le Drian, le Général Bernard Barrera, une demie douzaine d'officiers supérieurs (dont ceux du COS et des Forces Spéciales,…), le général tchadien Oumar Bikimo, le Capitaine Justine de St-Jacques et bien sur le Lieutenant-Colonel Thomas Castle.

Il avait, en compagnie de Justine et de ses hommes, mis au point son plan d'attaque et avait préparé les papiers pour le ministre.

Juste avant que la réunion ne débuta, Bokar Ag Gamou était venu lui apporter les renseignements que lui avait transmis la taupe dans la base libyenne : le lieu de détention des otages français, l'absence de patrouilles nocturnes, ainsi que le lieu probable de la mallette contenant les plaques de gravures.

La réunion commença.

Il fût annoncé au ministre des combats très violents dans le massif de l'Adrar et des Ifoghas où les troupes françaises et tchadiennes, malgré des conditions météos extrèmes (parfois +50°) et un paysage lunaire apocalyptique qui mirent à rude épreuve hommes et matériels, eurent fort à faire contre les Islamistes souvent fanatisés et/ou shooté à la cocaïne.

Néanmoins, grâce à l'appui aérien, redoutable d'efficacité, des Mirage 2000D et des Rafale, cela avait permit d'économiser des vies humaines dans nos troupes.

– C'est sur une bombe de 250 kg en plein désert sur un pick-up où au milieu de rochers, ça fait pas de blessés, mais du paté pour fennec ! dit un officier français plein de bon sens…

– Il ne faut pas oublier non plus le rôle des mortiers de 120mm, des canons de 155 mm Caesar qui ont fait des cartons et les hélicoptères Tigres qui sont des merveilles et qui nous ont bien appuyés. D'ailleurs les hélicos ont pas mal dégustés également ; ainsi que le VBCI qui grâce à ses huits roues, malgré les difficultés du terrain, passe vraiment partout, en plus en ayant l'air conditionné ! rajouta Castle qui avait, malgré toute la charge de travail, eu le temps de lire les comptes-rendus de missions.

Le général Barrera indiqua également au ministre que grâce aux écoutes on avait eu d'excellentes informations sur l'ennemi et qu'ils appelaient les soldats français les « chiens ».

400 djihadistes furent tués, ainsi qu'un des chef, à savoir Abu Zeïd, et qu'il fut fait 26 prisonniers (dont des djihadistes Français).

– Monsieur le Ministre, mes ordres étaient clairs : « Détruire ceux d'en face et aller vite ». Un seul but : la Victoire. On leur a cassé la gueule pendant les 15 jours de combats lors de la bataille de l'Amettetaï où il y avait à l'Est les Tchadiens, à l'Ouest les Marsoins du 1er RIMa et passant par le Nord, 500 Légionnaires du 2ème REP & les parachutistes du 1er RCP ! continua le Général Barrera.

Puis il lui fît le compte-rendu des dernières prises et destruction de matériels. Offrant ainsi un bilan impressionnant à sa connaissance. Et pour conclure il dit :

– Nos troupes se sont comportées de manière admirable tant les conditions climatiques dans le Nord étaient éprouvantes, 45°C tous les jours et des pointes à plus de 50°C ; avec 30 kg de matos sur le dos c'est un sport de jeune !!!… Si fort heureusement nous n'avons eu que très peu de morts, nous avons eu quand même à déplorer environ 300 blessés (pas mal d'entorses) dont la moitiée a dû être évacuée.

Le ministre de la Défense répondit alors combien il était admiratif devant ces résultats. Il félicita tout le monde et se déclara impressionné devant le courage, le professionnalisme et l'abnégation des troupes françaises et tchadiennes depuis le début de l'Opération Serval.

Un coup de fil résonna et obligea le général tchadien à sortir.

Thomas Castle prit alors la parole et fît un résumé de sa mission et des derniers évènements. Et en conclusion il dit :

– *Effectivement nous avons pu arrêter Abdel Ag Akory (la tête pensante de l'Ansar Dine) à Gao. Nous avons découvert sur lui des documents nous apprenant que les plaques de gravures sont en possession du Cheikh Abdelmalek Droukdel dans une base secrète libyenne, dont nous avons, à présent, la localisation précise. Mais nous avons également appris la présence des otages dans cette base ! Nous connaissons à présent également leur localisation précise !*

– *Ce serait formidable si nous pouvions les récupérer !* dit le ministre.

– *J'ai un plan pour y parvenir !* dit Castle en lui tendant un résumé de son plan.

Le ministre sorti ses lunettes de sa poche poitrine, et commença à lire le document, pendant que Thomas Castle exposa son plan en détail sous un silence religieux, juste perturbé par les moteurs des climatisations.

– *Voilà l'opération « Guépard du Sahara » !* dit-il en conclusion.

*

Erg de Mourzouq, désert de Libye, mars 2013

Abdelmalek Droukdel était de fort mauvaise humeur.

Il venait de sortir de la cellule où était enfermé Abou Naim Sahraoui. L'ancien policier islamique n'avait pas bonne mine ! C'est le moins que l'on puisse dire…

Son visage n'était plus qu'une plaie, un de ses yeux était clos, et les os de ses côtes et de ses jambes étaient brisés en plusieurs endroits.

Ce qui contrariait l'Emir c'est qu'il n'avait pas parlé. Il n'avait rien avoué, se contentant de dire qu'il avait donné un coup de fil à un cousin pour avoir et donner des nouvelles.

Rien que pour cet écart il méritait une punition exemplaire afin qu'il ne fasse pas d'émules.

Abdelmalek Droukdel avait formellement proscrit l'usage du téléphone dont les communications étaient trop facilement interceptables par les Américains.

Mais son instinct lui soufflait que c'était peut être plus grave que ça…

Il caressait sa longue barbe noire en signe de réflexion…

Il se tourna vers Aliou Malabar et ordonna qu'à partir de maintenant il devait y avoir des patrouilles en 4x4 qui tourneraient de jours, comme de nuits, dans un rayon de 10 km autour de la base.

Ensuite devant l'entrée du complexe arriva 2 véhicules qui se placèrent dos à dos.

On attacha le Touareg à l'arrière des 2 véhicules : la tête à l'un et les jambes à l'autre.

Puis devant les combattants rassemblés, presque 300 hommes, y compris des anciens soldats libyens dont la katiba avait fait allégence à AQMI, Abdelmalek Droukdel, qui avait ordonné ce rassemblement, grimpa sur un petit escabeau, prit un porte voix et dit :

– *Voilà ce qui arrive à ceux qui trahissent la confiance de Allah le Miséricordieux !…*

Puis il fît un signe de la main et les 2 véhicules démarrèrent lentement, très lentement et inexorablement les cordes se tendirent…

Jusqu'à ce que le Touareg fut écartelé !

Et voilà le malheur qui s'abat sur la maisonnée !…

La dernière pensée entière de Abou Naim Sarhaoui fut pour son frère qu'il allait retrouver et espérait que les Français le vengerait…

Certains soldats crièrent des *Allah Akbar* et tirèrent des rafales de fusils d'assauts ou de mitrailleuses en l'air pour manifester leur joie.

Ensuite l'Emir retourna à son bureau ; lui il avait un important coup de téléphone à donner !…

Le spectacle avait été assez impressionnant pour que les troupes comprennent le message.

Comme il n'avait pas de chevaux à sa disposition, il s'était dit alors que les chevaux mécaniques made by Toyota feraient très bien l'affaire !…

Il faut vivre avec son temps après tout !

*

Tombouctou, mars 2013

Quand Thomas Castle eût fini d'exposer son idée le silence se fît ; on aurait entendu voler une mouche…

Tous les regards étaient fixés sur lui…

Et beaucoup, d'officiers présents, le regardaient incrédules !

Militairement c'était déjà difficile et audacieux, mais politiquement les risques en cas d'échec étaient… dévastateurs !

Cela fît sourire Justine de St-Jacques, se disant que tous devaient le prendre pour un fou !!!…

Le ministre de la Défense pensait la même chose en regardant fixement le lieutenant-colonel, un fou mais un fou génial !

Le général Barrera se pencha vers le ministre et lui glissa à l'oreille une longue phrase.

– L'audace de votre plan me plait Colonel Castle. Je vais en parler au Président afin qu'il me donne son accord ; après tout il s'agit quand même d'attaquer secrètement une base dans un pays étranger sans en avertir les autorités légales du dit pays et sans en

avoir l'autorisation par l'ONU ! Cela mérite quand même son aval n'est ce pas ? Mais vous avez mon feu vert préalable et tout mon soutient ! dit-il.

– Merci monsieur le Ministre.

Puis le ministre de la Défense se leva et demanda à parler de toute urgence avec le président de la République.

Quelques minutes plus tard on lui fournit un téléphone sécurisé et il s'isola dans une pièce adjacente.

15 mn plus tard il revint rejoindre le groupe et dit simplement :

– Messieurs en avant !... Tout doit être fait afin que l'opération « Guépard du Sahara » soit une réussite. Tous les moyens aériens et terrestres de SERVAL sont à la disposition du Lieutenant-Colonel Castle, et ils doivent être mis en œuvre pour ce but selon ses besoins et ses souhaits. Cette opération doit être et rester secrète, elle est classée « SECRET DEFENSE ». Telles sont les consignes du président de la République.

– Bien monsieur le Ministre.

– Les chars Leclerc et les VBCI qui seront utilisés viendront du groupe qui est en manœuvre au Qatar. Des ordres en ce sens vont être donnés au Général de Romemont. Le Président suit donc votre plan en totalité Colonel, le seul point qu'il ait exigé étant qu'un groupe de 10 gendarmes du GIGN se joignent au groupe de 10 agents de la DGSE.

Puis il expliqua que les gendarmes se chargeront de la récupération des otages, tâche qu'ils maîtrisent parfaitement, et la DGSE se chargeant de la récupération des plaques de gravures.

Il précisa encore une fois que le Chef de l'Opération « *Guépard du Sahara* » est le Lieutenant-Colonel Castle, y compris pour les gendarmes du GIGN.

Puis la scéance fût levé, tout le monde avait du pain sur la planche. La machine logistique se mettait en route afin de rendre réalisable le plan de Castle.

*

Doha, mars 2013

Le Général Louis-Charles de St-Jacques venait de quitter le Général de Romemont. Ils avaient pris note des ordres venu de Paris concernant l'opération « *Guépard du Sahara* ».

L'embarquement et le départ du matériel et des troupes ayant participés à *Gulf Falcon 2013* étaient retardé de quelques jours pour officiellement des « problèmes techniques » !

C'est à lui qu'était confié le commandement de la partie terrestre de l'opération.

Il pénétra d'un bon pas énergique dans le grand bâtiment en dur du complexe où se trouvaient hommes et matériels de l'exercice *Gulf Falcon 2013*.

– *A vos rangs FIXE ! GARDE A VOUS* ! hurla un officier à l'arrivée du général.

– *Repos, Messieurs* !

Puis le général, dont la voix de stentor se passait aisément de microphone, commença son discours dans un silence complet.

Il leur expliqua alors brièvement la mission.

Pour finir le Général de St-Jacques dit :

– *J'ai besoin d'équipages volontaires pour 3 chars Leclerc et 2 VBCI. Que les volontaires lèvent la main.*

Comme un seul homme, tous les hommes présents levèrent la main en même temps !

Le général souriait, il était ému.

Pris par l'émotion de l'instant, il dit alors qu'il dirigerait personnellement le commandement de l'opération sur le terrain et que donc il commanderait un des chars Leclerc, car dit-il, il était inconcevable pour lui qu'il en fût autrement et que c'était pour lui un honneur d'être avec eux.

Un des soldats commença à entonner « *La Marseillaise* », puis tout le monde le rejoignit.

Cela provoqua quelques degrés supplémentaires dans l'émotion du moment.

Ensuite les 5 équipages sélectionnés se réunirent dans une pièce afin d'étudier le plan d'action, ainsi que les cartes d'Etat-Major.

Les mécaniciens se chargeant de vérifier et de re-vérifier les Leclerc et les VBCI, puis de faire les pleins complets de carburant et de munitions.

Les avions cargo russe devant arriver dans quelques heures à l'aéroport de Doha.

*

Tombouctou, mars 2013

Il régnait une grande effervescence, sorte de bordel organisé, et finalement toute l'audacieuse construction se mettait harmonieusement en place.

Justine de St-Jacques venait de transmettre à Castle la liste des 10 super-gendarmes.

En prenant la liste les doigts de Castle rencontrèrent brièvement ceux de Justine…

Ce contact fugace et bien innocent ne laissèrent aucun des 2 indifférents…

Thomas Castle se souvint du dernier repas pris en commun et cette sensation ressentie quand elle était à coté de lui.

Il y avait l'anecdote amusante du rêve, bien sur, mais pas seulement.

Pour la première fois depuis le décès de sa chère Tracy Adler il ressentait un sentiment, une complicité et se laisserait bien aller à une complicité plus intime !…

Malgré son caractère bien trempé et parfois une certaine mauvaise foi toute féminine !!!…

Il l'avait même invité à visiter son domaine et à faire du cheval quand la mission sera terminée : mais visiblement vu la réaction, ou plutôt l'absence de réaction, ce n'était pas gagné !…

Bien sur il n'en n'avait rien fait paraître car cela n'était pas souhaitable alors que le départ pour une mission difficile se rapprochait…

Il secoua la tête afin de chasser ces idées « politiquement incorrect » !…

Ce qu'il ignorait c'est que Justine de St-Jacques était dans le même état d'esprit !…

Il était entrain de lire leur dossier sur son ordinateur portable et constata que c'était des gendarmes, officiers et sous-officiers ayant une grande expérience, quand il reconnut un nom :

Lieutenant Fred Le Floch et son malinois le bon « vieux » Scapin !

Il se souvient de leur dernière rencontre lors d'une mission et de l'amitié qui en découla.

L'arrivée du Major Farid Merhleen, alias *Dénicheur*, interrompit ses pensées.

De bonnes nouvelles, il avait déniché tout ce qu'on lui avait demandé !

A peine avait t-il fini de le féliciter, qu'un sous-officier arriva devant lui, se mit au garde à vous et lui signala qu'un officier supérieur Russe voulait lui parler.

L'officier russe, dans un uniforme camouflé impeccable le salua et dit dans un excellent français presque sans accent en plus :

– Commandant Igor Vassiliev, mes respects mon Colonel. J'ai un message de la part du Président Poutine : « Les condors se sont envolés vers de chaudes contrées ! ». Il m'a été précisé que vous en comprendrez la signification. Je dois prendre en charge un « paquet » en retour !

Thomas Castle approuva et donna des ordres afin que le djihadiste tchétchène, Aslan Chamil, arrivât au plus vite.

Il l'avait vu et interrogé quelques heures plus tôt.

Le Tchétchène avait pâlit en le voyant et s'était muré dans le silence.

Pour Castle cela mettait, enfin, un point final à son ancienne mission.

L'officier du GRU (Services de Renseignement Militaire Russe) était accompagné de 4 soldats des Spetsnaz (Forces Spéciales) du groupe Alpha.

Ils étaient également en tenue camouflée, coiffés d'un béret rouge, armés de fusils AS Val (fusil d'assaut russe dont le canon intégrait un silencieux), de multiples étuis chargeurs sur la poitrine, d'un pistolet accroché à la jambe et d'un couteau Kazak (qui tenait plus de la mini-machette d'ailleurs) à la taille !

C'était de véritables brutes taillées dans la masse, dont le plus petit faisait au bas mot 1 m 85 !

L'officier russe alluma une cigarette et discuta un peu avec Castle qui lui donna le compte-rendu papier de l'interrogatoire du Tchétchène, ainsi que des documents saisis concernant la Tchétchénie et les liens avec AQMI.

Quand le prisonnier leur fût remis, l'officier GRU signa une attestation, se mit au garde à vous, salua Castle d'un claquement sec de talons et les 2 officiers se serrèrent la main.

– *Khorocho, dawaï !* * (* Bien, dépêchons !) dit l'officier russe.

Comprenant ce qu'il lui arrivait, le prisonnier a bien essayé de se débattre et hurlait qu'il ne voulait pas partir avec les Russes !

Quelques habiles, viriles et précises manipulations à bases de coups de poings, faîtes immédiatement par un Spetsnaz, rétablirent une harmonie qui n'aurait jamais dû être troublée en cet instant particulièrement émouvant d'Amitié Cordiale Franco-Russe !…

Le groupe se redirigea alors vers l'avion de transport russe Iliouchine IL-76 Candid qui, prévenu de leur arrivée, les attendait moteurs tournant au ralentie.

Une fois le groupe à l'intérieur de l'avion cargo, il décolla sans plus tarder.

*

Doha, mars 2013

La troupe attendait sur l'aéroport de Doha l'arrivée imminente des 2 avions cargos géants Antonov An124-100 Condor.

Appelé « *Ruslan* » par les Russes c'est l'un des plus grand avion du monde, avec une longueur de 69 m et une envergure de 73,3 m il n'est supplanté que par l'Airbus A-380 civil et surtout l'unique hexa-réacteurs, très gros porteur, Antonov An-225 Miria (qui avec une charge de 250 tonnes aurait pu charger l'ensemble du dispositif français), mais qui n'appréciait que les pistes d'aérodromes en dur !

Impossible de le faire venir dans la « cambrousse » !…

Les avions russes avaient réalisé un vol direct depuis leur base de Seshcha où était stationné le 65ème Régiment de Transport.

Appareil lourd de transport, capable d'atterrir et de décoller sur des pistes peu aménagées comme le pratiquait régulièrement les pilotes de transport russe lors d'entraînements ou de manœuvres.

Le Général Louis-Charles de St-Jacques regardait les 3 chars Leclerc du 1er Régiment de Chasseur : ils avaient été bichonnés par les mécaniciens afin que tout soit en ordre.

C'est une mission de guerre qui les attend et non des manœuvres, ici pas le droit à l'erreur.

Les véhicules blindés à roues VBCI ont un camouflage d'origine de type désertique (fond couleur sable avec des grosses taches marron), alors que les chars eux ont gardés leur camouflage européen d'origine (à base de vert, noir et marron).

Mais les chars sont recouverts en partie (y compris sur la tourelle) par des bâches barracuda/filets de camouflage bi-tons marron-sable. Destiné à la fois à limiter l'échauffement de la caisse par les rayons solaire (rafraîchissant l'intérieur et diminuant la signature thermique) et à accroître le camouflage de l'engin.

Fidèle à la tradition, les chars ont été « baptisés » et se trouvent donc l'un à coté de l'autre :

« *ABOUKIR 1799* », « *MONTGOBERT* » et « *JUPITER* » !…

Le Général avait bien entendu choisi « *ABOUKIR 1799* », date de la célèbre victoire de Napoléon Bonaparte lors de la campagne d'Egypte, de préférence au Château du Général Victoire-Emmanuel Leclerc ou au Dieu romain de la Terre et du Ciel, comme char personnel pour cette dangereuse campagne libyenne !

Les 2 avions atterrirent puis une fois à l'arrêt, le nez se souleva, l'avion s'abaissa afin de permettre aux blindés d'entrer.

Pendant ce temps, simultanément, on les avitaillait en kérosène pour refaire le plein et perdre ainsi un minimum de temps.

Le général se dirigea vers le 1er avion et rencontra les pilotes russes à l'intérieur du poste de pilotage, il leur donna alors les coordonnées de la zone d'atterrissage en Libye.

Le Colonel Grégory Ivanoff, le pilote en chef, un patriote au grand cœur, commandant le détachement des 2 Condors exprima sa surprise et son inquiétude selon sa méthode habituelle.

C'est à dire en utilisant un langage franc et sonore !…

Le Général Louis-Charles de St-Jacques, court-circuitant l'interprète, répondit en russe sur le même ton, qu'il serait présent dans l'avion et qu'il n'imaginait pas un seul instant que les pilotes russes fussent des moujiks trouillards !

Un silence sibérien envahi le poste de pilotage et tous les regards convergèrent vers le général !

La phrase exprimée dans un russe impeccable, dite par un général français surprit plus que l'offense des paroles !

Le Russe fixa le Louis-Charles de St-Jacques, les 2 officiers se mesuraient de regard !

– *Vy govorite po russki ! * (* Vous parlez russe !)*

Puis le Colonel russe éclata d'un grand rire, un peu forcé, et donna son accord !

Puis il étudia la suite du plan.

Le trajet Doha-Libye étant de 3 800 km, un aller-retour ne sera pas possible car les avions étant très chargés cela limitait leur autonomie.

Les Français avaient planifié cela : après la Libye un atterrissage à N'Djamena était prévu pour refaire les pleins, puis retour à Doha. Le pilote russe apprécia le professionnalisme des Français.

Pendant ce temps les 2 premiers chars se présentèrent devant le nez du cargo, tourelle tournée vers l'arrière, le canon reposant sur le blindé afin de gagner un maximum de place.

Le char démarra doucement faisant balancer lentement les 2 longues antennes situées de chaque coté sur la tourelle, et laissant s'échapper quelques volutes de fumée de son pot d'échappement situé à l'arrière gauche.

Le pilote suivait les indications du guide afin de rentrer en marche arrière du premier coup.

Avec une charge maximale de 150 tonnes (+ de 6 fois celle du Transall) l'avion russe pouvait engloutir 2 chars lourds Leclerc de 57 tonnes !

Le 2e avion cargo engloutissant simultanément le dernier char et les 2 transports de troupe VBCI de 29 tonnes.

Au fur et à mesure les blindés étaient solidement arrimés au sol à l'aide de lourdes chaînes.

Le général, en compagnie du colonel russe étaient sortis et regardaient l'avancement du chargement.

Le poing droit fermé posé contre sa hanche il regardait sa montre : c'est bon on était dans les temps !

Quand tout à coup un pilote russe vint vers le Colonel Grégory Ivanoff et lui dit une longue phrase.

L'officier russe se tourna vers le général et lui dit d'une voix blanche :

– *Mon général, nous avons un gros problème !...*

*

N'djamena, mars 2013

Dans l'avion, qui amenait les 20 hommes de Tombouctou à N'djamena, régnait une atmosphère étrange bercée par le ronron un peu assourdissant des 2 turbo-propulseurs.

Les 2 000 km qui séparaient les 2 aéroports étant réalisés à l'issue d'un vol de près de 5 h.

Alors qu'une grande partie de l'équipe, que ce soit les gendarmes ou les agents de la DGSE, essayaient de dormir, seuls Castle et Justine n'y arrivaient pas.

Thomas Castle, bien qu'ayant les yeux fermés, n'arrivait pas à trouver le sommeil.

Plein d'éléments se bousculaient dans son esprit.

Même si les planificateurs de l'Etat-Major avaient réussit à mettre en place « *Guépard du Sahara* », que ce soit pour la partie aérienne ou terrestre, Thomas Castle essayait de deviner des problèmes, afin d'y trouver des solutions !…

Il n'avait pas le droit à l'erreur, beaucoup de vies étaient en jeu et de sa responsabilité.

Justine de St-Jacques ne dormait pas non plus, mais pas pour les mêmes raisons, enfin pas en totalité.

Elle regardait Thomas Castle et différents sentiments s'entrechoquaient dans sa tête.

Le dernier en date la fît sourire : quand les 10 gendarmes furent arrivés directement de Paris en Falcon 7X le départ pour le Tchad était une question de minutes.

Ayant attrapé « la correspondance » ils firent les présentations avant d'entrer dans l'avion cargo Transall.

A ce moment là Justine vit quelque chose d'inattendu : Thomas Castle serra la main de tous les gendarmes bien évidemment et leur dit un petit mot d'encouragement.

Mais quand Scapin le vit, il remua la queue, fit comme un fou en tirant sur sa laisse, poussa des jappements.

Son maître lâcha alors la laisse en souriant et le chien sauta d'un bond dans les bras de Castle qui faillit tomber à la renverse, et lui fit plein de léchouilles sur le visage !…

Provoquant ainsi l'hilarité générale…

– *Mais oui Scapin, moi aussi je suis content de te revoir !*

Elle ferma alors les yeux et secoua la tête ne pouvant dissimuler sa surprise.

Elle avait déjà travaillé avec des chiens de l'Armée, mais jamais aucun n'avait eu une telle réaction sauf pour leur maître et encore avec beaucoup moins d'exubérance !

Le Lieutenant Bernard Grim voyant la surprise de Justine se plaça à coté d'elle et imitant la voix de Pierre Desproges dit en souriant et en faisant bouger ses sourcils :

– *Etonnant non ?!…*

Oui décidément ce lieutenant-colonel n'était pas un type ordinaire, encore qu'entre cabots on se comprenne !

Mais elle n'osait pas se l'avouer, ni l'admettre bien sur, mais il ne la laissait pas indifférent…

Oh ce n'est pas seulement le résultat de la lecture du dossier de Castle, mais également ce qu'elle a découvert sur lui depuis le début de l'opération SERVAL 2.

Evidement il y avait des points qui l'agaçaient prodigieusement chez lui et pas qu'un peu : comme une misogynie chronique, un certain égocentrisme et une conception toute personnelle et relative du règlement !…

Mais également d'autres qui la fascinaient et ne la laissaient pas insensible !…

Bref elle était hypnotisée ! What Else !…

Ce n'était pas juste un excellent officier, intelligent, calculateur, capable de déductions logiques digne d'un Sherlock Holmes. Comme par exemple à l'issue de leur 1ère rencontre, quand ils se sont retrouvé dans son bureau à la DGSE, où voyant juste son portable, il en avait déduit, avec justesse, une multitude d'éléments sur elle…

Tout bonnement incroyable !

Sans parler de ses talents inattendus d'hypnotiseur, ayant beaucoup de charme et de l'humour, mais aussi quelqu'un de profondément humain et en plus même les animaux l'adoraient !!!…

C'est dire !…

Au gré d'une de leurs nombreuses conversations elle découvrit qu'ils avaient une passion commune pour les chevaux.

Elle se souvint alors combien elle avait dû se forcer pour paraître indifférente quand il l'avait invité à visiter son domaine et à faire du cheval ensemble quand la mission sera terminée…

Puis finalement sans s'en rendre compte Justine de St-Jacques fini malgré tout par s'endormir.

*

Doha, mars 2013

– Mon Général tout est rentré dans l'ordre, les Russes ont indiqués que l'on pouvait partir !

Louis-Charles de St-Jacques remercia l'officier qui lui apportait ces bonnes nouvelles.

Quand le colonel russe lui avait expliqué la nature du problème sur un des Condor, le général avait immédiatement fait appel aux mécanos du 1er Régiment de Chasseurs !

Devant le regard incrédule de l'officier russe il expliqua que rien de ce qui est débrouille et système D n'était impossible pour les Français !

Si on est capable de réparer un char aussi complexe que le Leclerc, c'est pas un volatile, fût-il géant, qui poserait un problème insurmontable.

Mais c'était de la bravade de la part du général, qui dans sa poche croisa les doigts à se faire briser les phalanges !

L'officier russe regardant le général lui paria une bouteille de vodka russe que c'était impossible à réparer en moins de 3 h !

– *Pari tenu !* dit-il en tapant la main du Russe.

Le général regardait l'avancé des travaux où rusticité russe alliée à la débrouillardise et au professionnalisme français abattaient les difficultés aussi vite que la mer abattait les digues lors d'une marée à fort coefficient !

2 h 50 plus tard le Condor était à nouveau opérationnel !

Le général félicita le chef du groupe des mécaniciens et prenant son portefeuille il en tira la liasse de dollars qui lui restait et ordonna l'achat de bouteilles de champagne dans le Duty Free de l'aéroport afin que les mécanos puissent fêter cette victoire et en remerciement !

Un ordre qui fût exécuté immédiatement et avec le sourire en plus !

Le général appela N'Djamena et demanda à être mis en contact avec le Lieutenant-Colonel Castle.

Une fois qu'il l'avait en ligne il lui indiqua qu'il arriverait sur zone avec 3 heures de retard.

Puis il courut vers le l'avion cargo russe qui n'attendait plus que lui pour partir : il avait une bouteille de vodka à récupérer !…

*

N'Djamena, mars 2013

Ce retard posait un grave problème pour l'opération.

Effectivement l'attaque de la base libyenne devait impérativement se passer de nuit, avant le lever du soleil quand la nuit donnerait un avantage aux attaquants équipés de lunettes de vision nocturnes, alors que les djihadistes eux n'en n'avaient pas !

Thomas Castle annonça la nouvelle aux autres membres du groupe.

Puis regardant une carte d'Etat-Major et des photos satellites de la zone, un éclair se fît !

Il indiqua donc qu'il avait un plan B pour pallier ce léger contre-temps !

Il ordonna le départ du C-130 Hercule du GAM56 « Vaucluse », qui est une unité de la DGSE, avec à leur bord les soldats du Génie du 17ème RGP avec hommes et matériel pour remettre en état « la piste » pour les Condors, ainsi que des légionnaires pour assurer la protection de l'ensemble.

Alors qu'initialement ils devaient partir avec eux pour ensuite aller sur la base libyenne à bord des VBCI, les membres du commando partiront à bord d'un Transall du 3/61 « Poitou » des Forces Spéciales, qui fera un posé d'assaut sur la route de Ghât à Sheba à une dizaine de km de la base.

En pleine nuit il ne doit pas y avoir beaucoup de circulation !

Une petite marche n'avait jamais fait de mal et c'était bon pour la santé non ?

Ensuite après l'attaque le commando rejoindra les Leclerc et VBCI et se sera le retour vers les Condors comme prévu initialement.

– *Et voilà !* dit Castle en conclusion de son plan B.

Bien que risqué le plan fût adopté ; en plus Castle avait trouvé un tronçon de route parfaite pour un posé d'assaut, qui convenait parfaitement au pilote du Transall des Forces Spéciales.

Bref une vraie balade de santé !

*

Chapitre 8

GUEPARD DU SAHARA

N'Djamena, mars 2013

Comme d'habitude quand la situation l'exigeait, tout le monde s'était mobilisé afin que la mission réussisse.

Tous les pilotes, même ceux qui ne participaient pas à la mission, avaient donné un coup de main pour soulager le travail des pilotes désignés.

De même pour les mécaniciens et les armuriers qui ne comptaient pas leur temps de travail.

Les 4 avions Rafale furent équipés en position ventrale d'une grosse bombe GBU-24 Paveway III de 1 000 kg (idéale contre les objectifs durcit), la plus lourde bombe à guidage laser de l'Armée de l'Air, du pod de désignation Damoclès permettant le tir de la bombe, de 2 réservoirs supplémentaires de 2 000 litres et de 2 missiles air-air MICA IR (on ne sait jamais, une mauvaise rencontre…).

Le canon Nexter DEFA de 30 mm et ses 125 obus complétant l'ensemble de belle manière.

Le Commandant André Crown dit « *Dédé* », pilote de l'Escadron de Chasse 2/30 « Normandie-Niemen », était un vétéran alignant +1 000 h de vol sur Rafale.

Il avait participé à des séjours en Afghanistan et à l'opération Harmattan en Libye en 2011.

Un retour aux sources en quelque sorte !

C'est à lui que revenait l'honneur de commander cette mission. Il y avait un autre pilote du « Neu-Neu » et 2 équipages pour les biplaces provenant de l'EC 1/91 « Gascogne ».

Le dispositif étant complété par l'inévitable ravitailleur Boeing C-135FR ; les 1 530 km pour aller sur la cible et la même distance au retour, nécessitant au moins un ravitaillement en vol.

Un avion radar AWACS Boeing E-3F Sentry complétant l'ensemble.

Outre sa fonction première de radar volant apte à détecter tout engin volant dans le secteur, le Sentry servait également de nœud de communication aéroporté en temps réel, et rediffusera la situation aérienne et terrestre au sol à N'Djamena et au centre à Lyon.

Les communications étant bien sur cryptées.

Une fois les dernières informations de la situation obtenues par les officiers du Renseignement, ainsi que les différentes modalités en cas de problèmes, les pilotes allèrent s'équiper et se dirigèrent vers les avions.

Les 4 avions Rafale étaient positionnés sous leurs astro-arches bichonnés par les mécaniciens et les armuriers.

Les pistards procédaient aux dernières vérifications avant le départ.

Chaque pilote fit le traditionnel tour de l'avion avec le mécanicien responsable.

« *Dédé* » avait demandé à ce que son avion fut équipé en plus de 2 bombes à guidage laser GBU-12 de 250 kg.

Des fois qu'un objectif se présenterait qui serait un peu trop lourd pour le canon interne de 30 mm du Rafale…

Le Rafale supportant des configurations beaucoup plus lourde cela ne posait pas de problème.

Une fois le tour d'inspection terminé, et les sécurités sur les armes ôtées, les pilotes grimpèrent dans leur avion et mirent les réacteurs en route après s'être harnaché.

Puis suivant les indications du pistard, ils se dirigèrent vers la piste d'envol.

Après un dernier point fixe, ils déclenchèrent la post-combustion et les 2 longues flammes, sortant des réacteurs Snecma M88-2, illuminèrent la nuit noire.

Ils décollèrent ainsi sans effort.

*

Près de Mourzouq, mars 2013

Le Transall du 3/61 Poitou atterrit sur la route goudronnée juste éclairée par le phare d'atterrissage, en pleine nuit sans difficulté.

Pour les pilotes, équipés de jumelles amplificateurs de lumière, portant un macaron « Bats Wing 3/61 » représentant une chauve souris ailes déployés avec en dessous la mention Bats Guy, ce posé d'assaut était bien plus facile que les derniers effectués au Nord-Mali sur une piste en sable !...

Les pilotes français, qu'ils soient ceux du bimoteur Transall ou du quadrimoteur Hercule, étaient des spécialistes mondialement reconnus des posés d'assauts dans des endroits impossibles.

Les pilotes allemands de Transall eux ne s'y risquaient pas !...

Une fois le groupe débarqué, l'avion fît demi-tour et re-décolla immédiatement. Le tout n'avait duré que quelques minutes.

Le groupe se dirigea rapidement dans le désert, en pleine nuit, vers son objectif.

Ils étaient dans les temps.

Equipés eux aussi de lunettes de vision nocturne ils se déplaçaient rapidement comme en plein jour.

Tout à coup Thomas Castle reçu un message par radio dans son oreillette :

– Ange Gardien à Guépard, 2 véhicules de bandits à vos 10 h se dirigeant vers vous !

Castle tourna la tête et vit effectivement au loin les phares de 2 véhicules arrivant à toute vitesse.

Le terrain un peu vallonné permit au groupe de se camoufler et de préparer une embuscade.

Finalement on dirait que la ballade va se faire de manière plus confortable qu'à pied !

Chacun prit position et attendit l'arrivé des djihadistes.

L'attaque devait être brève et discrète.

Toutes les armes du groupe (GIGN et DGSE) étaient munies de silencieux, hormis un fusil à pompe SPAS 12 d'un gendarme qui du fait de son gabarit impressionne fortement et qui fait de gros trous quand il n'impressionne pas assez !…

*

Les 2 picks-up fonçaient à toute vitesse pleins phares dans le désert dans la direction où ils avaient entendu l'avion.

Faisant leur ronde nocturne, les 10 combattants s'étaient arrêtés et se réchauffaient autour d'un feu quand ils avaient entendu un avion qui visiblement atterrissait.

Sous les ordres aboyés par leur chef ils se lancèrent à la chasse ; cela ne pouvait être que des étrangers, les autorités libyennes n'ayant ni les moyens ni la volonté de réaliser des vols nocturnes.

Au détour d'un virage, le conducteur du 1er pick-up vit un chien dans le faisceau de ses phares, et plus par instinct que par bonté envers les animaux, il freina et tourna le volant pour l'éviter !…

Le véhicule dérapa et sortit de la « route ».

Le 2e pick-up s'arrêta quant à lui sans problème.

Tous les hommes sortirent des véhicules en criant !

9 hommes furent abattus sans autres forme de procès par les tirs efficaces des hommes de Castle.

Le GIGN servant d'appui.

Le 10e combattant, blessé à la jambe, se mit à détaler en claudiquant après avoir jeté sa Kalachnikov. Quand son début de sprint, version « handisport », fût interrompu par un malinois en train de grogner et de lui montrer les crocs !

L'homme sortit un pistolet et voulu tirer sur le chien.

Bien mal lui en prit : d'une souple et redoutable détente Scapin sauta sur le bonhomme et ses crocs se refermèrent sur le poignet du djihadiste.

Il se mit alors à hurler comme les femmes et les enfants qu'il frappait à coups de chicottes à Gao !!!…

Le Lieutenant Fred le Floch arriva en courant et ordonna à Scapin de lâcher prise et il mit le djihadiste en joue.

Castle arriva à son tour avec Farid Merhleen.

Dénicheur se mit à interroger l'homme qui refusa de parler se contentant de les injurier et de cracher.

Thomas Castle appela Scapin et dit au djihadiste que s'il préférait, il pouvait discuter avec Scapin !

Le malinois fixa l'homme, retroussa les babines et se mit à grogner en montrant les crocs.

Du coup l'homme répondit à toutes les questions avec beaucoup de célérité et de bonne volonté !…

Une fois l'interrogatoire terminé les agents de la DGSE quittèrent quelques secondes le djihadiste des yeux.

Justine de St-Jacques arriva et cria :

– *Attention !*

Et elle tira un coup de feu, presque inaudible grâce au silencieux, avec son pistolet HK USP dans la tête du combattant islamique lui créant ainsi un 3e œil fort seyant !

Scapin tourna la tête tout surpris vers Justine de St-Jacques

Puis du pied elle souleva la main valide et tous virent que le djihadiste avec prit une grenade et qu'il voulait se faire sauter en emportant tout le groupe.

Justine avait vu le geste et agit avant qu'il ne la dégoupille.

– *40-30 ! Le set va bientôt être à moi !* dit-elle avec un petit sourire malicieux.

– *Même pas en rêve !...* répliqua Castle.

– *C'est pas « Nettoyeur » qu'on aurait dû vous surnommer mon Capitaine mais « Tennis Women » tellement vous balancez les balles avec précision et vu que vous êtes branchée tennis on dirait !* dit Bernard Grim en rigolant.

Puis les hommes se répartirent, en se serrant un peu, dans les 2 véhicules et se dirigèrent vers la base secrète.

D'une manière assez amusante, sans concertation, le GIGN dans l'un des pick-up et la DGSE dans l'autre.

Scapin étant confortablement installé sur les jambes de Fred le Floch qui lui caressait la tête !

*

Erg de Mourzouq, mars 2013

Encore une fois les troupes du Génie avaient accompli des miracles, rendant l'endroit fort convenable pour les 2 Condors.

Bien sur c'était rustique mais impossible de faire mieux en si peu de temps. Près de 2 700 m de long sur 50 m de large de terrain en latérite servant de piste d'atterrissage rustique.

Les soldats disposaient les derniers plots de lumières quand ils entendirent les avions russes arriver.

Dans le poste de pilotage le Colonel Grégory Ivanoff voyait bien l'éclairage de la piste, il aurait dû faire un premier passage pour juger de la faisabilité de la chose, mais il se dit qu'alors il n'aurait probablement plus le courage de faire l'atterrissage !

Il jura donc entre ses dents, et entama la phase de descente.

Louis-Charles de St-Jacques debout derrière le siège du pilote serra fort le dossier.

La réception des 24 roues sur le sol en latérite se fît, malgré tout, en douceur.

La distance de la piste fût avalée rapidement malgré la mise en action des reverses des réacteurs et l'action des freins…

Mais après 900 m de roulage, à quelques dizaines de mètres de la fin de la piste, le Condor s'arrêta enfin !

Puis l'avion tourna et se dirigea vers l'aire prévue pour le déchargement.

A peine arrivée à sa place le 2ème Condor atterrit à son tour.

Quand l'avion arrêta ses réacteurs, le Général Louis-Charles de St-Jacques tapa l'épaule du colonel et le félicita chaleureusement !

Puis immédiatement les manœuvres de déchargement des blindés commencèrent.

Une fois descendu des avions cargos, les chars Leclerc tournèrent leur tourelle et le cache couvrant l'ouverture du canon fût ôté. Puis les systèmes de combat furent vérifiés.

Moins de ¾ d'heure plus tard la brigade blindée fût opérationnelle.

Le Général de St-Jacques grimpa sur « *ABOUKIR 1799* » et s'installa dans la tourelle.

Cela lui rappelait la guerre du Golf en 1991 !…

Il y avait beaucoup plus de blindés à cette époque là !…

Il regarda ses troupes.

Il se sentait un peu comme le maréchal qu'il admirait beaucoup, c'est à dire le Maréchal de Lattre de Tassigny, qui avait conduit l'Armée d'Afrique pendant la seconde guerre mondiale…

Tout à coup le tireur du char « *MONGOBERT* » commença à entonner le chant de marche du 1er Régiment de Chasseur, suivit rapidement par les autres :

– Traversant les halliers, chevauchant à travers les forêts, qui sont ces cavaliers qui se jouent des talus des fossés ? En paix, tout comme en guerre, toujours joyeux, toujours content leur nom est légendaire, on les appelle « les Braves Gens » !

Puis tous conclurent en criant :

– *UBIQUE PRIMUS !* * (* Toujours Premier !)

Le Général de St-Jacques se redressa et se tournant vers ses hommes lança, sous le regard incrédule des Russes et l'émotion des soldats français, en faisant tournoyer son bras droit, un vibrant :

– En avant les Braves Gens ! Nous sommes attendus !...

*

Base libyenne, mars 2013

Le commandant du GIGN, Justine de St-Jacques et Thomas Castle les yeux vissés à leurs jumelles pour vision nocturne regardaient la base située à quelques centaines de mètres.

Castle appela Denis Hacquer et son fameux jouet.

Il arriva et sortit de son sac à dos un mini-drone équipé de 4 hélices carénées. Fonctionnant sur batterie il était quasiment totalement silencieux.

Il était équipé d'une caméra Haute Définition que l'officier de la DGSE avait un peu... boostée au niveau de la résolution et capable de fournir une image normale ou infra-rouge sur l'écran du boîtier de commande.

Il l'avait baptisé « *Fantôme* ».

Le « *Fantôme* » prit son envol et se dirigea en toute discrétion vers la base libyenne.

Thomas Castle venait d'être informé par l'AWACS que la cavalerie était partie à leur rencontre.

Il regarda sa montre, le timing était respecté, ils avaient même un peu d'avance grâce à leur moyen de transport qui est arrivé par surprise !

Il annonça la bonne nouvelle aux autres membres du commando. Justine de St-Jacques fît un petit signe complice à Castle et prépara son fusil de précision CheyTact M-200.

Fusil qui équipé d'un silencieux, recouvert d'un manchon de toile camouflé, était encore plus impressionnant.

Cela faisait près de 20 mn que « *Fantôme* » vadrouillait et il a fournit des renseignements précieux.

Il était à présent temps de passer à l'attaque.

Une dernière réunion commune, chacun connaissait à présent son rôle et Castle donna le signe du départ.

La première à partir silencieusement dans la nuit fût Justine de St-Jacques en compagnie de Bernard Grim.

Elle avait repérée une place idéale.

Puis ce fût le tour des gendarmes du GIGN qui se dirigèrent vers le lieu de détention des otages. L'endroit ayant été « spontanément » confirmé par le djihadiste grâce à Scapin !

Ensuite ce fût Castle et les agents de la DGSE qui s'enfoncèrent dans la nuit.

Eux avaient une double mission : bien sur récupérer la mallette mais également laisser 4 boîtiers, destinés à guider les bombes des Rafales, dans des endroits stratégiques de la base.

Les gendarmes du GIGN ressemblaient à des niinjas : uniforme noir, casque lourd avec visière, cagoule noire découpée autour des yeux, gilet pare-balles, protections au niveau des genoux et des coudes…

Ils avançaient rapidement et silencieusement.

Ils se retrouvèrent devant une porte en métal.

Un des gendarmes posa une petite masse d'explosif grande comme 2 doigts.

Quelques secondes plus tard la serrure vola en éclat.

Les gendarmes pénétrèrent dans la pièce et trouvèrent les otages français, le visage mangé par une longue barbe et un peu amaigris, complètement surpris !

Une fois rassuré lorsque les nouveaux arrivants se furent présentés, les otages furent entourés en un cocon protecteur par les gendarmes. 2 groupes se formèrent : le premier groupe de 6 gendarmes protégeant les otages, le deuxième groupe formant l'arrière garde en protection du premier.

Un groupe de djihadistes revenant de patrouille repéra les hommes du GIGN et attaquèrent l'arrière-garde.

Un échange nourrit de coups de feux s'en suivit.

Coté discrétion c'était raté !…

2 djihadistes tirèrent à la kalachnikov et Fred le Floch fût touché à la jambe.

Scapin sauta sur le 1er tireur et lui planta ses crocs dans le bras ; le 2e tireur reçu une cartouche de calibre 12/70 mm, tiré par le fusil à pompe, en pleine poitrine ; cela lui fît un gros trou !…

Le djihadiste aux prises avec Scapin parvint à s'emparer d'une grosse pierre avec sa main valide et l'assomma.

En se relevant il prit, avec sa main valide, un revolver dans son holster et voulu tirer sur le malinois.

Il prit une balle de calibre. 408 mm dans la tête tirée par Justine de St-Jacques ; néanmoins un coup partit du revolver et la balle toucha l'épaule de Scapin.

2 gendarmes aidèrent Fred le Floch en le soutenant chacun d'un coté ; mais l'arrivée d'un nouveau groupe de djihadistes les obligea à rebrousser chemin, laissant Scapin inconscient et blessé.

Pendant la retraite des gendarmes, Justine de St-Jacques abattit rapidement 5 autres combattants Islamiques, silencieusement, grâce à son fusil longue portée.

Cela provoquait d'ailleurs, au départ, un certain stress chez les djihadistes qui voyaient des combattants tomber sans entendre le moindre coup de feu…

Certains méchants se dirigeaient vers le lieu où se trouvait Thomas Castle et ses hommes.

Puis Grim et Justine de St-Jacques changèrent de place car ils commençaient à être repéré et les tirs se faisaient plus insistant.

Tout à coup un sniper tira et toucha Bernard Grim en pleine poitrine, et il tomba sous le choc.

Justine dirigea son fusil CheyTact M-200 vers l'endroit où était le sniper et le toucha à 2 reprises.

Elle courut vers Bernard Grim qui se releva : la balle avait été arrêtée par le gilet pare-balles CIAS !

Pas de bobo, juste un peu secoué !

Tous les 2 se dirigèrent alors vers le groupe de gendarmes quand une grenade explosa et des éclats touchèrent la jambe de Justine de St-Jacques !

Malgré cela elle tira encore 2 fois en tenant son arme comme un fusil d'assaut, abattant 2 autres méchants qui tiraient sur l'arrière-garde du GIGN !

Puis elle changea son chargeur, à présent vide.

La densité des tirs diminua.

Bernard Grim pris un gros paquet de compresses qu'il fixa sur la blessure de Justine de St-Jacques, qui en serrant les dents lui dit que c'était ok et il l'aida à se relever.

*

Une fois tous les boîtiers disposés, ainsi que quelques explosifs, l'équipe de la DGSE pénétra dans la base.

2 groupes se scindèrent.

Denis Hacquer entra dans une pièce où il y avait plein d'ordinateurs, de papiers et de moyens de communications.

Prenant un grand sac, il le remplit en prenant tout ce qui lui tombait sous la main, aidé en cela par d'autres agents.

Pas le temps de choisir, on fera le tri plus tard.

Comme les femmes dans un magasin de vêtements affichant des soldes à « - 90 % » !...

De son coté, Thomas Castle entra dans la pièce suivante.

C'est là que devait se trouver la mallette.

*

Il y a quelques heures, peu avant la nuit, un Challenger 605 qatari était arrivé. Il devait re-décoller à l'aube.

Abdelmalek Droukdel avait décidé d'accepter l'offre de Khalif Amid Ali un des chefs des Al-Shebabs somaliens de se réfugier à Bossasso au Nord-Est de la Somalie dans la région semi-autonome du Puntland.

Ayant appelé son généreux sponsor qatari, il lui demanda un jet privé pour s'y rendre.

Il était persuadé que la taupe avait fournit des informations aux Américains ou pire aux Français ou aux Algériens et qu'une attaque de leur part devenait inévitable à courte échéance.

Il avait donc décidé qu'un repli stratégique, bien sur temporaire, était on ne peut plus judicieux !…

Il avait déjà la mallette avec lui (cela pourrait toujours servir, surtout le DVD afin de faire chanter cet Américain) et se dirigea vers le coffre-fort, quand soudain il entendit la porte s'ouvrir.

Il soupira et allait injurier la personne qui venait le déranger quand il tourna la tête.

Il ouvrit la bouche, mais aucun son n'en sortit.

– *Coucou, surprise-surprise !* dit Thomas Castle avec un bon sourire.

Sourire qu'il conserva lorsqu'il asséna un violent coup de crosse sur le crane de Droukdel !… L'assommant net.

Il prit la mallette, l'ouvrit et vérifia son contenu.

Il constata avec satisfaction la présence des plaques de gravures et constata également la présence d'un DVD avec des indications écrites en arabe dont il ignorait la signification.

Il reposa le DVD et ferma la mallette.

Il vit le coffre fort et dit à un de ses hommes de l'ouvrir.

L'agent de la DGSE plaça sur la porte un petit pain d'explosif.

Avant qu'il n'installa le détonateur, Castle prit d'une inspiration soudaine, lui demanda d'attendre.

Il prit la poignée et tira vers lui et…

La porte s'ouvrit !

Comme quoi, quand on fait simple ça peut marcher aussi !!…

Il trouva un gros sac fermé par un cadenas.

Il le sortit. Pas de temps de regarder son contenu, mais vu qu'il était dans un coffre fort, on peut supposer qu'il ne contenait pas des vêtements !…

On regardera cela tranquillement plus tard pensa Castle.

Abdelmalek Droukdel gémit et reprenant connaissance se vit gratifier par Thomas Castle d'un coup de poing qui le fît replonger dans l'inconscience et qui fît souffler Thomas Castle de douleur en secouant sa main !

Les 8 agents de la DGSE évacuèrent vite fait le bâtiment ; après s'être assuré que les gendarmes avaient bien récupéré les otages, Castle actionna les 4 boîtiers et 4 rayons lasers filèrent vers le ciel.

Les 2 groupes de la DGSE couraient vers le point de ralliement quand ils furent pris à partie par des tirs croisés et des cris en arabe.

Thomas Castle s'arrêta, se retourna et après que le dernier de ses hommes fût passé, il appuya sur un boîtier à plusieurs reprises déclenchant une série d'explosions.

En même temps que les boîtiers lasers, les agents de la DGSE avaient semés quelques pains d'explosifs tel les petits cailloux du Petit Poucet !

*

A une dizaine de km de là, les Rafale détectèrent les 4 boîtiers, et chaque bombes eurent ainsi leur objectif.

La bombe GBU-24 Paveway III de 1 000 kg quitta le ventre du Rafale du Commandant André Crown, et les ailettes de stabilisation à l'arrière de la bombe se déployèrent.

Ensuite la tête se fixa sur le point laser et la bombe se dirigea sur sa cible.

Il en fut de même pour les 3 autres bombes à quelques minutes d'intervalles.

La première bombe arriva quand un djihadiste remarqua le boîtier et le pris dans la main se demandant se dont il s'agissait.

L'explosion de la bombe le transforma instantanément en chaleur et en souvenir.

Il ne restait au sol qu'une main tenant un objet noir !…

Les autres explosions qui suivirent provoquèrent à leur tour un bruit apocalyptique et des colonnes de fumées.

André Crown vit sur son Ecran Tête-Basse Lcd tactile, un pick-up équipé de 2 canons de 23 mm qui tirait vers lui.

Immédiatement il dirigea le pod de désignation sur cette cible, lâcha une bombe de 250 kg GBU-12 qui fila vers sa cible, détruisant la menace.

*

Une fois tous réunit, Fred le Floch demanda à Castle l'autorisation de retourner chercher Scapin qui était blessé.

Il lui dit ce qui s'était passé et sa certitude qu'il était toujours vivant.

L'hélicoptère CARACAL avait un peu plus de 10 mn de retard, les impondérables comme on dit…

C'était jouable.

Thomas Castle n'hésita pas une seconde.

Il donna la mallette et le sac à Justine de St-Jacques en lui disant qu'elle devait y veiller ; il remarqua alors qu'elle était blessée et lui demanda si c'était grave.

Puis il donna son fusil d'assaut à Hacquer, ensuite il ôta son gilet pare-balles CIAS car il voulait pouvoir se déplacer sans se sentir engoncé.

Denis Hacquer lui tendit son pistolet en lui disant que 2 armes ne seraient peut-être pas inutile.

Il se fît indiquer ensuite la localisation précise de Scapin et dit que s'il ne revenait pas lorsque l'hélicoptère arrivera, ils devaient poursuivre le plan prévu sans se préoccuper de lui…

Justine de St-Jacques lui dit alors presque violemment que c'était de la folie, de l'inconscience de retourner là-bas.

– *Scapin fait partie de l'équipe à part entière, et l'on n'abandonne pas un des nôtres ! J'agirai de même pour n'importe quel membre de l'équipe !* répliqua alors calmement mais sèchement Castle.

L'émotion était intense.

Puis il fila à toute vitesse vers le lieu où se trouvait le malinois.

– *Quelle tête de mule, il est bon à enfermer cet imbécile. Il est pas croyable ce bonhomme, fait suer !* jura alors Justine

Puis elle donna ses ordres, vérifia et arma rageusement son fusil M-200 puis se dirigea d'un pas rapide, mais claudiquant, vers la même direction que Thomas Castle.

*

En suivant les indications de Le Floch, Thomas Castle trouva Scapin qui revenait doucement à lui et qui gémissait, il essayait de se lever mais n'y arrivait pas.

– *Scapin mon pépère t'inquiètes pas, je suis là. Bouges pas.*

Le malinois tourna la tête et voyant Castle il remua la queue et poussa de petits jappements de joie.

Thomas Castle lui caressa alors gentiment la tête et vérifia la blessure.

La balle était sortie, la blessure n'était pas mortelle, bien que douloureuse.

Ensuite il le prit dans ses bras.

– Ben dit donc mon grand t'as grossi on dirait, la cantine du GIGN c'est pas du light !!...

Puis il se repartit, aussi vite qu'il le pouvait, pour rejoindre les autres. Il ne pouvait pas aller trop vite car trop de secousses provoquaient des gémissements chez Scapin.

Tout à coup un combattant islamique lui intima l'ordre de s'arrêter !

Tenant Scapin d'un bras, sa main plongea vers son pistolet et tira 3 coups sur le malfaisant ; puis remettant son pistolet dans son étui il reprit sa course, en soufflant un tantinet…

Un coup de feu retenti, touchant Castle à l'épaule.

Il serra les dents, et failli lâcher Scapin. Mais il tint bon !

Le combattant touché par Castle laissa échapper son dernier souffle ; il n'emmènera pas avec lui cet Infidèle…

Deux djihadistes, tout de noir vêtu, épaulèrent leur fusil d'assaut Kalachnikov et allaient tirer dans le dos de Castle quand ils furent touchés chacun en pleine tête à une seconde d'intervalle, par une balle de. 408 du M-200 de Justine de St-Jacques.

Les 2 hommes s'effondrèrent simultanément, bien en phase !

Le tir ayant été totalement inaudible grâce au silencieux, ils ne se sont rendu compte de rien.

Tout comme Castle d'ailleurs qui poursuivait son chemin comme si de rien n'était.

Sa jambe la faisant trop souffrir Justine de St-Jacques n'avait pas pu le rejoindre et avait dû se résoudre à l'attendre sur ce poste d'observation où avec sa lunette elle avait une vision idéale.

Elle vît alors, soulagée, le retour de Castle et de Scapin.

Puis l'apparition surprise des 2 méchants dans son dos.

Elle n'hésita pas une seconde en voyant les 2 cibles dans sa lunette grossissante et tira instinctivement.

Puis constatant à la lunette que tout danger était écarté, elle se releva, posa le canon de son fusil sur son épaule et retourna rejoindre les autres.

Elle dit alors en souriant :

– *Jeu, Set et Match, mon Colonel !*

Néanmoins sans oser l'avouer, bien sur, elle était admirative du courage dont il avait fait preuve.

Thomas Castle et Scapin arrivèrent en même temps que l'hélicoptère gris EC-725 Caracal du COS (Commandement des Opérations Spéciales).

Fred le Floch et des gendarmes prirent soin de Scapin : il lui posèrent et attachèrent un pansement à sa blessure.

Pendant que Castle, assis à même le sol, reprenait son souffle en buvant de l'eau ; on lui fît également un pansement provisoire.

– *Comment vous sentez-vous mon Colonel ?*

– *Je me sens… vieux !* dit Castle après avoir vidé la bouteille d'eau.

– *Oh, c'est pas encore le cas, vous avez encore de la marge… Enfin un petit peu !…* dit Justine de St-Jacques avec une petite pointe d'ironie.

Fred le Floch vint vers lui et le remercia chaleureusement.

Puis se relevant, il ordonna que les blessés montent dans l'hélicoptère, tout comme les otages (bien sur) et les gendarmes du GIGN qui devaient assurer la protection de l'ensemble.

Alors que d'habitude l'hélicoptère était armé de 2 mitrailleuses de calibre 7,62mm et d'un commando du COS, cette fois ci pour gagner de la place et de l'autonomie il n'y avait que les 2 pilotes et le mécanicien équipage qui faisait aussi cette fois çi office de servant mitrailleuses.

Le commandant du GIGN dit alors à Castle qu'il resterait avec le groupe de la DGSE car il y avait un membre en moins avec eux. Et rajouta en souriant qu'il était inutile d'en discuter !

Puis il donna les dernières consignes à ses hommes avant de rejoindre le groupe de la DGSE.

En même temps Thomas Castle demanda au pilote s'il avait bien les coordonnées du point de ravitaillement sur le sol algérien près de la frontière.

Effectivement, le Caracal bien qu'étant ravitaillable en vol, la France n'avait pas encore d'avion capable de le faire.

Ce sera possible dans quelques années quand le nouvel Airbus A-400 Atlas sera pleinement opérationnel dans l'Armée de l'Air.

Il fût donc décidé de demander aux Algériens de ravitailler l'hélicoptère, ainsi il pourra continuer son vol vers le Mali.

Ce n'était pas une première car lors de la bataille de l'Adrar et les Ifoghas dans le Nord Mali, les Algériens avaient alors acceptés de collaborer et de ravitailler les troupes et les hélicoptères français.

Justine de St-Jacques voulu contester l'ordre et demanda à rester avec le groupe.

Castle lui donna la mallette et le sac avec pour consigne de ne les remettre à personne avant leur retour au Mali et surtout pas aux Algériens.

– *C'est un ordre Capitaine !* dit-il alors d'un ton sec en hurlant pour se faire entendre tant le bruit de l'hélico était assourdissant.

Sentant qu'il ne changerait pas d'avis, Justine pris, d'un geste brusque, entre ses mains, le visage de Thomas et l'embrassa rapidement sur la bouche.

Elle lui dit alors :

– *Il faut que vous reveniez vivant, pour que vous me montriez votre domaine ! Au fait, en plus j'ai gagné le set et donc le match mon Colonel !…*

– *Capitaine, va falloir que l'on se parle sérieusement à mon retour !* dit alors Castle complètement surpris par l'action et les paroles de Justine…

Puis l'hélicoptère décolla, soulevant un nuage de poussière.

Il fila au ras du sol vers la frontière algérienne.

Thomas Castle se tourna vers le groupe et vît Farid Merhleen portant, en plus de son équipement, une demi-douzaine de roquettes et accroché à son épaule, un lance-roquettes RPG-7.

– *C'est pas croyable Dénicheur tu trouvais que t'avais pas assez de matos ? Je ne te savais pas collectionneur ! En avant Messieurs !* dit-il en souriant devant l'énergumène harnaché comme un bandit mexicain à l'époque du Far-West.

– *Bah mon Colonel, on ne sait jamais ça peut toujours servir, et son ancien propriétaire s'en est séparé pour pas cher !* répond t-il avec un grand sourire.

Les dix hommes filèrent vers leur 2 pick-up, ils avaient encore de la route avant la rencontre avec la cavalerie !

Thomas Castle s'installa à coté de Bernard Grim qui avait prit le volant et lui dit :

– *Allez, fouettes Cocher !...*

*

L'Emir Abdelmalek Droukdel reprit ses esprits une fois que les agents de la DGSE fussent partit.

Un horrible mal de crâne le tenaillait ; il jura en voyant le coffre fort ouvert et vide, ainsi que la disparition de la mallette.

La première bombe de 1 000 kg explosa et il courut rejoindre la partie totalement souterraine de la base.

Cette partie construite quelques année après la partie originelle était secrète.

Il retrouva Aliou Malabar, l'ancien chef de la police de Gao. Il l'avait promu « Commandant en second » depuis la capture de la taupe.

Aliou Malabar lui fit un premier bilan une fois que les explosions eurent cessées.

L'Emir le regardait l'œil mauvais : une quarantaine de combattants morts ou blessés (ça c'était pas grave), un pick-up détruit, on était sans nouvelles de 2 patrouilles (ce qui représentait dix combattants), mais surtout les otages français avaient été enlevés et la mallette, ainsi que le sac, avaient disparu.

Et ça c'était le problème suprême.

Il ne pouvait s'agir que d'un commando français.

Un homme entra et interrompit les pensées de Abdelmalek Droukdel.

Il lui apprit qu'il avait vu 2 pick-up avec les infidèles qui s'enfuyaient vers le Sud-Est.

L'Emir ordonna immédiatement à Aliou Malabar de prendre en chasse les 2 pick-up.

Il devait utiliser les combattants d'AQMI et les soldats de la katiba libyenne qui le suivront avec leurs propres moyens.

Il devra ramener les otages, la mallette et le sac, ainsi que des hommes du commando français.

Il lui promit une belle récompense en cas de réussite, mais inutile de revenir s'il échouait.

Aliou Malabar, motivé autant par la première partie de la phrase que par la deuxième, couru vers les dépôts souterrains et aboya les ordres pour lancer la chasse.

Une fois son adjoint partit, il appela le chef de la Katiba libyenne et lui laissa le commandement de la base, lui disant qu'il s'absentait temporairement et laissa des ordres écrits à Aliou Malabar.

L'Emir avait pris sa décision instinctivement ; son instinct de survit lui disant qu'il fallait qu'il quitte cette base qu'une autre attaque allait probablement survenir.

Tant pis il partira sans bagage, mais il connaissait les codes bancaires d'une partie du trésor de guerre de AQMI.

Il se dirigea vers l'extrémité Nord de la base et rejoignit le Challenger G605 qatari.

Les portes blindées s'ouvrirent et l'avion prit son envol.

*

A bord de l'AWACS E-3F français les opérateurs repérèrent l'envol du jet.

La cavalerie ayant du retard l'Etat-Major à N'Djamena avait décidé de garder sur zone les 2 Rafales de l'EC2/30 « Normandie-Niemen » à des fins de protection du commando.

Les 2 Rafales biplaces devenant eux inutile, devaient se ravitailler et rentrer à N'Djamena.

L'AWACS informa donc N'Djamena en envoyant les infos en direct, de la fuite d'un jet civil et en même temps de départ de 2 colonnes de véhicules.

Le commandant « Dédé » Crown ayant encore une bombe fut désigné pour l'attaque de la colonne.

L'autre Rafale devant identifier l'avion et éventuellement le descendre : il ne pouvait y avoir que des méchants à l'intérieur.

Le pilote du Rafale accrocha rapidement sur son radar RBE2 l'avion et le rattrapa tout aussi rapidement.

Il s'approcha de lui, se plaça à sa droite, puis se glissa sous lui et alla de l'autre coté, pour enfin se placer en retrait derrière le jet civil.

Le pilote transmis à l'AWACS la description du Challenger et de sa nationalité qatari.

Puis il verrouilla un missile air-air Mica IR sur lui.

Il attendait ensuite le feu vert afin de détruire la cible.

De très longues minutes plus tard, l'AWACS lui ordonna d'abandonner sa cible de se ravitailler et de rentrer à N'Djamena…

Nationalité qatari et absence de menace directe envers le commando, le ministre de la Défense ordonna de le laisser partir.

Pendant ce temps dans l'AWACS, il apparut 2 points sur les écrans, ce qui fut annoncé immédiatement au commandant André Crown.

*

Le soleil commençait maintenant à bien se lever.

Les 2 véhicules roulaient à tombeau ouvert dans le désert en direction de la colonne blindée qui venait à leur rencontre.

Dans quelques kilomètres ils seraient en sécurité.

L'AWACS informait Thomas Castle de la progression des poursuivants et de la distance de la cavalerie.

Bernard Grim accroché au volant du pick-up roulait pied au plancher créant un grand nuage de poussière.

L'autre pick-up roulant à la même vitesse avec Denis Hacquer au volant, se mit à coté de l'autre véhicule car la poussière et le sable projetés formaient un mur tel un brouillard anglais.

Tout à coup le véhicule conduit par Grim prit un peu trop vite une grosse bosse et décolla du sol, et survola une petite dune !…

Et c'est sous le regard étonné des hommes dans l'autre pick-up que le véhicule volant atterrit lourdement, une fois la dune survolée, dans une grande étendue de sable mou et s'ensabla immédiatement !…

Denis Hacquer s'arrêta, fit demi-tour et se plaça près du véhicule ensablé.

S'il n'avait pas décidé de rouler côte à côte il aurait probablement été aussi ensablé.

Les hommes sortirent du véhicule ensablé, le véhicule étant bloqué définitivement.

– Putain Grim. Merde alors, rappelles-moi de ne plus jamais te confier un volant quand je suis avec toi !… Tout le monde est ok ?

– Mon Colonel t'es injuste, c'est quand même mon meilleur atterrissage !…

Thomas Castle sachant que la cavalerie allait arriver rapidement, décida de s'abriter afin de faire face aux poursuivants.

L'E-3F lui donnant l'état de la situation.

Les hommes se placèrent et armèrent leurs armes.

Denis Hacquer prit son drone et fît partir le Fantôme dans la direction des poursuivants.

Thomas Castle prit des jumelles et regarda dans la direction de la colonne des djihadistes.

Puis il donna ses jumelles au commandant du GIGN.

Et ils échangèrent leurs idées.

*

La colonne de 4x4 et de pick-up était constituée d'une quinzaine de véhicules.

La bombe de 250 kg percuta directement un 4x4 Toyota le pulvérisant et le souffle détruisit 2 autres véhicules.

Aliou Malabar donna un ordre à un des djihadiste et le reste de la colonne continua sa poursuite.

Le combattant islamique ouvrit une caisse en bois, et s'empara du missile sol-air SAM 7 Strella.

Puis il monta sur le capot du véhicule fixa l'avion dans son réticule et tira.

Le missile parti et se dirigea automatiquement vers sa cible.

Le détecteur d'alerte résonna et André Crown fût immédiatement averti du départ du missile.

Il fît faire une brusque manœuvre évasive à son Rafale et lâcha en même temps des leurres infra-rouges !

« *Dédé* » n'avait pas eu peur, il avait agît par réflexe comme il l'avait fait des centaines de fois à l'entraînement ou sur simulateur.

Le SAM 7 fût leurré, et le Rafale se dirigea vers le véhicule lâchant une brève série d'obus de 30 mm (21 obus tirés en 0,5s) et 1 kg d'explosif pulvérisèrent tout sur leur passage à la vitesse de 1 025 m/s !

Puis il reçut un message de l'AWACS, une nouvelle mission l'attendait.

*

Thomas Castle ayant reprit les jumelles fixa son regard vers 2 points dans le ciel qui se rapprochaient.

Il augmenta le grossissement.

– Et merde, ça c'est pas bon !

Non seulement une colonne avec quelques véhicules ennemis s'approchait dangereusement, mais au loin apparaissait une 2e colonne dégageant un nuage imposant mais elle était encore trop loin pour en déterminer les constituants.

Mais le souci immédiat était bien plus pressant !

Les deux hélicoptères blindés libyen Mil 24 Hind D, dont un avait sous les moignons d'ailes 2 paniers lance roquettes, volaient assez bas, puis ils commencèrent à tirer avec leur mitrailleuse quadri-tube de 12,7 mm transformant rapidement les deux véhicules immobilisés en passoire.

Inutile de tirer dessus, le calibre des fusils d'assaut étant bien trop faible pour percer le blindage des Hind.

André Crown avait tiré ses 2 missiles Mica IR à guidage infra-rouge, quasi simultanément, sur les 2 hélicoptères libyens détectés immédiatement par le radar RBE2 de son avion.

Le 1er toucha sa cible et pulvérisa l'hélicoptère, le transformant en une boule de feu et il se crasha lourdement au sol.

Le 2e hélicoptère, par un coup de malchance immense, vira sèchement et esquiva le missile qui se dirigea vers la nouvelle plus forte source de chaleur qu'était l'hélico écrasé !

« *Dénicheur* » mit le RPG sur son épaule et tira une roquette contre le Hind.

– Bordel, connard, tient prends ça dans ta gueule espèce d'enfoiré !...

Le pilote libyen esquiva facilement la roquette.

Mais il n'était pas sauvé pour autant.

Il tourna la tête et vit alors tardivement l'avion ayant le soleil dans son dos.

« *Dédé* » avait sélectionné le mode canon et tenait sa cible dans son viseur ; il lâcha une brève rafale d'obus qui, à la cadence de 2 500 obus/mn, touchèrent l'hélicoptère blindé qui s'écrasa à son tour au sol.

Le Rafale passa au-dessus des français en faisant un looping de victoire sous les vivats et les bravos !

Puis il retourna vers la colonne des djihadistes qui s'était rapproché et tira, à très basse altitude, ses derniers obus de 30 mm.

Les hommes au sol virent d'abord le nuage de fumée sortant du canon, puis entendirent le son strident du tir, en décalé par rapport au tir effectif.

La rafale d'obus détruisant plusieurs véhicules et tuant un certain nombre de passagers !…

Puis le chasseur français prit de l'altitude et vira majestueusement sur la gauche.

Ensuite il annonça à l'AWACS son départ car il commençait à être juste en kérosène et devait impérativement se ravitailler.

Il était resté aussi longtemps qu'il avait pu, et l'inquiétude qu'il éprouvait pour la réussite du sauvetage du commando français prenait le pas sur ses 2 victoires aériennes.

C'était les 2 premières victoires aériennes d'un pilote français depuis la 2ème guerre mondiale ! et il ne pourrait même pas s'en vanter puisque sa mission était « SECRET DEFENSE » et donc n'avait jamais existé…

C'est ballot !!!…

L'AWACS transmis l'information à N'Djamena et Lyon déclenchant des applaudissements des personnels présents ; tout particulièrement des aviateurs à N'Djaména !

Tout à coup un obus de 125 mm explosa à proximité de ce qui restait du pick-up ensablé sans faire de dégâts !

*

La vision était tout simplement dantesque !

Il ne manquait plus que des haut-parleurs d'une Rave Party géante crachant « *La chevauchée des Walkyries* » de Richard Wagner pour être dans l'ambiance.

Sur un même front 3 chars Leclerc cote à cote, à pleine vitesse en tout terrain c'est à dire à près de 60 km/h, créant de monstrueux nuages de poussières, les longues antennes presque rabattues à l'horizontal par la vitesse…

« *JUPITER* » décolla littéralement du sol sur une bosse passée à pleine vitesse !…

Et continua comme si de rien n'était grâce à sa suspension oléopneumatique qui procurait à l'équipage un confort exceptionnel tout en stabilisant la plate-forme et permettant ainsi une précision de tir en roulant diaboliquement fantastique !

168 tonnes d'acier et de feu en mouvement.

Les 2 VBCI encadrèrent les chars, impossible pour eux de rester en arrière.

– *Messieurs choisissez bien vos cibles, bonne chasse les Braves Gens ! A l'attaque, feu à volonté !* dit le Général de St-Jacques

– *UBIQUE PRIMUS !* répondirent en cœur les 2 autres chefs de char.

A 4 km de leurs cibles détectées grâce à la caméra thermique équipée d'un mode de détection automatique des points chauds, toujours à pleine vitesse, les 3 chars tirèrent simultanément un obus flèche perforant de 120 mm, dont le tireur pouvait voir le point rouge filant à 1 800 m/s vers la cible désignée à travers le réticule du viseur tireur.

La fenêtre de tir étant calculée automatiquement par l'ordinateur de la conduite de tir.

Le système de poursuite automatique des cibles facilitant le travail du tireur.

A chaque coup (faisant apparaître une impressionnante boule de feu à la sortie du canon), le canon reculait et un nuage, rabattu immédiatement par la vitesse du char, sortait du canon.

Le rythme de tir de 6 coups/minute s'enchaînait sans faille grâce au chargement automatique de munition.

Un autre obus étant amené automatiquement du barillet qui en contenait 22.

C'était tout simplement l'**Apocalypse Maintenant** !!!...

Un peu plus de 2 secondes plus tard le dard en tungstène pénétra, comme dans du beurre, le char T-72S libyen.

Il entra à la base de la tourelle arrondie et basse (la forme étant due au système de chargement automatique des obus) recouverte de briques réactives et explosa au milieu des obus de 125 mm.

Créant ainsi, après l'explosion initiale et un important dégagement de fumée sortant de l'ouverture de l'écoutille et du canon, une gigantesque langue de feu d'une hauteur de près de 2 étages. La langue de feu sortit de l'écoutille ouverte à droite sur la tourelle côté tireur.

Le souffle de l'explosion éjecta le tireur qui, tel « un homme-canon » d'un cirque, atterrit lourdement (comme une crêpe en fait) sur la route !

Sa veste de treillis brûlé le recouvrant, son pantalon se retrouvait en lambeau et fumait également, comme son visage plein de suie et les cheveux hirsutes ; on aurait dit un personnage de Tex Avery qui s'était pris des bâtons de dynamite en pleine poire !...

Certes il était victime de graves brûlures, mais c'était le seul rescapé de l'équipage...

La flamme enveloppa la tourelle ronde et après 3 secondes le feu redescendit, après avoir atteint plusieurs mètres de hauteur, au niveau de l'écoutille sur le coté droit de la tourelle.

Il continua ensuite à brûler et à dégager de la fumée.

Le char s'était arrêté et le canon s'affaissa.

Les deux autres obus flèches touchant quasi simultanément 2 autres chars T-72S qui explosèrent en des énormes boules de feu.

Un déluge d'explosions, de flammes impressionnantes, et de fumées noires.

Moins d'une seconde plus tard un 4e tir toucha un autre char libyen qui fît exploser et éjecter la tourelle en forme de poêle renversé qui retomba lourdement au sol écrasant une partie des ses briques réactives.

La carcasse brûlant en dégageant beaucoup de fumées noires.

Après ce 2e tir « *ABOUKIR 1799* » vira à 180° sur place tout en maintenant le canon pointé sur sa 3e cible, tira détruisant un autre char T-72S qui à l'arrêt avait tiré sur lui mais hors de portée pour être réellement dangereux.

La portée de tir du T-72 est bien inférieure à celle du Leclerc et en plus il ne peut tirer en roulant, la probabilité de réussite du tir alors est tout à fait infime.

– Joli coup, c'est nickel Chef, ça mérite une bière quand on sera rentré ! dit le général souriant en regardant le résultat du tir à travers le réticule

Puis « *ABOUKIR 1799* » se dirigea vers Castle et ses hommes.

« *MONTGOBERT* » et « *JUPITER* » continuant à détruire méthodiquement le dernier char libyen et les 5 transports de troupes blindés à chenilles BMP-1 dont certains tiraient sur les 2 chars Leclerc avec leur canon de 73 mm pour un résultat nul.

Le dernier BMP-1 tira un missile anti-char filoguidé AT-3 Sagger contre le char « *MONTGOBERT* » qui pour sa protection déclencha le tir de fumigènes camouflant ainsi le char en totalité.

Le missile se perdit dans la nature.

Puis le blindé libyen fût détruit à son tour par un obus explosif HEAT de 120 mm : le blindage étant faible, inutile de gaspiller un obus flèche perforant.

L'affrontement entre les blindés de la 2e colonne et les chars français dura moins de 5 mn.

6 chars T-72S et 5 véhicules BMP-1 ont été détruits et les panaches de fumée noire envahirent le ciel.

Les rares soldats de la katiba libyenne encore vivant fuyaient cet enfer en courant en direction de leur base, abandonnant leurs armes sur place.

Ils ne représentaient plus aucune menace, les chars les laissèrent donc en paix.

Pendant ce temps les 2 VBCI qui étaient arrivés près du commando, sont venu leur prêter main forte à coups de rafales de leur canon de 25 mm.

Ils détruisirent ainsi méthodiquement la colonne de pick-up Toyota, avec les fameux drapeaux blancs aux inscriptions noires, des djihadistes qui attaquaient les hommes de Castle.

Des combats violents faisaient rage.

Les djihadistes nombreux, fanatisés et shootés à la cocaïne lançaient des attaques kamikazes contre les Français.

« *Dénicheur* » tira sa dernière roquette contre un groupe de combattants islamiques qui du coup prirent leur envol avant de retomber au sol désarticulé.

Thomas Castle repéra le chef du détachement et lâcha une rafale, avec une Kalachnikov récupérée sur un cadavre, contre lui.

Aliou Malabar fût touché à 3 reprises.

Il tomba à genoux, posa la main sur ses blessures, regarda sa main pleine de sang, et s'écroula sans vie.

Le dernier pick-up, dont la plate-forme arrière était équipée d'un canon de 23 mm, jusqu'à présent camouflé par les fumées de véhicules détruits, voulu faire demi-tour afin de s'enfuir de cet enfer quand il rencontra de face un obus explosif HEAT tiré par « *ABOUKIR 1799* ».

Il fît alors un très joli vol plané !...

La carcasse carbonisée atterrissant de manière nettement moins élégante...

Le Général de St-Jacques ouvrit l'écoutille et sortit la tête, puis le torse et regarda le champ de bataille.

Les derniers djihadistes se faisaient abattre par le canon des VBCI et les tirs des membres du commando.

Le char Leclerc s'arrêta devant Thomas Castle.

Il vit un homme âgé, s'extirper de la tourelle et descendre du char.

– *Je constate avec satisfaction que l'on meure de saturnisme aigu ici !* dit Louis-Charles de St-Jacques en enlevant son casque et en passant sa main sur ses cheveux gris (enfin sur ceux qui lui restaient) …

Thomas Castle resta figé sur place.

Il n'avait jamais vu le général père de Justine mais il avait reconnu la voix !

Pendant ce temps les 2 autres chars arrivèrent, les équipages ayant leur tête à l'extérieur des écoutilles des blindés tout comme les 3 membres d'équipage des VBCI.

Qu'il est agréable de respirer l'air extérieur !…

Les hommes de la DGSE et le commandant du GIGN bizarrement armé d'un fusil mitrailleur (trouvé on ne sait où) avec une bande de munitions qui pendouillait, se rapprochèrent de Castle.

– *Garde à vous ! A vos rangs FIXE ! Mes respects mon Général !* dit Castle en se figeant dans un garde à vous impeccable suivit par le reste de sa troupe incrédule.

C'était pas tous les jours que l'on avait l'occasion de voir un général faire le coup de feu !

– *Repos Messieurs !*

Puis, faisant le tour des gens présent, il tiqua devant la présence du gendarme.

Il fixa alors Thomas Castle, qui comprenant le message lui expliqua que le Capitaine de St-Jacques est dans l'hélicoptère avec les otages, la mallette et les gendarmes du GIGN.

Il lui dit ensuite qu'elle a été blessée mais sans gravité et qu'elle s'est comportée de façon courageuse et remarquable.

Et il conclut sa phrase par :

– Mais je constate qu'il s'agit d'une habitude et d'une tradition familiale !...

Provoquant ainsi le sourire soulagé du général.

Près d'une centaine de djihadistes ont été tués, et seules quelques blessures superficielles sont à dénombrer chez les agents de la DGSE.

Mais il était temps que le combat cessa, les munitions étant quasi épuisées. Plusieurs hommes de Castle avaient dû utiliser des armes récupérées chez des djihadistes morts et il y eut de violents corps à corps !...

Le Maréchal des Logis-Chef Latourelle-Bordes, tireur du char « *ABOUKIR 1799* » arriva alors vers le Général de St-Jacques et se mettant au garde à vous lui tendit un drapeau récupéré sur le pick-up et qui n'avait pas trop brûlé...

Réitérant ainsi le geste réalisé lors de la campagne du Mexique en mai 1863, lors du siège de Puebla, où le chasseur Jean Bordes du 1er RCA (Régiment de Chasseur d'Afrique) s'empara de l'étendard finement brodé des Lanciers de Durango au cours de la bataille de San Pablo del Monte.

Une victoire face à un millier de Mexicains.

Le Général Louis-Charles de St-Jacques accepta le trophée avec émotion.

Il le dressa à bout de bras et tous les soldats français crièrent de joie.

Le général communiqua alors avec l'AWACS afin de leur annoncer la rencontre avec le commando, la victoire de la bataille terrestre et le retour vers les avions russes.

L'information fût immédiatement relayée par l'avion radar vers N'Djamena et Lyon où se trouvait le ministre de la Défense, qui appela immédiatement le président de la République.

Ainsi qu'à l'officier commandant « la base » où il y avait les avions cargos russes.

Provoquant partout à chaque fois émotion et applaudissements de joie y compris chez les Russes !

Le général à son tour ému, indiqua que l'AWACS venait de lui apprendre que l'hélicoptère et tous ses occupants sont en sécurité à présent au Mali.

L'émotion envahie alors les membres du commando et Castle ne fît pas exception à la règle !…

– *Bon c'est pas tout ça, mais on nous attend et on a de la route ; ne faisons pas trop attendre nos amis russes ! En route Messieurs !* dit le général d'une voix qui se voulait ferme.

*

Paris, mars 2013

Le communiqué de l'Elysée venait de tomber et a été immédiatement relayé par toutes les chaînes d'informations et les agences de presse.

La libération par les forces françaises des derniers otages français du Sahel.

Libération réalisée au Nord Mali par les Forces Spéciales et les gendarmes du GIGN.

Le président de la République demandant au ministre de la Défense et à celui des Affaires Etrangères de partir pour aller les raccompagner en France.

*

N'Djamena, mars 2013

Quand le commandant André Crown fît atterrir son Rafale sur l'aéroport de N'djamena il fût accueillit triomphalement.

Une fois la verrière ouverte, il descendit l'échelle en souriant, ôta son casque et ses amis le portèrent littéralement en triomphe !

Bien entendu il eut droit à son baptême au champagne !

Ensuite chacun alla vers lui et le félicita ; le premier pilote français à remporter 2 victoires aériennes depuis la 2ème guerre mondiale.

Même si ces victoires ont été obtenues contre des hélicoptères et non contre des avions, c'était quand même un remarquable résultat.

Telles furent les paroles du général commandant le détachement Air quand il félicita personnellement le Commandant Crown.

Le commandant partagea la joie des autres personnes présente dans le PC lorsqu'ils apprirent le succès de l'opération terrestre.

*

Les 2 Antonov An-124 Condor n'étaient plus qu'à 20 mn de vol de l'aéroport de N'Djamena.

Le retour des blindés sur l'aérodrome improvisé c'était passé sans encombre. Ils furent accueillit triomphalement par les soldats français et russes.

Puis une fois tous les blindés chargés, les Antonov avalèrent les 2 500 m de piste et décollèrent majestueusement malgré leur gabarit. Puis ce fût au tour du C-130 Hercule.

Le vent commença à souffler fortement.

Toutes traces de présence furent ainsi effacées et jamais personne ne pourra découvrir quoi que se soit.

Pendant le vol le Colonel Grégory Ivanoff laissant au pilote automatique le soin de faire le boulot, descendit dans la carlingue et apporta 2 bouteilles de vodka russe pour fêter la victoire.

A ce moment l'adjudant-chef qui commandait « *MONTGOBERT* » amena des bouteilles de champagne et dit :

– *Voilà pour faire le complément ! Il y a la même chose dans l'autre avion ; si vous voulez faire un petit discours mon général !*

Une fois la phrase traduite au colonel russe il indiqua qu'il allait appeler l'autre avion afin que les 2 groupes puissent entendre, grâce au haut-parleur, le discours.

Aussitôt dit, aussitôt fait.

Le général conclu son petit discours, en levant son verre, par un vibrant :

– Messieurs, ce fût pour moi une immense fierté d'avoir été à vos coté pour cette bataille. Vous avez été à la hauteur de vos glorieux Anciens. A nos femmes, à nos chevaux et à ceux qui les montent !…

Les équipages de « *ABOUKIR 1799* » et « *MONTGOBERT* » regardèrent le pilote de « *MONTGOBERT* » et éclatèrent de rire.

Le Général et Castle regardèrent à leur tour étonné et s'aperçurent alors que le pilote était un Maréchal des Logis femme !

Provoquant alors l'hilarité de Louis-Charles de St-Jacques et de Thomas Castle.

Puis les 2 hommes s'isolèrent car le général voulait un compte rendu précis de l'opération « *Guépard du Sahara* ».

C'était pour les 2 hommes la première occasion de discuter librement, et bien sur la conversation dévia sur Justine…

Lorsque les 2 hommes se séparèrent, la poignée de main fût chaleureuse, pas uniquement celle de 2 officiers.

L'émotion et le respect étaient réciproques.

Le Général de St-Jacques apprécia beaucoup ce Thomas Castle, bien qu'il fût un espion !…

Les Antonov atterrirent sur l'aéroport tchadien.

Cela n'étonna pas grand monde, car ce modèle d'avion cargo était un habitué du ciel tchadien depuis l'opération SERVAL.

La seule chose un peu étrange fût que rien ne fût déchargé, seul un groupe d'une dizaine d'hommes descendirent discrètement du premier appareil.

Une fois le plein de kérosène réalisé, les 2 mastodontes redécollèrent pour Doha.

Thomas Castle et ses hommes, après avoir rencontré des officiers de l'Etat-Major, ainsi que le commandant Crown que Castle voulait absolument voir et remercier, se dirigèrent vers un Transall qui devait les ramener à Tombouctou.

5 h de vol pour se reposer un peu et retrouver Justine.

*

Chapitre 9

RECOMPENSES

Tombouctou, mars 2013

24 heures se sont écoulées.

Thomas Castle avait fait rentrer à Paris la majorité de son groupe.

Ne restait avec lui que le Lieutenant Hacquer et bien sur Justine de St-Jacques.

On avait refait les pansements pour les 2 officiers et la douleur avait presque disparue.

La veille, Castle avait appelé le directeur de la DGSE et lui avait transmis son rapport.

Il avait reçu en retour les félicitations du Directeur ainsi que ceux du ministre de la Défense.

Il lui avait également expliqué pourquoi il devait rester 72 h de plus au Mali.

Le directeur donna son accord, mais demanda que la mallette soit rapatriée à Paris : c'est donc au Lieutenant Bernard Grim qu'échu cet honneur !

Tous les 3, réunit autour de la table, faisaient à présent le point sur les documents récupérés.

Leur retour en France était prévu pour le lendemain.

La veille Thomas Castle avait ouvert le fameux sac, et l'avait refermé un brin perplexe.

Il avait esquivé toutes les questions à ce sujet.

Pour le moment Thomas et Justine se regardaient à la dérobée, presque gênés. Ni l'un ni l'autre ne sont revenu sur ce qui c'était passé dans l'hélicoptère.

Ni l'un ni l'autre n'osaient faire le premier pas et aborder le sujet. C'est parfois plus facile de combattre et de risquer sa vie que de commencer une conversation !…

Ils visionnaient à présent le DVD de la fameuse réunion.

Quand ce fût terminé, un lourd silence se fît.

Cela corroborait les déclarations de Ag Sidamou et de « *Triple A* ».

C'était de la dynamite, le plan « *Corne d'Abondance* » n'avait plus de secrets pour eux…

Les autres documents étaient tout autant explosifs : les liens entre les Groupes Islamiques du Mali et les Al-Shebabs somaliens.

Ces liens étaient soupçonnés, ils sont à présent confirmés et prouvés.

Des liens existeraient également avec des qataris via une association humanitaire.

Par contre une étude plus poussée à Paris était nécessaire.

Thomas Castle regarda sa montre et constata qu'il était l'heure.

Il annonça donc aux autres personnes, qu'il avait reçu, la veille, un appel de Bokar Ag Gamou.

L'officier Touareg ancien de la Légion Etrangère, les avait invité pour un repas de fête, avec sa famille, dans une petite maison à Tombouctou.

En remerciement pour lui avoir sauvé la vie.

Il y aura une surprise avait-il prévenu.

Ils quittèrent donc l'aéroport dans une Peugeot P4 et traversèrent la ville.

Thomas Castle demanda à un certain moment à Justine de St-Jacques comment cela c'était passé avec les Algériens.

– On a planqué la mallette et le sac sous des couvertures et Scapin était couché dessus. Quand lors du ravitaillement un militaire algérien a essayé de voir ce qu'il y avait en dessous Scapin

l'a regardé d'un œil mauvais et lui a grogné dessus ! Du coup l'Algérien n'a pas trop insisté !..

– Ha ha ha, sacré Scapin ! J'aurai bien aimé voir ça, quelle belle fourberie ! dit Castle en riant.

– Oui il a fait sa tête de cochon, un peu comme vous qui savez aussi si bien le faire ; pas étonnant que vous vous entendiez si bien tous les 2 !...

– Ah c'est fin comme réflexion ! Maintenant c'est normal qu'un musulman n'insiste pas devant une tête de cochon ! répliqua Castle sérieux comme un pape, provoquant un énorme éclat de rire de Denis Hacquer.

Arrivant sur le rond-point Place de l'Indépendance, ils tournèrent à gauche. Ils virent sur leur gauche un panneau « *Bienvenu à Tombouctou Cité des 333 Saints* ».

Ils filèrent vers le nord en empruntant le boulevard Askia Mohamed. Arrivant au niveau de l'hôtel Colombe ils tournèrent à gauche.

Puis dépassant l'Hôtel Azalai ils s'engagèrent dans une rue sur la droite.

Castle vit alors 2 enfants, dont un garçon en short vert, portant sur leur tête 2 grands récipients remplis d'eau.

Arrivé à destination, ils furent accueillit chaleureusement par le Touareg qui leur présenta sa famille.

Thomas Castle récupéra un sac et l'accrochant à son épaule entra dans la propriété.

Une meute d'azawakhs courrait dans le « jardin » où il y avait 3 grands arbres dont un palmier dattiers : une mère et ses chiots vieux de 4-5 mois.

Ils s'arrêtaient et regardaient curieusement ces visiteurs.

Thomas Castle vit notamment une petite chienne fauve baignée par le soleil, qui levait sa patte avant droite (style chien d'arrêt...) et qui en tournant la tête le regardait fixement.

Figée dans une attitude majestueuse et hiératique.

Tout le monde entra dans la maison, se dirigeant vers la pièce où devait se dérouler le repas ; puis ils s'installèrent par terre sur des tapis et des coussins selon la tradition.

Tout était préparé pour faire un repas de fête typiquement touareg.

Il y avait même un groupe de musiciens avec des instruments traditionnels : un djembe, un balafon (sorte de xylophone), un kora (sorte de harpe-luth) et un n'goni (instrument à corde pincé).

Tout à coup des voitures s'arrêtèrent et les azawakhs se mirent à aboyer.

Bokar Ag Gamou se leva et alla accueillir le visiteur.

Quand les Français virent l'arrivant tous se levèrent et Thomas Castle se dirigea vers lui avec un grand sourire.

– Al Hadji qu'elle agréable surprise, comment vas-tu ? Je te croyais dans le Nord avec nos troupes et les Tchadiens !

Le Colonel-Major Al Hadji Ag Gamou sourît et étreignit chaleureusement Thomas Castle.

– *As Salalâm'Aleïkoum* * (* Que la paix soit sur vous) dit le Colonel-Major.

Puis après une franche poignée de mains, ils échangèrent des paroles et des nouvelles.

Thomas Castle lui présenta ensuite Justine de St-Jacques et Denis Hacquer.

Le Colonel-Major lui expliqua alors qu'il avait tenu être présent pour ce repas d'amitié avant le retour en France de Thomas.

Il le félicita également pour la réussite de sa mission à Gao puis en Libye, d'où la pensée immédiate de Castle que décidément en Afrique le secret était une vue de l'esprit bien abstraite…

Il termina sa phrase par ce proverbe Touareg :

– Ne te lasse pas de crier ta joie d'être en vie et tu n'entendras plus d'autres cris !

Il tenait encore une fois à le remercier d'avoir sauver son jeune cousin. Il avait donc une 2e dette envers lui.

Puis il tapa dans ses mains et Bokar, qui c'était discrètement éclipsé, revint tenant dans ses bras la jeune et jolie petite chienne azawakh de couleur fauve.

Castle l'a pris dans ses bras, et les 2 se regardèrent.

Elle le fixa en dressant ses oreilles et en penchant la tête.

Il lui fît une bise sur le museau et l'a posa par terre.

Elle remua le popotin et émit de petits gémissements.

Le Colonel-Major indiqua qu'il avait eu l'idée de trouver une future compagne pour AgSongo afin qu'il ne s'ennuie pas ; de plus comme il savait qu'il aimait cette race superbe…

Mais en éclatant de rire il lui dit que s'il préférait un jeune dromadaire ce n'était pas impossible non plus.

Thomas Castle déclina poliment et remercia tout le monde sincèrement ému.

C'est un présent très précieux pour les Touaregs que d'offrir un azawakh.

Les musiciens commencèrent à jouer, donnant ainsi le signe du commencement du repas.

Une fois installé sur les tapis on apporta le repas.

La petite chienne avait adopté Thomas Castle et lui faisait des petites léchouilles dans les oreilles.

Ensuite une fois assise elle le regarda avec curiosité, attendant quelque chose en retour, en repliant sa patte avant gauche.

Thomas Castle tendit sa main droite puis caressa le cou et le poitrail de la petite azawakh.

Ensuite elle se coucha roulée en boule, collée tout contre lui.

Ce qui fit sourire Justine.

Après avoir pris de nouvelles de AgSongo ils commencèrent à manger.

Le repas se composait de « *Tukasu* », un plat Songhay constitué de mouton, d'ail, de tomate, de datte, réservé pour les grandes occasions. Agrémenté de beignet de riz sauce fakoye ; avec du lait caillé de chamelle et du jus de gingembre comme boisson.

On mangeait vite et habilement avec les doigts de la main droite uniquement comme le veut la religion musulmane.

Il y avait des bols d'eau pour se rincer les doigts.

Le repas était très bon, bien qu'« un peu » fortement épicé…

La conversation dévia sur les opérations militaires dans le Nord et les prochaines élections.

Puis avant de partir, Thomas Castle prit la parole, prenant le sac il demanda à ce que cette somme soit distribuée à des orphelinats et à des écoles.

Il ouvrit le sac et l'intérieur il y avait plein de billets de banque, des dollars !

Justine de St-Jacques regardait alternativement le sac et Castle franchement incrédule.

*

Paris, mars 2013

Après un long week-end de « vacances » chez lui dans le « *Alte Schloss* », Thomas Castle retrouva Justine de St-Jacques autour de la grande table de la salle de réunion, au siège de la DGSE pour un débriefing complet.

Ils étaient habillés en civil.

Thomas avec un costume noir anthracite et une chemise blanche, col ouvert, sans cravate.

Justine était en jeans avec un chemisier blanc.

Un bouton pression s'étant fortuitement ouvert cela permit à Castle d'avoir une vue bien agréable !…

Pour la première fois il constata qu'elle avait des charmes féminins très attractifs !

Justine sentant le regard de Castle posé sur elle, se rendît compte du motif et ferma le bouton récalcitrant en secouant la tête et en lui faisant une petite moue !…

– *Espèce d'obsédé !* lui chuchota t-elle en souriant.

Il quitta ces pensées crapuleuses mais naturelles et repartit vers d'autres pensées plus politiquement correctes…

Il se rappelait donc la première rencontre de la petite chienne azawakh avec le reste de ses animaux chiens et chats !

Elle a été adoptée immédiatement par tous !…

Elle est tombée tout de suite « amoureuse » de AgSongo et n'arrêtait pas jouer avec lui.

Sa maman et sa sœur Annie étant bien évidemment également tombé sous le charme de la petite crapule !

Thomas se décida à informer sa sœur sur sa réelle profession, afin qu'elle en sache autant que sa maman.

Il était persuadé qu'avec le temps, ne rien dire aurait éveillé ses soupçons ; en plus ces mensonges lui devenaient réellement insupportables.

Ainsi il s'enlevait également un poids sur le cœur.

Annie lui prenant les mains lui avoua que cela faisait déjà quelques temps qu'elle savait ; mais qu'elle était heureuse qu'il lui ait annoncé la nouvelle.

Le frère et la sœur tombèrent alors dans les bras l'un de l'autre… sous le regard attendri de la maman.

Justine de St Jacques ayant quant à elle passée ce long week-end chez elle en compagnie de ses parents.

Le père et la fille ayant beaucoup de choses à discuter ensemble dans le salon près de la cheminée, où trônait un nouveau trophée (le drapeau djihadiste), entre 2 ballades à cheval…

Justine de St-Jacques regardait Castle en coin ; un peu perturbée, non pas par le fait qu'il l'ai mâté, mais par un rêve qu'elle avait fait la veille avant de revenir sur Paris.

Un rêve étrange où elle se voyait à cheval faisant une course avec un homme dans un costume d'une autre époque.

La course poursuite se finissant de manière coquine.

Elle n'était pas habituée à ce genre de rêves érotiques, mais là où elle se sentait troublée c'est que le personnage masculin ressemblait fortement à... Thomas Castle !!!

Elle chassa ces pensées ridicules.

La page ludique ayant été tourné, tous écoutaient maintenant le rapport de Hacquer et des spécialistes maison sur les documents récupérés.

La moisson était colossale !

Il y avait même des numéros de comptes bancaires dans des paradis fiscaux des Iles Caïman et des Bahamas.

Denis Hacquer pu ainsi rapatrier sur le compte des fonds secrets de la DGSE une petite somme rondelette !...

Dont notamment un virement de 80 000 $ en provenance d'Irak. De quoi réjouir le comptable de « la Boite » !

A la fin de son rapport Denis Hacquer laissa la parole au Directeur.

Tout d'abord il montra des photos satellites de la base après l'attaque des avions Rafale, ainsi que des clichés du lieu de la bataille terrestre.

Le résultat était particulièrement impressionnant !

Puis après avoir bu son café, il indiqua qu'il venait de faire un voyage express à Washington afin de remettre à son homologue de la CIA, John O. Brennan, l'original du DVD de la fameuse réunion.

Etrangement d'ailleurs, alors qu'usuellement les 2 agences ne communiquaient pas beaucoup entre-elles, le directeur du FBI Robert S. Mueller III était également présent.

Cela ne lui avait pas échappé.

Tout à coup Thomas Castle se penchant vers Justine de St-Jacques lui chuchota à l'oreille :

– *J'ai une idée troublante qui me vient en tête.*

– Je m'en suis rendu compte… Vous avez souvent des idées troublantes en tête même si c'est pas forcément le qualificatif que j'emploierai. Et c'est pour moi un éternel étonnement toujours renouvelé mon Colonel ! dit t-elle perfidement.

Thomas Castle la regarda en soupirant et demanda au directeur s'il pensait qu'il serait possible d'aller interroger ce Robert Goldhand lorsqu'il aura été arrêté.

Le Directeur le questionna alors sur le motif de cette demande.

– L'interrogatoire de Ag Sidamou nous a apprit que lors de l'attaque de la Dune Rose, c'était moi qui était ciblé…

– Or comment Ansar Dine pouvait-il savoir que c'était ces soldats français qui étaient chargés de cette mission… continua Justine.

– Ansar Dine ne pouvait le savoir que parce qu'une personne les a prévenu… continua Castle.

– Or comment Goldhand a t-il été mis au courant ?… suivit Justine.

– Cette mission était top secret…

– Donc il y a une taupe à la DGSE… enchaîna Justine.

– Ou plutôt au ministère de la Défense ! conclu Castle.

Le Directeur regardait alternativement les 2 intervenants : cela faisait très match de tennis !

Thomas et Justine continuaient leurs raisonnements en se regardant.

Il admirait la belle concordance des raisonnements et la complémentarité de ses 2 officiers.

Denis Hacquer expliqua alors au Directeur qu'ils étaient des habitués de ces échanges tennistiques, bien que la dernière fois c'était un échange de balles de « à qui sauverait l'autre le plus souvent ! »

Et Hacquer de conclure en souriant :

– Au moins là il n'y avait pas de cadavres !…

Humour subtil qui échappa un peu au directeur de la DGSE en fait…

Il promit malgré tout d'en parler au directeur du FBI dans quelques jours.

Il informa également Castle de son départ prochain pour Alger afin de remettre la mallette.

Le Général Mohamed Médienne, dit Toufik, le chef tout-puissant des Services Secrets Algériens (Direction du Renseignement et de la Sécurité) souhaitant de manière insistante que ce soit lui qui fasse le voyage.

*

New-York, fin mars 2013

Robert Goldhand était de fort mauvaise humeur dans son bureau. Il regardait Ted West en tapotant nerveusement son bureau avec ses doigts.

Non seulement « *Corne d'Abondance* » était au point mort car les troupes françaises avaient réussit leur « Blitzkrieg », malgré des attaques suicides certes spectaculaires mais militairement inefficaces.

Mais le plus grave c'est que la DEA venait de saisir une cargaison de 800 kg de cocaïne colombienne de la « *Blancura Inocente* ». Les Colombiens étaient furieux.

Ca c'était très ennuyeux : bien que les hommes arrêtés ne représentaient aucun danger car rien ne les reliaient à Robert Goldhand, cette prise montrait que la DEA avait un informateur bien placé.

Pour Ted West c'était aux Colombiens de faire le ménage chez eux, la fuite ne pouvait venir que de chez eux.

Bien sur ce serait logique pensa Robert Goldhand, mais il n'était pas arrivé là où il est maintenant en se contentant de la facilité et de la logique.

Il demanda donc à Ted West de faire des recherches approfondît afin de vérifier si la source de la DEA ne prenait pas naissance près d'eux.

Il était vital de le savoir car une prochaine autre grosse cargaison de cocaïne était déjà partie de Colombie et était en route pour les Etats-Unis.

*

Paris, avril 2013

Quelques jours après le retour officiel des otages, le président de la République avait décidé d'une cérémonie officielle afin de fêter cette libération et de rendre hommages à ceux qui l'on permit.

Toute l'équipe était là dans la grande Salle des Fêtes de l'Elysée où était dressé pour l'occasion un grand buffet avec toasts, petits fours et boissons.

Thomas Castle regardait son équipe : Justine de St-Jacques et les 8 autres membres de la DGSE, ainsi que le groupe de 10 supers gendarmes du GIGN accompagné (mais il n'aurait pu en être autrement) de Scapin le malinois qui malgré sa blessure ne boitait presque plus.

Ce sont les gendarmes du GIGN qui ont « officiellement » trouvés et libérés les otages français du Mali.

Ils formaient tous une ligne impeccable.

Tous étaient en uniforme d'apparat et… Il trouvait que cela avait de la gueule !

C'est vrai qu'il y avait eu des blessés, DGSE et GIGN, mais pas de morts…

Castle avait pu tous les ramener, y compris Scapin, et ça il en était très fier !…

Il pensa alors que ce qui séparait le succès de l'échec n'était souvent qu'un coup de chance…

Un peu plus loin il y avait les otages et leur famille qui avait tout naturellement également été conviés.

Les discussions allaient bon train et cela créaient un joyeux brouhaha.

Tout à coup un huissier arriva et cria d'une voix de stentor :

– *Monsieur le Président de la République !*

L'arrivée du président de la République F. Hollande, en compagnie du Chef d'Etat Major des Armées l'Amiral Guilland, du ministre de la Défense Jean-Yves Le Drian, du Directeur Général de la DGSE et du Général Thierry Orosco (le patron du GIGN), suivit de l'inévitable Laurent Fabius, interrompit ses pensées et les conversations…

Il s'agissait pour la République de récompenser ses héros.

Le Président se fît présenter tout le monde et très souriant il leur serra la main chaleureusement ; il eut pour chacun un mot gentil, voir même pour certain un mot drôle !

Même Scapin eut droit à la caresse présidentielle !

François Hollande, le président de la République, fît ensuite un petit discours où il parla de la légitime fierté de la France envers son Armée pour l'action accomplie au Mali, la libération des otages et la reconnaissance de la dite République envers eux.

Pendant le discours présidentiel Thomas Castle pensa à la conversation qu'il avait eu avec le Directeur concernant le plan qu'il avait élaboré au vu des dernières informations recueillit.

Il était prévu que Thomas Castle en parle au Président.

C'est une décision politique qui est de son ressort lui avait expliqué le Directeur se remettant de sa surprise…

Les journalistes purent prendre des photos ; les officiers de la DGSE leur furent signalés comme étant des officiers des Forces Spéciales, avec interdiction de les prendre en photos.

De toute façon les journalistes n'avaient d'yeux que pour les officiers du GIGN officiellement les libérateurs des otages.

On fît donc principalement des photos des gendarmes avec les otages libérés, ce qui convenait fort bien à Thomas Castle et à son équipe peu demandeur de publicité !...

*

Regardant chez lui une chaîne d'information en directe qui retransmettait la cérémonie à l'Elysée, Louis de Condé, voyant Castle, jeta rageusement son verre, contenant de l'armagnac, contre l'écran plat du téléviseur LCD HD flambant neuf qu'il venait d'acheter la semaine passée et qui ne supporta que modérément cette attaque...

Mais il l'aura un jour, il l'aura sa vengeance !...

*

La 2e partie de la cérémonie avait un caractère nettement plus intime et moins officiel.

Se retrouvèrent dans le Salon des Ambassadeurs un petit groupe de personnes où là aucun journaliste ne fût convié.

Il y avait François Hollande, Jean-Yves Le Drian, Erard Corbin de Mangoux, l'aide de camp du Président portant le cousin en velours rouge avec les médailles et les deux récipiendaires : Justine de St-Jacques et Thomas Castle.

– Colonel Thomas Castle, au nom de la République et en vertu des pouvoirs qui me sont conférés... Je vous nomme Commandeur de la Légion d'Honneur !

Le Président s'approcha de Castle qui était figé dans un garde à vous impeccable, et après avoir prit la médaille il l'accrocha sur la poitrine et lui donna l'accolade.

Puis il lui serra la main vigoureusement.

– Capitaine Justine de St-Jacques au nom de la République et en vertu des pouvoirs qui me sont conférés… Je vous nomme Officier de la Légion d'Honneur !

Le Président s'approcha de Justine de St-Jacques qui était figée dans un garde à vous impeccable, et après avoir prit la médaille il l'accrocha sur la poitrine et lui donna l'accolade.

Puis il lui serra la main vigoureusement.

Une fois cette partie protocolaire réalisée, le Président en souriant invita tout le monde s'assoire.

– Colonel on m'a beaucoup parlé de vous… Parlez-moi un peu de ce qui c'est passé au Mali et en Libye. J'ai cru que Jean-Yves se moquait de moi quand il m'avait annoncé votre plan pour récupérer les plaques de gravures ! dit-il avec un sourire.

Justine de St-Jacques sourit également à cette phrase…

Thomas Castle commença donc à résumer ce qui c'était passé.

Le piège sur la Dune Rose, les affrontements à Gao (où il sauva la vie à Justine de St-Jacques face à une horde de djihadistes du Mujao shootés aux amphétamines et la cocaïne).

La découverte et la capture d'un transfuge de l'Ansar Dine à Gao, informateur, intermédiaire et médiateur opportuniste (incontournable) tarifé, quand on voulait dialoguer et libérer les otages en payant (Castle ayant eu à faire avec lui lors de sa précédente mission au Mali), mais également trafiquant de drogue notoire, qui « spontanément » lors d'un interrogatoire leur permis de sauver le Touareg Ag Gamou et d'arrêter Abdel Ag Akory (la tête pensante de l'Ansar Dine).

Par contre il ne dit rien quant à la manière d'obtention de ces aveux !…

Justine de St-Jacques souriait intérieurement, se souvenant de la course poursuite de ce malfaisant dans le désert :

Castle en moto derrière le 4x4 du fuyard, c'était digne d'un film d'action d'une super production américaine ; elle dans un hélicoptère Gazelle accompagné de son Tigre protecteur du 4ème

RHFS guidés vers Castle par la « frégate du ciel » qu'est le Bréguet Atlantique 2 de la marine.

Lorsque Castle l'eu rattrapé, après quelques obus de 30 mm du Tigre dans le moteur du 4x4, on a découvert sur lui des documents prouvant l'existence de la base ultra secrète de feu Kadhafi dans le sud-ouest de la Libye ainsi que sa localisation précise.

Confirmés par des aveux complets de « *Triple A* ».

Ainsi que la découverte de la présence des plaques de gravures détenues par Abdelmalek Droukdel.

Mais également la découverte surprise, alors que l'on pensait les otages retenus dans la région d'Abeïbara ou dans la région du Timétrine (zone sanctuaire des djihadistes), de la présence des otages dans la base libyenne occupée par les terroristes.

Puis ensuite l'idée de son plan qu'il formula au ministre de la Défense.

Quand Thomas Castle raconta à François Hollande le coup de fil qu'il passa à Vladimir Poutine, ainsi qu'au président Algérien, pour leur demander une indispensable aide logistique, il vit la surprise dans les yeux du président de la République !...

Le Président écoutait fasciné le récit de Castle...

Alors que le laps de temps officiellement consacré à la remise des médailles était passé depuis longtemps, il exigea que le tout nouveau Colonel Castle (il avait été promu en même temps qu'il avait reçu sa médaille) continuât son récit !...

Au grand dam de ses collaborateurs qui s'impatientaient pour les prochains rendez-vous, mais qui n'avaient pas accès à la réunion actuelle...

Thomas Castle lui décrit donc l'attaque, la dureté des combats, le fanatisme et l'intelligence de certains combattants islamistes, mais il parla également de Justine de St-Jacques qui lors du piège de la Dune Dorée lui sauva la vie par des tirs longue portée précis au fusil à lunette.

Il mit également en avant le courage et la volonté du Capitaine qui, bien que blessée par un éclat de grenade, sauva la vie d'un gendarme en mauvaise posture lors de l'attaque de la base libyenne.

La découverte des disques durs, des papiers prouvant que les Shebabs de Somalie avaient proposés leur aide à AQMI et surtout du fameux DVD de la réunion à la résidence de Iyad Ag Ghaly Tombouctou.

Cette découverte permettant ainsi à la DGSE de connaître tout le plan de l'opération algérienne et ses ramifications, notamment le rôle de l'instigateur américain de ce plan machiavélique.

Puis il enchaîna sur l'attaque aérienne de 4 Rafale sur la base libyenne et sa destruction définitive à coup de bombes guidées par laser de 1 000 kg.

Puis l'évacuation des otages et des blessés par l'hélicoptère Caracal du COS via un ravitaillement en Algérie, leur fuite à eux dans le désert, et l'arrivée juste à temps d'un Rafale qui détruisit 2 hélicoptères d'attaques ennemis.

Puis l'arrivée des blindés apportés par les avions Antonov (demandé à Poutine) afin de liquider les malfaisants.

Justine de St-Jacques demanda alors à prendre la parole et tînt à son tour à faire part du courage incroyable du colonel Castle à plusieurs reprise et son abnégation.

Comme exemple elle parla de l'action folle de Castle retournant vers la base pour aller récupérer Scapin qui avait été blessé et dont son maître, blessé également, voulait y retourner afin de le chercher malgré sa blessure…

Il ramena le chien et fût blessé à l'épaule au retour ; agissant au péril de sa vie car disait-il « *il fait partie de l'équipe et l'on abandonne pas les siens !* ».

Le président de la République et le ministre de la Défense regardèrent alors le Colonel et dans leur regard se lisait un mélange d'incompréhension et d'admiration mêlé à du respect.

Ce qui n'était pas si fréquent chez des hommes politiques…

Justine de St-Jacques, par pudeur, ne dit pas qu'elle sauva la vie de Castle à 2 reprises.

Elle avait désobéit aux ordres qui lui ont été donnés, bien que blessée également.

Le panache et le courage ne sont pas des mots abstraits pour elle ; c'est un point commun qu'elle partage avec Thomas Castle.

Le silence se fît.

Thomas Castle reprit alors la parole.

Il voulait encore parler d'un projet, qui lui tenait à cœur, au président de la République.

Au vu des derniers documents récupérés sur la base libyenne certains éléments nouveaux sont à prendre en compte.

Thomas Castle en avait parlé au directeur, c'était donc le seul qui ne manifestait pas une énorme surprise.

Quand Castle eut terminé son exposé, le silence était total dans le Salon des Ambassadeurs.

Le Président le remercia pour ses informations et son idée.

Il s'agissait d'une décision éminemment politique et il lui dit qu'il allait y réfléchir. Le directeur de la DGSE lui communiquera sa réponse le moment venu.

Après près de 2 h de retard sur l'horaire prévue, le Président se leva et félicita encore une fois les 2 officiers de la DGSE et leur dit encore toute son admiration après une forte poignée de main.

Thomas Castle et Justine de St-Jacques se regardaient, il y avait bien d'autres sujets qu'ils n'avaient pas abordés devant le Président… Notamment les sentiments qu'ils éprouvaient l'un pour l'autre !

Mais même eux n'ont pas encore osé l'aborder ensemble !!!…

*

Washington, avril 2013

Dans le Bureau Ovale de la Maison Blanche se tenait une réunion secrète en présence du Président Obama, du Secrétaire à la Défense Chuck Hagel, du Conseiller à la Sécurité Nationale Thomas E. Donilon, du Directeur de la DEA Michele Leonhart, du

Directeur de la CIA John O. Brennan instigateur de cette réunion avec le directeur du FBI Robert S. Mueller III.

Pour une fois les 2 agences collaboraient totalement étant donné les informations données par les services secrets Français.

Les 2 hommes furent stupéfaits après avoir visionné le DVD.

Le Directeur de la CIA appela donc la Maison Blanche afin de voir le Président, lors d'une réunion au sommet, au plus vite !

Ce qui fût fait quelques jours plus tard, le Président ayant un agenda démentiel.

Il régnait un silence de mort dans le Bureau Ovale à la fin de la diffusion du DVD sur le grand écran.

Le Président Barak Obama était blême…

– *Mother fucker !… On est sur que ce n'est pas un montage ?*

– *Oui Monsieur le Président. C'est le Directeur Général des Services Secrets Français qui me l'a donné en main propre. Ils l'ont obtenu en marge de l'opération militaire Serval au Mali lors d'une opération visant à récupérer des plaques de gravures algériennes… Après analyse par nos Services Techniques on m'en a confirmé l'authenticité !* dit John Brennan.

– *Cela confirme ce que nous savions déjà ou supposions monsieur le Président !* dirent à leur tour les directeurs de la DEA et du FBI.

Les 2 chefs des agences expliquèrent alors au Président les enquêtes en cours par les 2 Agences contre Robert Goldhand. Enquêtes, au départ indépendantes, qui se sont par la suite rejointes.

La collaboration de la DEA et du FBI étant complète bien que discrète.

L'enquête n'avançant pas, il fût décidé de « secouer le cocotier » grâce à la taupe chez Goldhand, en réalisant une saisie de drogue par la DEA sur le dernier arrivage, afin de voir la réaction de Goldhand et peut être de lui faire faire une faute.

Mais cela c'était avant l'obtention du DVD qui posait le problème à un autre niveau ; bien au-delà du trafic de drogue ou de la fraude fiscale…

C'est un problème de Sécurité Nationale à présent !

Effectivement sur une des séquence du film on voyait Goldhand expliquer aux Islamistes qu'une fois qu'ils seraient victorieux au Mali puis en Algérie, le gaz et le pétrole devaient être exploités et exportés en exclusivité par les sociétés pétrolières de son consortium.

De même que pour tous les nouveaux forages ce sera ses sociétés qui en auront l'exculsivitée.

Cela faisait partie du deal.

L'argent ainsi récolté à la tête de l'Algérie permettra aux Islamistes d'augmenter leur influence sur tout le Maghreb, et pour Robert Goldhand accroître de manière substantielle sa fortune.

Barak Obama fronçant les sourcils, songea tout à coup à ces actions de lobbying menés au Capitole par un certain nombre de sénateurs, surtout des Républicains mais pas seulement, depuis plusieurs mois, en faveur d'un assouplissement de la politique des Etats-Unis envers le Vénézuéla (autre important pays producteur de pétrole !).

Cela ne pouvait être une coïncidence.

Robert S Mueller III prit la parole et indiqua que le FBI avait réalisé en collaboration avec la DEA, un plan pour résoudre ce problème.

Le plan ayant en fait été principalement imaginé et mis en forme il y a quelques semaines par John Malone (l'agent de la DEA) et l'agent spécial superviseur Franck Outlaw du FBI.

Ce sont eux qui ont proposé cette opération appelée « *Triangle des Bermudes* », car comme le fameux triangle toute l'opération devait être non seulement confidentielle, mais rester mystérieuse pour le profane.

Le Président donna son accord sous 2 conditions : la CIA devait participer à l'opération et il ne devait pas y avoir de dommages collatéraux.

En un mot, pas de morts innocents, obligeant ainsi à modifier la fin du plan initial.

Puis regardant les 3 directeurs des agences américaines (DEA, FBI, CIA) il leur indiqua une nouvelle fois qu'au nom de la Sécurité Nationale il devait y avoir une collaboration totale entre elles et pas de stérile guéguerre.

Après avoir obtenu l'accord formel des 3 directeurs, Barak Obama prit une feuille à entête de la Maison Blanche, l'a posa devant lui sur le bureau et après un court instant d'hésitation, il prit un stylo plume dans sa main gauche et signa l'« Executive Order » de dénomination « Top Secret » n° 13641-007.

Ce décret présidentiel donnant tous pouvoirs et autorise la « neutralisation », selon la forme la plus adaptée, de Robert Goldhand et Ted West…

*

N'Djamena, avril 2013

Le Rafale C immatriculé 118-IN de l'EC 2/30 « Normandie-Niemen » piloté par le commandant André Crown toucha le sol de la piste de l'aéroport de N'Djamena en compagnie d'un autre Rafale.

Il descendit l'échelle bien content de retrouver le plancher des vaches. Il confia son avion au mécanicien en lui disant que tout s'était parfaitement passé.

Il n'avait rien de particulier à signaler ; quasiment un vol de routine.

Les vols de reconnaissance s'effectuant en général en binôme pour plusieurs raisons :

l'un faisant des photos verticales, l'autre les photos obliques, mais surtout en cas de problème ou de perte d'un avion, l'autre pourra donner l'alerte, signaler la position et guider les secours.

Equipé chacun d'une grosse nacelle de reconnaissance tous temps Thalès AEROS Reco-NG en position ventrale (longue de 4,6 mètres pour une masse de 1 100 kg) et de 2 gros bidons de 2 000 l.

La mission de reconnaissance au Nord-Mali dura environ 4 h 30 et nécessita 2 ravitaillements en vol.

Inaudibles et invisible à l'œil nu, car ne laissant pas de traînées de condensation, ces missions de reconnaissances sont toujours très instructives.

Quelques temps plus tard dans la pièce servant de salle de réunion, les pilotes et les officiers de renseignements étudièrent la moisson de photos prisent à différents endroits.

Tout à coup apparurent une série de photos très instructives.

Une colonne d'une dizaine de véhicules de type Pick-up Toyota quittait le massif de l'Adrar et les Ifogas et se dirigeaient plein Nord en direction de l'Algérie.

Etant dans le massif de l'Adrar ils allaient très certainement rejoindre la piste de Tanezrouft.

Le général commandant le détachement Air ordonna de prévenir immédiatement les Algériens en leur fournissant copie des photos et des coordonnés.

C'était à eux de régler ce problème.

La collaboration entre les 2 pays était complète et totale.

L'ennemi était commun notamment depuis la prise d'otages massive sur le site gazier de Tiguentourine le 16 janvier par des djihadistes de AQMI.

*

Chapitre 10

L'HEURE DE LA VENGEANCE A SONNÉ…

Tamanrasset, avril 2013

L'aube commençait à poindre.

Sur le parking de la base flambant neuve de l'aéroport de Tamanraset Aguenar Hadj Bey, il y avait 4 avions dont 2 étaient bichonnés par les mécaniciens.

Ils travaillaient grâce à de puissants projecteurs.

Il s'agissait de 2 bombardiers tous-temps biplace Sukhoï Su-24 MK2 « Fencer » appartenant au 274ème Escadron d'Appui et de Pénétration, habituellement basé dans le Nord de l'Algérie à Laghouat.

Les 4 appareils étant détachés dans le Sud, sur cette base, afin de mettre fin aux infiltrations de groupes djihadistes en provenance du Mali depuis que les Français les y ont chassés.

Plusieurs convois ont déjà été détruits alors qu'ils essayaient de voler du carburant ; de préférence des camions citernes complets afin de reconstituer leurs stocks mis à mal par les attaques aériennes françaises !…

De même que les convois d'approvisionnements se dirigeant en direction du Nord-Mali étaient systématiquement traqués et détruits, tous ceux circulant dans la région frontalière du Niger et de la Mauritanie subissaient le même sort.

Les 2 appareils, le KX-62 et le KX-88, étaient prêts à partir.

Ils avaient été armés pour le premier avec 6 bombes de 120 kg accrochées sur un long double lanceur triple sous chaque aile, la cible n'ayant pas assez de valeurs pour consommer des onéreux missiles air-sol, et pour le deuxième avec 1 gros pod de 32 roquettes de 73 mm sous chaque aile. Cet armement étant bien sur complété par un canon interne GSh-6 de calibre 23 mm avec 500 obus, pour les travaux dit de « finitions » !…

En plus chacun emportait 2 réservoirs supplémentaires, sous chaque aile également, leur conférant alors une autonomie plus que suffisante pour la mission d'aujourd'hui.

Imposant appareils à géométries variables, ils avaient le fuselage de couleurs bleu clair, le nez blanc, la queue et le dessus du fuselage étant camouflé en 2 tons sable et marron clair.

Les bâches camouflées avaient été retirées et les 2 verrières, situées de chaque côté de l'avion, étaient relevées. Les appareils n'attendaient plus que les 2 pilotes et navigateurs/opérateurs du système d'arme.

Les hommes venaient de la salle d'opération, où tout avait été mis au point, tranquillement mais déjà dans leur « bulle ». Les photos et les informations fournis par les Français furent étudiées par les pilotes et les navigateurs.

De plus la reconnaissance algérienne repéra le convoi sur la piste de Tanezrouft, dans le massif de l'Adrar, à proximité du Tropique du Cancer, à environ 500 km de la base aérienne, grâce aux capteurs présent sur un Sukhoï Su-30 MKR « Flanker », chasseur lourd destiné à la reconnaissance électronique et visuelle.

Le convoi filait plein Nord.

Un plan d'attaque a été mis au point : le convoi devait être détruit en intégralité, pas de prisonniers, telles furent les consignes d'Alger.

Le Commandant Amjad Ahmed, grimpa l'échelle de son avion, le KX-62, et grâce à l'aide de son mécanicien il finit de se harnacher. Il en était de même pour le navigateur sur sa droite.

Il était le chef de patrouille pour cette mission.

Puis le personnel au sol décrocha rapidement les 2 longues échelles rouges.

Une fois que tout était vérifié, il mit les 2 réacteurs en route.

Il abaissa les verrières et après le feu vert du mécanicien, l'avion se dirigea vers la piste de décollage.

Le KX-62 s'arrêta au début de la piste, le KX-88 à sa gauche.

Le pilote jeta un coup d'œil distrait au radar qui tournait inlassablement sur le bord de la piste, à coté d'un camion.

La tour de contrôle lui donna le feu vert, et le Fencer pris de la vitesse, cracha de la fumée noire, bien caractéristique des moteurs russes.

Il décolla avec facilité sous le grondement de ses 2 réacteurs shootés à la post-combustion, suivi un peu en arrière par l'autre Su-24.

Une fois en l'air, les 2 avions rabattirent leurs ailes en arrière et se dirigèrent à haute altitude vers leur cible.

*

Massif de l'Adrar, avril 2013

Nabil Jazaïri, l'ancien militaire algérien, était particulièrement soucieux. Il n'appréciait que fort modérément ce « retour au pays » dont il se serait bien passé !

Mais l'approvisionnement en essence devenait une urgence absolue ; les Français ayant dévastés leurs stocks pourtant nombreux et bien camouflés…

Le nombre d'hommes de confiance fondant également au même rythme que les réserves stratégiques, Iyad Ag Ghaly (le chef de l'Ansar Dine), dû se résoudre à lui confier cette mission devenue très importante.

Grâce à ses contacts au sein de l'armée algérienne Nabil Jazaïri obtînt des informations sur la présence de 3 camions citernes remplis ras la gueule de carburant.

Ils y seront rapidement maintenant.

Puis retour tout aussi rapide au Mali.

Si Allah était de leur côté ils devraient échapper à l'aviation algérienne.

*

Le radar PNS-M du Fencer repéra le convoi.

Amjad Ahmed décida d'attaquer à basse altitude le convoi par l'arrière afin de maximaliser l'effet de surprise.

Ensuite comme la lame double du rasoir qui coupe le poil avant qu'il ne se rétracte, le KX-88 suivra une fois les bombes explosées afin d'arroser la colonne à coup de roquettes.

Ensuite on finira la toilette à coups de canons de 23 mm !…

Les données furent entrées dans le système d'arme et l'avion déployant ses ailes descendît à basse altitude.

Les douze bombes de 120 kg quittèrent le Fencer automatiquement en une séquence destructrice pour le convoi.

Les bombes touchèrent leurs cibles et une longue série d'explosions assourdissantes rendirent l'endroit infernal.

Une fois le convoi dépassé, le KX-62 vira à droite et prit un peu d'altitude, laissant la place aux 64 roquettes tirées en salves par l'autre avion…

Ayant tiré toutes ses roquettes il vira à son tour mais sur la gauche.

Nabil Jazaïri vit le Fencer virer devant lui et se rendit compte alors de l'attaque en même temps que la dernière bombe de Amjad Ahmed toucha, de plein fouet, le véhicule de tête.

Transformant instantanément le pick-up et tous ses occupants en chaleur et en lumière !

Amjad Ahmed avait perdu un frère il y a quelques mois.

C'était un capitaine au Moukhabarat algérien et il s'appelait Ali Ahmed !

Ainsi sans le savoir, par une étrange ironie de l'existence, il venait de venger son frère en tuant l'instigateur de son meurtre !…

Au sol tous les véhicules étaient en feu.

Le convoi ayant été intégralement détruit, et bien qu'ayant fait un passage à basse altitude et à basse vitesse, aucun tir au canon ne s'avéra nécessaire.

Le commandant laissa les coordonnées exactes aux troupes terrestres, et ordonna le retour des 2 avions à la base laissant derrière eux de nombreux panaches de fumées noires…

Mission accomplie !

*

Washington, mi-avril 2013

Quand le sénateur Jerry Ricochey, assit confortablement sur le canapé dans son bureau au Capitole, lu le message qui venait d'arriver sur son I-Phone, il crut que son cœur allait cesser de battre. Il pensait naïvement que, n'ayant plus eu de nouvelles depuis novembre de l'année dernière, sa dette était sinon effacée du moins oubliée.

Il relut le message :

« Hôtel Fairmont Washington Georgestown, demain soir dans le parking, même endroit, même heure que la dernière fois. FO ».

Il avait l'impression de refaire un mauvais rêve ou plutôt de revivre un cauchemar.

Il répondit en tremblant ; juste un mot : « Ok ».

Inutile de discuter ou de s'épancher…

Par contre la conversation qu'il avait avec un fermier des Grandes Plaines n'arrivait plus que par bribes à son cerveau…

Les pleurnicheries de ce producteur de blé richissime n'arrivaient pas l'émouvoir.

Il mit donc fin à la conversation tout en l'assurant de faire le nécessaire afin de résoudre ses problèmes.

Se demandant qui est ce qui va résoudre SES problèmes à lui !…

Ca tombait bien, l'heure de son prochain rendez-vous approchait. Il était important, avec un groupe de sénateurs et Robert Goldhand.

L'action de lobbying en faveur d'une amélioration des relations avec le Vénézuela ne donnait pas de bons résultats.

Il faut dire que les déclarations péremptoires de Hugo Chavez n'aidaient pas à faire avancer le dossier !...

Une fois l'importun partît, il se versa un grand verre de bourbon whisky, ce qui ne calma pas pour autant son appréhension.

*

New York, mi-avril 2013

Ted West se leva après avoir éteint son ordinateur et quitta son bureau un brin démotivé ; il n'avait pas trouvé trace de la « taupe » et était convaincu qu'elle était à Bogota.

En cette fin de journée, il n'y avait plus grand monde dans l'immeuble. Même Robert Goldhand était absent avec ses 2 gardes du corps : un déplacement éclair à Washington pour y rencontrer des sénateurs.

Tout à coup son cœur s'arrêta presque de battre !

Il n'en croyait pas ses yeux, il avait en ligne de mire la « taupe ». Elle était en pleine action.

Elle ne l'avait pas remarqué ; il résista à l'envie de lui mettre le grappin dessus.

Il se recula un peu afin de disparaître de son champ de vision.

La « taupe » avait fini et s'apprêtait à partir et à quitter l'immeuble. Elle prit son téléphone et il entendit juste :

– *Yes... Uncle Jack's.*

Son instinct de chasseur repris le dessus.

Il décida de suivre la « taupe » afin de voir à qui elle remettait ses renseignements.

Ce demandant qui pouvait être ce « Oncle Jack »…

Il se dépêcha de prendre sa Ford Mustang Boss 302 dans le parking souterrain, les pneus crissaient.

Quand il sortit du parking souterrain il vit la « taupe » prendre un taxi de couleur jaune.

Il se mit à le suivre facilement. La circulation était assez fluide.

Ils passèrent à coté de Central Park, puis laissant le Park sur leur gauche, ils prirent la $9^{\text{ème}}$ Avenue.

Ted West constata que le taxi se dirigeait vers Midtown.

Ensuite ils tournèrent à gauche sur West 58th Street, puis ils prirent à droite sur $7^{\text{ème}}$ Avenue. Après ils tournèrent à gauche et descendirent la rue à sens unique West 56th Street.

Le taxi s'arrêta sur la droite au niveau du 44.

Le « *Uncle Jack's Steakhouse* » !

Une place étant libre derrière une camionnette anonyme, Ted West gara sa voiture devant un magasin où figurait un panneau « *For Rent* ».

Sur la façade rouge-bordeaux on pouvait lire :

« New York's best steakhouse »

Il y avait une grande enseigne avec une représentation de 2 bœufs sur leurs pattes postérieures.

Ted West suivit la « taupe » et entra dans le restaurant.

Décors cosy avec de grands lustres.

Suivant toujours sa « taupe », il passa devant le bar et sa rangée de chaises haut perchées, puis il monta un grand escalier.

On se serait cru dans un décor de western, en plus classe malgré tout…

Il y avait de beaux et confortables fauteuils rouge-bordeaux autour de tables encore presque totalement inoccupées.

Le décor faisait vraiment fin XIXe siècle début $20^{\text{ème}}$.

Puis la taupe ouvrit une porte sur sa gauche et entra.

Ted West sortit son Désert Eagle de son holster et arma son pistolet.

Il retint sa respiration et ouvrit brusquement la porte et entra dans la pièce.

Et… puis plus rien !

*

Ted West reprenait doucement conscience.

Il était couché sur le plancher d'une camionnette qui était en mouvement.

Ses pieds et ses mains étaient entravées. Un sac en tissu d'une odeur désagréable recouvrait son visage…

Il calma son appréhension… C'était quoi ce bordel ?

Cela lui rappelait les exercices qu'il faisait subir aux recrues des « Deltas Forces » pour leur apprendre à maîtriser leur stress en cas de capture par l'ennemi !

Puis le véhicule s'arrêta, les portes s'ouvrirent et on le tira brutalement. Il marcha un petit moment, enfin il faudrait plutôt dire qu'on le traînait, et on le fît s'assoire.

On lui ôta le sac et une lumière crue l'éblouie immédiatement.

La Partie commençait, pensa Ted West et il avança son pion.

– Putain c'est quoi ce bordel, laissez moi partir immédiatement où je porterai plainte à la police !

– Bonjour Commandant West.

Le visage de l'inconnu n'était pas très visible, sur la table il y avait 2 dossiers l'un sur l'autre, et il crut pouvoir y lire son nom.

– Ca tombe bien, je suis policier, Supervisory Special Agent Franck Outlaw !

Conscient de son « petit effet » déstabilisent, il ajouta :

– Mais vous avez un problème Commandant parmi les 3 options que je peux vous proposer pour votre avenir, ne figure pas cette possibilité de porter plainte !…

Ted West était complètement désorienté.

Ce n'était pas la méthode d'action du FBI de kidnapper les gens. Ils sont d'habitude bien trop respectueux du règlement pour agir ainsi.

Ce serait plutôt les méthodes de la CIA ou des services secrets…

Franck Outlaw lui tendit le 1er dossier ouvert sur les photos de la réunion au Mexique avec Ramon.

– Option n°1, une prison férérale et une injection ou un bail pour au moins 150 ans… Si vous avez de la chance ; les chefs d'accusations étant « Trafic de drogue », « meurtre d'un Agent Fédéral », sans compter les « meurtres » des trafiquants de drogue,…

L'officier du FBI se pencha vers Ted West et lui dit sous le sceau de la confidence :

– Le procureur principal qui est en charge de votre dossier Ted est une vraie teigne… tss tss, pas de chance. On dit qu'il bande quand il fait plonger ses accusés. Tu risques de finir comme carpette pour un gang de négros… Pas facile de s'assoire alors !

Puis il fit un signe discret à l'homme dans la pénombre qui s'approcha quelques secondes dans la lumière ; Ted West put voir alors un homme au regard particulièrement mauvais…

– Option n°2, tu échappes au procureur et à la prison fédérale pour un billet « aller simple » au soleil de Cuba… Un direct sans retour pour Guantanamo ! Depuis le 11 septembre les terroristes n'ont pas la côte ! Le Patriot Act est pour nous un outil très utile dans ce cas de figure.

Et lui montrant une tablette Ted West senti son cœur battre la chamade et cru défaillir…

Les images qui défilaient étaient celles de la réunion à Tombouctou !

– C'est sur que si c'est Guantanamo qui te tente, en dehors de la tenue orange, qui je suis sur t'ira très bien, il faudra te faire pousser la barbe pour faire « couleur locale » et te fondre dans la masse, car avec ton passé en Irak… rajouta sournoisement Franck Outlaw

Ted West restait interdit ; mais comment les Américains ont ils pu se l'à procurer ?…

Ted West avait vieillit de 50 ans !…

Il était comme un poisson prit dans une nasse, pas moyen de s'échapper.

L'homme en face de lui lui proposait simplement de choisir entre la peste et le choléra !

Sur de l'effet dévastateur des 2 propositions, Franck Outlaw magnanime lui tendit une corde (pour qu'il puisse se pendre lui-même) :

– Bien sur il existe une 3e option ; une collaboration, pleine et entière, avec nos services afin de faire tomber la tête, c'est à dire Robert Goldhand. C'est lui qui nous intéresse prioritairement. Vous devrez M. West tout d'abord bien sur, nous faire des aveux complets et les signer. Et ensuite suivre scrupuleusement le plan que je vais vous indiquer. Vous gagnerez ainsi l'immunité.

Puis décidant qu'il fallait lui couper tout espoir de se défiler et de choisir évidemment la 3e option, il rajouta :

– Si vous choisissez l'option n°3, il faudra répondre également en toute sincérité aux questions de l'agent fédéral Judith Mangoose, que vous connaissez par ailleurs.

Et, faisant un signe à la glace sans teint, il arriva rapidement une femme dans la pièce et lorsqu'elle se plaça devant Ted West, il reconnut alors… Pipa Mantis !

C'était bien elle la taupe du FBI.

C'était le coup de grâce pour Ted West dont les épaules s'affaissèrent…

Il était tombé dans le panneau à pieds joints.

Puis, bon prince, Franck Outlaw lui indiqua qu'il lui laissait 5 mn pour réfléchir et donner sa réponse.

Tous sortirent et laissèrent Ted West seul avec sa méditation.

Franck Outlaw se tournant vers John Malone le félicita pour son rôle de composition du Procureur finition teigne.

John Malone sourit et dit :

– C'était facile d'avoir le regard mauvais, je me suis juste souvenu de la tête que j'avais fait quand mon ex femme avait dit qu'elle voulait une augmentation de sa pension alimentaire !…

Tous éclatèrent de rire, puis Franck Outlaw regardant sa montre dit qu'il fallait y retourner ; West n'avait pas besoin de plus de 60 secondes pour prendre la bonne décision.

Il fallait maintenir la pression.

Une fois de retour dans la pièce il lui demanda son choix.

– Je suis près à collaborer ; que dois-je faire !

– Excellent choix monsieur West. Laissez-moi vous expliquer ce que nous attendons de vous.

Après avoir fait libéré Ted West de ses liens, Franck Outlaw s'assit devant lui, fît éteindre le spot de lumière devant le nouveau « collaborateur du Droit et de la Justice » et lui expliqua ce dont on attendait de lui.

*

Washington, mi-avril 2013

Quand Franck Outlaw s'installa à l'arrière de la Cadillac XTS, le conducteur les mains crispées sur son volant ne bougea pas se contentant de regarder le nouvel arrivant dans le rétroviseur.

– Bonsoir M. le Sénateur comment allez-vous ?

Jerry Ricochey baragouina un grognement qui pouvait passer avec beaucoup d'imagination pour une réponse polie !

– M. le Sénateur, j'ai une bonne nouvelle pour vous. C'est notre dernière rencontre. Quand vous aurez réalisé ce que je vais vous demander, votre dette sera apurée. Je vous donnerai l'original de votre dossier et je vous laisserai en paix. A condition bien sur que vous ne recommenciez pas vos petites incartades alcoolisées en compagnie de très jeunes filles… C'est pas bien de jouer au « grand-père pervers » !

Franck Outlaw se souvint alors de l'histoire : au départ un banal accident de la circulation, un conducteur en état d'ivresse, une très jeune fille qui lors de sa déposition indique à la police qu'elle est la fille d'un riche industriel ami du conducteur.

Puis après un interrogatoire un peu plus insistant, la découverte de la proposition du sénateur, qui souhaitait obtenir contre de l'argent, des prestations de jeux sexuels de la part de l'adolescente…

Et enfin, au vu de la situation du conducteur, le transfère du dossier de la police de Washington au FBI.

Faisant suite à l'enquête en cours sur Goldhand, le deal avec le sénateur (un ami personnel de l'homme d'affaire) afin de lui proposer une collaboration réciproquement profitable.

2 « coups de main » : le 1er étant de faire entrer Judith Mangoose, alias Pipa Mantis chez Robert Goldhand ; maintenant c'est au tour du 2e coup de main…

– Qu'est ce que je dois faire ?

Franck Outlaw lui expliqua alors ce qu'il devait accomplir.

Le sénateur Jerry Ricochey se retourna brusquement et le regardant droit dans les yeux, avec un regard où l'étonnement le disputait à la crainte, il lui dit alors :

– *Mais vous êtes fou !...*

*

New-York, mi-avril 2013

Robert Goldhand était en peignoir de soie noir, décoré de calligraphies japonaises, dans sa vaste chambre à coucher de sa résidence de l'Upper East Side.

Pour la 2e fois il essaya de joindre par téléphone Ted West. Comme la veille, quand il avait été à Washington, il tomba directement sur la messagerie.

Il était plus contrarié que véritablement inquiet, se doutant bien que s'il avait attrapé « la taupe » il l'aurait immédiatement averti.

C'était le week-end et Robert Goldhand supposa que son homme de confiance devait être en galante compagnie...

– *L'enfoiré, il doit se taper une pute !* dit-il alors à mi-voix avec un petit sourire, car il connaissait les faiblesses de son homme de confiance.

Puis, après avoir reposé son téléphone, il ouvrit un coffret en bois précieux ; il prit ensuite une pincée de poudre blanche qu'il étala en une fine ligne sur la table.

Puis prenant une fine paille, il aspira la poudre rapidement.

Il était ragaillardi.

Depuis les attentats du 11 septembre, où il était sorti blessé d'un des immeubles du World Trade Center juste avant qu'il ne s'effondre, il se faisait de temps en temps un « trip » de cocaïne.

C'est d'ailleurs cette habitude qui l'amena à étendre le champ d'activité d'une partie de son empire et à collaborer avec les frères Ramon, enfin feu frères Ramon !

Puis il retourna vers le lit, qui était entouré jusqu'au plafond, de miroirs.

Sur le lit était attaché, par des menottes aux montants, la charmante Tiffany Suking.

Couchée sur le ventre, entièrement nue…

Elle avait accepté, dans le Falcon 900LX, de le suivre à son domicile et de passer le week-end ensemble, lors du retour du voyage à Washington.

Puis une fois arrivée dans la résidence de Robert Goldhand elle se montra pleine de bonne volonté…

Les petites récréations dans l'avion ne lui suffisaient plus.

Elle voulait passer à l'étape suivante, de sa progression professionnelle, en devenant la maîtresse officielle de Goldhand.

Pour arriver à cet objectif tout à fait louable, elle était bien décidé à donner de sa personne et à s'investir personnellement !…

Voyant le lit elle lui confia le fantasme d'être attachée…

Robert Goldhand sourit car l'idée lui plaisait bien et s'exécuta immédiatement…

Pour une fois que ce n'était pas lui qui demandait !…

Voyant la femme nue et offerte son excitation grandit encore !

Elle était si bandante qu'il se sentait ressembler au loup des dessins animés de Tex Avery !

Le cocktail composé de cocaïne, d'alcool, de petites pilules bleues, de femme soumise, donnait les effets escomptés au-delà de toutes les espérances !…

Il ôta son peignoir et triomphant se dirigea vers sa « proie ».

Elle était quand même plus excitante que ses femmes de ménages qui pleuraient la moitié du temps !…

La soirée allait être agréable !

Les soucis reviendront bien assez tôt !…

*

Robert Goldhand était effondré, l'information venait d'être confirmé par Ted West : le 2e lot de cocaïne, plus de 1 400 kg quand même, venait d'être saisi par les agents de la D. E. A. lors d'une descente surprise !

Une valeur de marchandise de + 370 millions de $ dont il aurait dû toucher 15 % de la valeur !…

Le double de la dernière saisie de le DEA !…

Puis la fureur commençait à remplacer l'abattement du début.

Son portable se mit à vibrer puis à sonner.

Il regarda le nom qui s'affichait et décrocha :

– Oui, bonjour Jerry. Je n'ai pas trop le temps là, je suis en réunion…

– Robert, un juge fédéral de mes amis vient de m'apprendre que la DEA allait t'arrêter pour trafic de drogue et meurtre au 1erdegré sur un agent de la DEA !

Le cœur de Goldhand s'arrêta sous le choc de la surprise !

Ce n'est pas possible, c'est un cauchemar…

– J'ai une idée pour que tu puisses t'échapper, écoutes et tais-toi, on n'a pas beaucoup de temps.

Puis Jerry Ricochey, avec un talent de comédien hors-pair (comme souvent les politiciens, peu importe leur pays d'origine d'ailleurs), énonça le plan, mot pour mot, tel que le lui avait indiqué Franck Outlaw.

L'agent du FBI, une fois que le sénateur eut terminé sa mission, le félicita chaleureusement.

Puis il donna son dossier à Jerry Ricochey en lui serrant la main et en le remerciant pour sa collaboration.

Par contre Franck Outlaw s'abstint de lui dire qu'il a fait une copie du dossier pour ses archives.

On ne sait jamais ça peut éventuellement encore servir !…

Après avoir raccroché avec le sénateur, Robert Goldhand se dit que l'idée de son ami, d'un départ temporaire pour le Vénézuela (là où il ne risquerait pas une extradition vers les Etats-Unis…), le temps que l'affaire se calme et que ses amis parviennent à classer l'affaire, était plutôt judicieuse.

En plus étant ami avec Hugo Chavez il serait chouchouté !…

Ted West vînt vers lui et lui apprit que la DEA venait de débarquer dans sa résidence.

Ils avaient arrêté Tiffany et les 2 gardes du corps.

– Monsieur West faites préparer mon avion et prévenez les pilotes qu'ils soient prêts à partir pour Caracas quand j'arriverai ; je pars maintenant.

– Prenez ma voiture Monsieur, elle est moins visible que la votre. Je vous rejoindrai à l'aéroport.

– Miss Mantis quand la police arrivera vous leur direz que je suis en déplacement à Los Angeles !…

– Bien Monsieur Goldhand !

Puis Robert Goldhand se dirigea rapidement vers son coffre-fort, entra la combinaison, puis l'ouvrit.

Il mit dans son attaché-case des liasses de dollars, des disques durs et des papiers importants.

Il referma ensuite son coffre-fort.

Puis jetant un coup d'œil par la fenêtre il vit des voitures de la DEA qui arrivaient.

*

Au moment où la Mustang Boss quitta le parking souterrain en faisant crisser les pneus dans les virages, Robert Goldhand, à son volant, vit Ted West menotté dans le dos se diriger vers des voitures de la DEA, encadré par 2 hommes équipés de gilet pare-balles indiquant « D. E. A. » et y entrer.

Quand John Malone vit que la Mustang était dorénavant hors de portée visuelle, il ouvrit la portière de la voiture et libéra Ted West de ses menottes et les 2 hommes retournèrent au bureau de Robert Goldhand afin de retrouver Judith Mangoose alias Pipa Mantis.

Ils avaient encore pas mal de travail devant eux…

*

Le technicien en combinaison de travail blanche finissait d'inspecter le Falcon 900LX.

Après avoir fini son travail en procédant au ravitaillement en kérosène, il se pencha et se glissa discrètement dans le logement principal du train d'atterrissage côté gauche.

Il y déposa un petit boîtier électronique noir qui se fixa aisément étant aimanté.

Il se déclencha immédiatement et une LED rouge se mit à clignoter.

C'était une petite merveille d'électronique venant de la Division Technique de la CIA.

Puis tout naturellement il s'éloigna de l'appareil.

Croisant les pilotes il leur lança un discret :

– *Tout est en ordre !*

Au même moment arriva à toute vitesse, comme un cheval au galop, la Mustang Boss. Robert Goldhand freina comme un fou laissant une longue traînée de pneumatiques…

Il jaillit de la voiture, prit sa mallette et grimpant les marches de la passerelle, à toute vitesse, monta dans le Falcon.

Les pilotes étaient à leur poste et procédaient aux vérifications pré-vol. Ted West leur ayant indiqué la destination finale : l'aéroport International Simon Bolivar à Caracas.

Les 3 430 km n'étant vraiment pas un problème pour le Falcon ; question autonomie il était capable de presque le double.

Robert Goldhand reprit son souffle et attacha sa ceinture.

L'appareil se dirigea vers la piste d'atterrissage et décolla après avoir eut l'autorisation de la Tour de Contrôle.

Ce n'est qu'une fois en l'air que les battements du cœur de l'homme d'Affaires se stabilisèrent.

Il détacha sa ceinture et se servit en tremblant nerveusement un grand verre de cognac.

Il en avait besoin pour faire le point sur sa situation.

Dans l'appareil une musique lancinante passait :

« *Not your Kind of people* » de Garbage, créant ainsi une atmosphère mélancolique sans nulle pareille…

– *Mais bordel, qu'est ce qui a foiré ?…* dit-il tout haut.

L'avion avait atteint son altitude de croisière et le ciel était magnifique.

*

Langley Air Force Base, mi-avril 2013

Située à 6 km au nord de Hampton en Virginie la base aérienne était en pleine activité.

Antre du 1st Fighter Wing et du 94th Fighter Squadron équipé du chasseur opérationnel le plus moderne de l'USAF :

le Lookheed Martin F-22A « Raptor ».

Le Colonel Lucas Gomez terminait la préparation de sa mission dénommée « *Flight 19* ».

Il s'agissait d'un tir d'un missile « bon de guerre » longue portée AIM-120D AMRAMM surnommé « *Slammer* » par les Américains.

Le tir devant se faire sur un avion cible QF-4 Phantom en provenance de Tyndall Air Force Base ; il s'agira pour cet avion mythique d'une bien triste fin.

Le tir du missile devant se faire environ au large de Miami au-dessus de l'océan Atlantique.

Soit à environ 1 300 km de Langley Air Force Base.

Rien de bien palpitant car il s'agissait d'un tir au-delà de la portée visuelle.

Un combat aérien entre chasseurs « à l'ancienne » étant bien plus excitant !

Mais le combat tournoyant n'est pas le type de combat principal du Raptor.

Une fois le missile lancé, il se dirigera tout seul sur la cible. Le Raptor quant à lui ira se ravitailler à un KC-135R, permettant ainsi à Gomez de maintenir sa qualification au ravitaillement en vol.

Le tout sera, comme toujours de nos jours, supervisé par un avion radar AWACS Boeing E-3C.

Le Colonel Gomez était surprit que se soit lui qui soit désigné pour réaliser cette mission.

Effectivement il avait déjà eu l'occasion de tirer un AIM-120 Slammer il y a moins d'un an !

En général le rythme des tirs réels de missiles « bon de guerre » était pour un pilote de l'aviation américaine bien moins fréquent ; même pour la richissime U. S. AIR FORCE…

C'était paraît t-il l'Etat-Major qui en avait décidé ainsi et avait ordonné que cela fusse lui qui soit de la « fête » !

Cela ne le dérangeait pas outre mesure, bien au contraire, car depuis le décès de sa fille unique, il y a maintenant tout juste une année, le Colonel Lucas Gomez se consacrait totalement à son travail. Afin d'essayer de ne pas trop penser à sa peine.

Etant veuf depuis 2 ans, suite au décès de sa femme d'un cancer, l'AIR FORCE était tout ce qui lui restait.

Une fois que tous les détails étaient réglés, il signa la main courante de sa mission et se dirigea vers son avion.

Il arriva au niveau de l'avion immatriculé FF 164 sur une de ses 2 grandes dérives.

Il fit un salut au sergent-chef mécanicien vêtu d'un uniforme camouflé en 2 tons de gris.

Le Raptor, aligné en compagnie d'autres, était impressionnant baigné par les rayons du soleil matinal.

Avion furtif, camouflé en 2 tons de gris, il avait les 2 soutes latérales et la soute ventrale ouvertes.

Comme chaque fois qu'il avait un avion armé, Lucas Gomez jeta un coup d'œil au missile en compagnie du mécanicien responsable de son avion, afin de vérifier que tout était ok.

Puis, après avoir caressé le flanc de son avion, comme il le faisait avant une ballade avec son cheval, il grimpa les marches de la passerelle et s'installa dans son avion.

Il ôta ses lunettes de soleil et prenant le casque donné par le sergent-chef, s'en coiffa et vérifia le bon fonctionnement de la visière.

Ensuite après l'avoir aidé à se harnacher, le sergent-chef descendit et enleva la passerelle.

Au final, une fois la verrière abaissée, les panneaux des soutes refermés et les 2 réacteurs mis en route, les 2 hommes se firent un salut martial et le Raptor se dirigea vers la piste de décollage.

Le pilote tourna la tête vers la tour de contrôle où l'on pouvait voir écrit en grand : 1ST FIGHTER WING.

La tour de contrôle lui donna le feu vert, et le Raptor s'élança sur la piste de toute la puissance de ses 2 réacteurs.

*

Le Falcon 900LX volait au-dessus de l'Atlantique non loin des cotes de la Floride.

– *Monsieur South, tout est en ordre ?* demanda Robert Goldhand.

– *Tout à fait Monsieur, pas de problèmes.*

Puis les 2 pilotes se regardèrent.

Il était à présent temps de passer à la 2e phase du plan.

En même temps que le co-pilote appuie sur un bouton, le pilote prit la radio et dit en direction de la tour de contrôle de Miami une longue phrase se terminant par :

– Temps idéal, tout va bien ; conditions météo excellentes, arriverons à l'heure prévue au rendez-vous !

Puis le pilote, agissant sur les commandes, fit descendre le Falcon. L'avion perdit de l'altitude et le pilote automatique fût remis. Les 2 pilotes s'équipèrent alors d'un masque à oxygène et se dirigèrent vers Robert Goldhand.

Les 2 hommes constatèrent que le gaz anesthésiant libéré par le co-pilote avait bien fait son office et Robert Goldhand dormait du sommeil du Juste !…

Le pilote, attacha la ceinture de Goldhand, le fouilla et récupéra le smartphone. Ensuite il s'empara de l'attaché-case, mit le téléphone à l'intérieur et l'emballa d'un plastique imperméable.

Puis les 2 hommes, après s'être équipé chacun d'un gilet de sauvetage, ouvrirent la porte, provoquant l'entrée d'un flux d'air.

Il ôtèrent alors leur masque à oxygène.

D'un même mouvement ils ôtèrent le masque en latex qui les grimait et les jetèrent dans le vide.

Ensuite après un dernier regard vers l'habitacle, ils se lancèrent dans le vide.

Une fois à l'extérieur les 2 agents de la CIA, John Smith et Steve Wesson, tournèrent la tête et regardèrent le Falcon s'éloigner, puis ils déclenchèrent leur balise.

Le signal étant détecté à 5 mn de là par un bateau de plaisance loué par la CIA chargé de récupérer les 2 agents.

Ce qui fut réalisé 5 mn plus tard ; le plan avait parfaitement fonctionné. Ce qui n'était pas toujours le cas à la CIA !…

*

Dans l'AWACS E-3C, immatriculé OK 81-0005, où 2 consoles avaient été réquisitionnées par les techniciens de la CIA, le message convenu par le Falcon était arrivé :

– Temps idéal, tout va bien ; conditions météo excellentes, arriverons à l'heure prévue au rendez-vous !

Un opérateur appela alors le pilote du Raptor et lui demanda s'il avait bien repéré la cible QF-4 sur son radar.

– Affirmatif, j'ai le Phantom à environ 100 km. Demande autorisation de tir.

Eli Remington, un des Sous-Directeur à la CIA, eu un sourire satisfait. Le boîtier électronique réalisé par la Division Technique a bien fonctionné : il a réussit à leurrer les transpondeurs & les radars d'identifications de l'AWACS et du Raptor afin qu'ils croient qu'ils aient à faire à un avion cible Phantom en lieu et place d'un Falcon civil.

Puis il posa la main sur l'épaule du technicien et hocha la tête.

– Autorisation de tir confirmé sur cible ! dit alors le technicien.

*

Le Colonel Lucas Gomez verrouilla la cible, puis il ouvrit la soute ventrale et quand le radar du missile eu à son tour acquit la cible à près de 80 km, il appuya sur le bouton de mise à feu et le *Slammer* quitta le Raptor.

Le *Slammer* fila à 4 fois la vitesse du son vers sa cible que le pilote ne voyait pas.

Après un dernier coup d'œil à son missile le pilote fît basculer son avion sur la gauche et dirigea son Raptor vers le lieu de rendez-vous avec l'avion citerne.

Quelques minutes plus tard, en même temps que Robert Goldhand reprenait conscience et s'apercevait que la porte était ouverte,

18 kg d'explosif à fragmentation détruisirent le triréacteur au-dessus de l'Atlantique au niveau du fameux Triangle des Bermudes !…

*

Un drone Reaper de la C. I. A. survola le lieu du crash et transmis instantanément les images sur une des consoles de l'AWACS.

Eli Remington constata avec satisfaction la réussite du tir et pu donc constater la disparition, in fine, corps et âme de l'avion et de son contenu, à savoir Robert Goldhand.

Justice était faite !

Ainsi le Colonel Lucas Gomez a même pu venger la mort de sa fille Maria Gomez, agent à la DEA !

C'est grâce à John Malone qui lors d'une réunion préparatoire avait demandé à Eli Remington (le responsable désigné pour la CIA de cette opération commune) une faveur :

celle de choisir le Colonel Gomez comme pilote-tireur en mémoire du sacrifice de sa fille pour les Etats-Unis.

Il connaissait bien la famille Gomez et pour cause :

il était le parrain de Maria et… son oncle maternel !

Même si, bien sur, Lucas Gomez n'était au courant de rien et ne le sera jamais : c'était une « *Black Opération* » !

*

Washington, mi-avril 2013

Dans l'East Room (salle Est), vaste salle située au rez-de-chaussée de la Maison Blanche devant une multitude de caméras et de correspondants de presse accrédités, convoqués par le Service de Presse de la Maison Blanche, le Porte-Parole lu d'une manière très solennelle un message officiel :

– C'est avec stupeur et grande tristesse que le Président Obama a appris la disparition accidentelle de l'avion de Robert

Goldhand au large du Triangle des Bermudes. Robert Goldhand était un grand patriote unanimement respecté et son décès est une grande perte pour le Pays… C'est donc pour préserver le pays que le Président a décidé une mise sous tutelle fédérale, bien sur temporaire, de l'empire de Monsieur Goldhand !

Puis le Porte-Parole signifia la fin de l'annonce et malgré la multitude de questions qui fusaient des journalistes accrédités, quitta la salle.

*

Dans une grande salle de réunion de l'immeuble *J. Edgar Hoover Building,* le siège du F. B. I. se déroulait une réunion au sommet ; et pas uniquement parce qu'elle se déroulait au dernier étage de l'immeuble !…

Etaient présent en plus du conseiller à la Sécurité Nationale, les directeurs des 3 agences (DEA, CIA, FBI) concernés par l'opération « *Triangle des Bermudes* ».

Ainsi que les responsables opérationnels : John Malone (pour la DEA), Eli Remington (pour la CIA) et Franck Outlaw bien sur pour le FBI.

L'heure était au bilan de l'opération, avant le compte rendu au Président Obama.

La pêche, grâce à la mallette de Robert Goldhand mais aussi grâce à Judith Mangoose alias Pipa Mantis et à la collaboration « spontanée » de Ted West, était miraculeuse !

Les ramifications et les imbrications entre activités légales et illégales étaient multiples et complexes.

L'empire Goldhand était bien plus important qu'on ne l'avait imaginé au départ…

A l'heure actuelle seule une partie de l'iceberg était visible…

La partie des fonds obtenus grâce aux activités illégales sera récupérée et intégrée au budget Fédéral selon le désir du président Obama.

Une fois ce tri établi, la mise sous tutelle fédérale des activités légales sera terminée.

Puis à la fin de la réunion le directeur du FBI indiqua avoir reçu un coup de fil du directeur de la DGSE qui souhaitait que des officiers français puissent interroger Goldhand afin d'aider à trouver une taupe chez eux !…

Le directeur de la CIA indiqua que c'est quand même grâce aux Français que les preuves ont pu être obtenu, et qu'une collaboration serait de bon ton.

Les échanges d'infos entre les Services de Renseignements étant une réalité incontournable.

Il fût donc décidé que les frenchis pourront interroger Ted West, en présence de Franck Outlaw, sur la partie les concernant, à savoir le Mali et les terroristes, et bien sur uniquement celle-ci.

Le reste étant une affaire purement américaine !…

*

Paris, avril 2013

Le directeur de la DGSE avait convoqué Thomas Castle et Justine de St-Jacques.

– *J'ai une bonne nouvelle pour vous, je viens de recevoir un coup de fil du directeur du FBI. Il m'a donné son accord afin que vous puissiez interroger l'adjoint de feu Robert Goldhand (qui est décédé accidentellement en s'enfuyant), à savoir Ted West. Il était présent quand on leur a demandé d'agir contre notre opération au Mali. Vous irez tous les 2, il semblerait que votre duo donne de bons résultats !* dit-il en souriant.

– *Bien Monsieur le Directeur, nous partons quand ?*

– *Tout de suite ! Comme vous revenez d'Alger cela ne va pas vous changer de retrouver le Falcon, vous y avez maintenant vos petites habitudes ! Soit dit en passant, Colonel, que cela ne vous donne pas la grosse tête du fait que vous l'utilisez plus que le président de la République !…* conclut-il avec un sourire malicieux.

Cela fit également sourire Justine de St-Jacques…

– Une dernière chose, comment c'est passé la rencontre avec les Algériens ?

Thomas Castle avait été à Alger pour remettre au directeur des services secrets (la célèbre DRS) la mallette avec les plaques de gravure.

La rencontre avec le Général Mohamed Médienne aurait dû avoir lieu bien plus tôt, mais le rendez-vous ayant été annulé à la dernière minute par le général car le président Algérien avait eu un énième « petit souci » de santé…

Il lui décrit alors la rencontre qui c'était passé de façon très cordiale, le général étant habillé en civil et semblait un peu stressé.

Thomas Castle indiqua qu'il en avait profité pour remercier également officiellement les autorités algériennes pour avoir accepté de fournir du carburant au Caracal à la frontière algéro-libyenne. Tout comme ils en avaient fournit pour l'opération dans les Ifoghas.

Sans cette aide l'opération en Libye aurait été compromise ou au minimum plus compliquée.

Le Général Mohamed Médienne, lui ayant dit une fois la mallette en sa possession, que son pays lui devait beaucoup et le remercia à son tour chaleureusement.

Pour conclure, il remit à Castle un message de remerciement, en français s'il vous plait, du président algérien Boutéflika.

Puis les 2 hommes se séparèrent, l'entrevue avait durée moins d'une heure…

– Oui mais bon, une lettre et des remerciements… Il aurait au moins pu m'offrir une corbeille de fruits ! Ou alors, un gâteau Nid d'Abeille ou un Cake aux Myrtilles. Cela aurait été plus sympa ! dit Castle en conclusion…

– Parfait, filez maintenant à Villacoublay tous les 2, on vous attend ! dit le directeur mettant fin à l'entrevue tout en se retenant d'éclater de rire à la boutade de son subordonné.

Puis il s'installa à son bureau, une fois les 2 agents partis.

Appuyant sur le bouton de l'intercom il demanda à Jaqueline Jardin de prévenir le Directeur du FBI du départ des 2 agents et de l'heure d'arrivée approximative à Washington.

Ce qu'il n'avait pas dit à Thomas Castle c'est qu'au cours de la communication entre les 2 hommes, le directeur du FBI avait lâché un nom : Hans Trapp !

*

Bossasso, avril 2013

Abdelmalek Droukdel avait un sourire satisfait après avoir lu le message que l'homme en provenance de Libye venait de lui apporter.

Depuis son départ en catastrophe de la base libyenne pour ce coin paumé du Nord-Est de la Somalie, dans la région semi-autonome du Puntland, il réfléchissait à un plan pour se venger des français.

Depuis que les groupes Al-Shebab avaient été chassés de Mogadiscio en août 2011 par les troupes de l'AMISOM, les Islamistes ont perdu de leur superbe : tous leurs bastions du Sud et du Centre somalien étaient tombés.

Par contre ils en contrôlent encore les petites villes et les zones rurales.

Au Puntland le groupe Islamiste est connu pour ses liens avec Al-Quaïda et les pirates régionaux.

Les djihadistes étaient à présent divisés en plusieurs fractions rivales ; c'était des fractures claniques et idéologiques.

Malgré leurs divisions, les factions Islamistes restaient une force puissante et dangereuse, avec une certaine capacité de nuisance comme en attestaient leurs attaques meurtrières, y compris jusque dans la capitale somalienne.

Certaines factions ayant une sensibilité plus somalienne, tandis que d'autres, dont fait partie Khalif Amid Ali, avaient une vision plus mondiale du Djihad.

D'où le soutient de ce dernier envers AQMI.

Sponsorisé par leur généreux mécène qatari.

C'est après avoir constaté la disparition d'une partie de son trésor de guerre que Droukdel mit au point ce plan pour se venger de tout le mal que « ces chiens » lui avaient fait.

Il était persuadé que les Français comprendront le message. Il n'était pas fini et on devait encore compter sur lui.

L'idée était simple et la mise en application également. Il n'avait malheureusement plus les moyens logistiques de faire plus sophistiqué…

Puis caressant sa longue barbe noire, il se dit qu'il ne lui restait plus qu'à attendre le 23 avril…

*

Chapitre 11

On n'oublie pas…

Washington, avril 2013

Quand Thomas Castle et Justine de St-Jacques arrivèrent à l'aéroport de Washington ils furent immédiatement accueillit par Franck Outlaw afin de leur épargner les fastidieuses formalités douanières.

En voyant l'Agent Spécial Superviseur du FBI se présenter à eux, les 2 officiers français échangèrent un coup d'œil, confirmant ainsi qu'ils pensaient bien tous les 2 à la même chose :

Franck Outlaw avec sa tenue vestimentaire faisait qu'on se serait cru dans un épisode de « Shaft » !…

Il montèrent dans la Ford Taurus grise de l'agent du FBI et se dirigèrent vers l'immeuble *J. Edgar Hoover Building*.

Puis ils allèrent, après avoir été muni d'un badge « *Visitor* » dans une pièce où il y avait un grand miroir sans teint donnant sur une pièce d'interrogatoire avec une table et 4 chaises.

Après leur avoir donné une tasse avec un café insipide comme savent si bien le faire les Américains, Franck Outlaw leur expliqua la marche à suivre, et jusqu'où ils pouvaient aller dans leurs questions à Ted West.

Puis une fois que Ted West était arrivé, ils le rejoignirent dans la salle d'interrogatoire.

La « conversation » étant bien entendu enregistrée par les Américains, c'était de bonne guerre et chacun le savait.

Après presque une heure de conversation on avait hélas guère avancé.

Rien qui pouvait permettre d'identifier la taupe française.

Puis Justine de St-Jacques se pencha à l'oreille de Castle et lui chuchota :

– *Eh ben allez mon Colonel, faîtes votre bidule comme à Gao !...*

– *Mais oui, vous savez bien, votre truc d'hypnose machin chose !* rajouta t-elle devant le visage interrogateur de Castle.

Thomas Castle eut un soupir de découragement, et il lui expliqua que Ted West était un gars d'une autre trempe que Ag Sidamou et que là, la méthode utilisée ne fonctionnerait pas.

– *Ah si, il y a une chose qui me revient, mais il me semble que j'en avais parlé dans ma déposition : dans le parking souterrain, le gars en noir c'est présenté sous le nom de Hans Trapp !* dit Ted West

– *Quel nom dites-vous ?* demanda Thomas Castle d'une voix blanche, le visage fermé et les poings serrés.

– *Hans Trapp !*

– *Vous le connaissez ?* demanda Franck Outlaw

Oh oui ce nom ne lui était pas inconnu, mais il avait pensé ou plutôt avait espéré que le personnage fût mort !...

Thomas Castle lui posa alors 2 autres questions auxquelles malheureusement il ne pu avoir de réponses satisfaisantes.

Puis il se leva et indiqua à Franck Outlaw qu'ils en savaient assez et qu'ils devaient repartir pour Paris.

Il prévint alors les pilotes afin de faire le nécessaire pour un redécollage pour Villacoublay.

Néanmoins ils avaient largement le temps de dîner.

Franck Outlaw indiqua aux 2 officiers français qu'ils étaient ses invités. Il leur dit ensuite qu'il connaissait un petit restaurant typiquement Américain qui devrait plaire à Thomas Castle.

Quittant le 935 Pennsylvania Avenue (où est situé l'immeuble du FBI) ils remontèrent tranquillement à pied l'avenue et s'arrêtèrent au 1201Pennsylvania Av.

Il y avait quelques parasols verts et des rangées de thuyas dans des pots, le tout éclairé par les lampadaires d'un style début XXe siècle.

Thomas Castle et Justine de St-Jacques éclatèrent de rire quand ils virent le panneau du restaurant :

« *Elephant & Castle, Pub and Restaurant* » !

Thomas Castle essaya une fraction de seconde d'imaginer Justine sous les traits d'un pachyderme !…

Puis « barrit soit qui mal y pense » il dit alors en souriant :

– Défense de dire quoi que ce soit Capitaine, souvenez-vous que j'ai une mémoire d'éléphant !

– C'est sur j'ai pu me rendre compte que vous étiez un « trompe-la-mort » !… répliqua t-elle

Outlaw rit à son tour de bon cœur.

Ils pénétrèrent dans le restaurant et commandèrent un repas typiquement Américain : 3 « *Double Standard* » à base de viande de bœuf et de la bière.

Ils discutèrent ainsi un petit moment en toute décontraction.

L'heure avançant toujours trop vite, il était à présent temps de se rendre à l'aéroport.

Arrivé à l'aéroport les 2 officiers français remercièrent chaleureusement Franck Outlaw pour sa gentillesse et échangèrent leur numéro de portable.

Puis les 2 officiers regagnèrent le Falcon qui les attendait.

*

Justine de St-Jacques avait bien remarqué le changement d'attitude de Castle à l'évocation du nom de Hans Trapp, mais elle n'en comprenait pas la raison.

Ce n'est qu'une fois dans le Falcon 7X qu'elle osa lui poser la question.

Bien sur il se sentait proche de Justine de St-Jacques, mais n'avait pas envie d'aborder maintenant le sujet et il lui répondit :

– Nos chemins se sont croisés quelques fois ; il était toujours dans le camps des méchants !...

Puis pour changer de sujet de conversation il lui demanda si elle se souvenait de sa promesse faite en Libye dans l'hélico.

Justine de St-Jacques se sentie rougir comme une adolescente, ce qui l'a mis en rogne, encore plus que le fait que Castle changeait de sujet.

– Euh oui... mais c'est pas le sujet là !

Le pilote arriva et sauvant Justine d'une noyade certaine, dit en s'approchant de Thomas Castle :

– Mon Colonel, j'ai le Directeur de la DGSE qui veut vous parler c'est très important !

– Je viens.

Et les 2 hommes se dirigèrent vers le poste de pilotage.

Prenant les écouteurs il entendit le directeur lui annoncer :

– Colonel, il y a eu un attentat à la bombe ce matin à 7 h 10 contre l'Ambassade de France à Tripoli. Heureusement à cette heure il n'y avait pas grand monde ; on a à déplorer que 2 gendarmes blessés. Dès que vous êtes arrivé à Villacoublay, rappliquez dare-dare avec le Capitaine de St-Jacques !

Et le directeur coupa la communication.

Thomas Castle en revenant à son siège annonça la nouvelle à Justine de St-Jacques.

Ils commencèrent à échafauder diverses hypothèses.

Puis ils prirent quelques heures de sommeil...

Ce qui n'était pas du luxe !

Avant de s'endormir Thomas Castle déposa délicatement une couverture sur Justine, et la regardant ainsi endormie, il se rendit compte combien il commençait à être attaché à elle…

Il se souvint alors d'un certain baiser en Libye…

Puis il s'installa confortablement dans son fauteuil, et s'endormi avant de s'en rendre compte.

Justine de St-Jacques ouvrit les yeux à son tour et se sentie émue… Elle n'avait pas osée bouger quand Castle avait pris soin d'elle, elle avait préféré faire semblant de dormir !

Sans le savoir les 2 étaient dans le même état d'esprit et étaient également en phase quant à leurs sentiments réciproques !

*

Paris, fin avril 2013

C'était la 2e réunion à la DGSE concernant l'attentat à Tripoli. Dans la salle se trouvait outre le Directeur, Thomas Castle, Justine de St-Jacques et plusieurs agents.

Thomas était songeur, juste avant que la réunion ne commença, il avait eu un coup de fil de Charlotte Gui, l'officier de la DCRI, qui lui donnait les résultats des recherches sur la taupe que Castle lui avait demandé au retour du voyage à Washington.

Thomas terminant la conversation en disant :

– Merci Charlotte, beau boulot, que deviendrai-je sans toi… Je t'embrasse… Bisous !

Et il raccrocha.

Justine de St-Jacques, qui était à proximité, lui jeta un coup d'œil interrogateur, mâtiné d'une pointe de jalousie, qui ne veut pas dire son nom.

Attitude si typiquement féminine…

Sa réaction réflexe l'agaçant encore plus que les paroles de Castle quand elle s'en rendît compte !…

Réaction échappant totalement à Castle plongé en immersion profonde dans ses pensées.

Pendant le retour de Washington, Thomas et Justine étaient arrivés à la conclusion que « la taupe » ne pouvait être qu'une des personnes présentes à la réunion au Ministère de la Défense.

Il ne restait sur la liste des suspects que les 2 conseillers.

Thomas Castle avait donc demandé à Charlotte Gui de faire des recherches sur ces 2 hommes (dont le Directeur de la DGSE avait donné les noms) en cherchant des liens entre eux et Hans Trapp.

Puis Castle résuma la situation à Justine de St-Jacques.

– Colonel Castle, peut être pourriez vous nous faire l'honneur de partager vos infos si elles concernent le dossier en cours ? demanda le directeur avec une pointe d'ironie.

– Absolument monsieur le Directeur.

Et Castle lui résuma la situation :

D'une part aucun des 2 conseillers n'avait de liens directs avec Hans Trapp.

Mais un conseiller, Charles Detalle-Herant était dans la même promotion de la Grande Ecole qu'un dénommé… Louis de Condé !

D'autre part Charles Detalle-Herant venait d'être, malencontreusement (surtout pour lui !…) renversé par un chauffard qui a pris la fuite au volant d'une voiture volée…

Il est décédé.

– C'est effectivement une piste intéressante, mais elle n'est pas prioritaire pour vous Colonel, vous allez avoir d'autres chats à fouetter. Capitaine vous continuerez cette piste en collaboration avec la DCRI.

Puis avant de reprendre la parole, le directeur demanda qu'on fasse le point sur l'attentat de Tripoli.

Un des officiers présent prit la parole en montrant, pour illustrer ses propos, des images projetées sur l'écran mural :

– A 7 h 10 du matin, le 23 avril, un véhicule piégé a explosé devant le bâtiment de l'Ambassade de France à Tripoli situé dans le quartier résidentiel de Gargaresh, détruisant une partie du mur d'enceinte et endommageant fortement le bâtiment qui est une villa de 2 étages. Du véhicule utilisé il ne reste que le moteur et quelques débris carbonisés. A cette heure matinale, il n'y a pas eu de morts, uniquement 2 gendarmes blessés : ils étaient au rez-de-chaussée du bâtiment qui a été soufflé.

Puis reprenant son souffle, il continua :

– Le choix de l'heure montre que le groupe n'est pas aussi « professionnel » que Al-Quaïda ; si la voiture avait explosée 2 heures plus tard cela aurait fait un massacre. Nous avons par différents regroupements, pu établir qu'il s'agit d'un attentat réalisé par AQMI. Eux sont moins habitués à cette forme de terrorisme : se sont plus des gangsters, des trafiquants de drogues, des kidnappeurs. En ce qui concerne les bombes se sont des amateurs !

*– Le coup vient de Abdelmalek Droukdel…*dit Castle.

– Il n'a pas apprécié notre visite dans la base libyenne… coupa Justine.

– Ni le fait que je lui aie pris la mallette et ensuite les virements de quelques menues liquidités que l'on a « expatriés » de ses comptes ! conclut Castle.

Le directeur soupira devant le numéro, maintenant bien rodé, de duettistes de ses 2 officiers…

L'officier termina son exposé en disant :

– Les autorités libyennes ont renforcées la sécurité autour des intérêts français. Mais il règne un tel chaos sécuritaire dans tout le pays que les paroles du ministre de l'Intérieur libyen, Achour Chwayel, sont plus des vœux pieux qu'autre chose. La section anti-terroristes du parquet a ouvert une enquête et la DCRI a été saisie.

Puis le directeur prit la parole et dit qu'il y avait eu, il y a quelques heures, une réunion de crise à l'Elysée.

Ensuite il indiqua que le président de la République avait décidé de suivre le plan que le Colonel Castle lui avait soumis, quelques jours plus tôt, lors de la rencontre à l'Elysée.

Il a tenu néanmoins à apporter 2 modifications.

Une fois que le directeur de la DGSE lui avait signifié les directives présidentielles, Thomas Castle se dit que ces modifications ne transformaient pas son plan de manière importante…

Son idée avait globalement plu !…

La réunion touchait à présent à sa fin.

– Au fait Colonel une dernière chose, n'oubliez pas de mettre une cravate pour l'entretien, je ne voudrai pas que vous fassiez honte au Service ! dit le directeur avec une pointe d'ironie.

Fidèle à son habitude Thomas Castle avait sa « tenue de ville », c'est à dire un costume anthracite et une chemise blanche, col ouvert, sans cravate…

Il assura donc, avec le sourire, au directeur qu'il en prenait bonne note et qu'il ferait le nécessaire en ce sens.

En sortant Justine de St-Jacques s'arrêta au bureau de Jacqueline Jardin et se penchant, elle demanda à la secrétaire du Directeur quelque chose à voix basse.

Puis les 2 femmes sourièrent et Justine de St-Jacques dit :

– C'est super… A tout à l'heure au « Métro des Lilas » Jacqueline !

*

Louis de Condé était effondré, il venait d'apprendre par un coup de fil, le décès de son ami Charles Detalle-Herant suite à un accident de la circulation.

Un conducteur, probablement alcoolisé, l'avait renversé avec sa voiture alors qu'il traversait sur un passage piétons, puis s'était enfuit. La police a ouvert une enquête.

Charles et lui étaient des copains de promotion.

Il avait essayé de consoler la femme de Charles en lui disant que la police allait vite arrêter le chauffard.

Chantal, sa femme, s'étant immédiatement rendue chez elle afin de l'aider à passer ce cap difficile.

Louis de Condé une fois le téléphone raccroché, était perplexe. Son instinct lui disait qu'il ne s'agissait pas d'un simple accident…

Il n'avait parlé de son ami Detalle-Herant qu'une seule fois à Hans Trapp ; il avait du mal à croire à une coïncidence : l'échec de l'initiative pour contrer Castle et maintenant « l'accident » dont a été victime Charles…

Cela ressemble à un nettoyage…

Sera t-il le suivant ?…

Heureusement il avait une « assurance-vie », encore qu'il en ignorait la réelle valeur.

Effectivement lors de leur 1ère et unique rencontre, il avait dans sa poche un dictaphone et avait enregistré toute la rencontre avec Hans Trapp !

C'était une habitude chez Louis de Condé de tout enregistrer, toujours à l'insu des autres participants !…

*

Doha, fin avril 2013

Après une petite halte à Tombouctou où Thomas Castle avait reçu les dernières informations disponibles transmises par le Commandant Remy Gui, et récupérées lors de l'opération SERVAL, le Falcon 7X repartit vers Doha.

Pendant le vol, confortablement installé dans l'un des sièges bleu marine, il étudia ces informations, notamment la disparition du chef de Ansar Dine, Iyad Ag Ghaly.

Plusieurs hypothèses étaient envisagées, dont le départ du Touareg du Nord-Mali vers le sud-ouest de la Libye. Zone de non droit, véritable nid de vipères échappant au pouvoir de Tripoli. Où se trouvait bon nombre de djihadistes qui s'étaient enfuit face à la progression des troupes françaises et tchadiennes, rejoignant des milices révolutionnaires libyennes.

Puis il se remit à penser à son futur entretien.

Il ne devait pas faire d'impair, cela aurait de « fâcheuses » conséquences…

L'étiquette et la susceptibilité pouvaient donner un mélange explosif !…

Puis à quelques heures de l'arrivée, il se souvînt lors de son départ du siège de la DGSE, d'avoir vu Justine et Jacqueline partirent ensemble et entrer dans la brasserie « *Métro des Lilas* ».

Il se demandait quel était le motif de cette « réunion entre copines » ; il voyait mal Justine de St-Jacques parler « chiffons et soldes » !

Faudra qu'il en parle à Jacqueline lors de son retour !…

Puis sans s'en rendre compte il s'endormit…

Le co-pilote le réveilla quelques heures plus tard ;

Ils allaient atterrir sur l'aéroport de Doha ; en regardant par le hublot Thomas Castle vit l'aile de l'avion avec sa cocarde tricolore, mais également il pouvait apercevoir la grappe de 9 îles artificielles privées *« Isola Dana »,* faisant parties du complexe « *The Pearl »*.

*

Une fois arrivé dans l'aéroport international Hamad, Thomas Castle, un attaché-case à la main, fût accueillit par l'Ambassadeur de France : son Excellence Jean Christophe Peau-Selle, qui lui serra chaleureusement la main.

Il était accompagné par le responsable de la sécurité intérieure le Colonel Mûlot.

Le groupe se dirigea vers les voitures : outre la C6 de l'Ambassade il y avait un véhicule Peugeot 508 de protection.

Quittant le parking courte-durée, le convoi prit la Ras Abu Abboud Street ensuite ils l'a quittèrent pour prendre à droite la Al Corniche Street.

A l'arrière de la Citroën C6 l'Ambassadeur regarda Castle avec un brin de méfiance.

Attitude habituelle et traditionnelle des diplomates par rapports aux militaires de terrain, souvent à la réputation prétendument sulfureuse, que sont les agents secrets !

Réflexe pas typiquement français non plus !...

Sur la grande avenue, une 4 voies avec au milieu une bande centrale de verdure avec des palmiers alternant avec des lampadaires doubles, la circulation était fluide.

Quelques pick-up et des 4x4 japonais essayaient de se faire une place au milieu de voitures de luxes et de sports allemandes ou italiennes...

La vue était superbe, donnant à droite sur la Baie de Doha et à gauche sur l'immense palais de l'Emir.

Entouré de hautes grilles en fer forgé, il y avait un gigantesque bâtiment d'un blanc éblouissant avec le drapeau qatari, sur le toit, flottant au vent.

D'immenses étendues de gazon d'un vert magnifique (visiblement l'arrosage fonctionnait de manière optimale...) à faire pâlir d'envie un Lord anglais écologiste, complété par des arbres, apportaient une touche de couleur tout à fait superbe.

Peu avant de bifurquer à gauche pour se rendre au Palais, Thomas Castle, dont c'était le 1er voyage à Doha, vit un panneau d'interdiction de circulation pour les camions de 6 h du matin à 10 h du soir !

Pratique pour éviter les bouchons disgracieux !...

L'Ambassadeur s'étonna de l'absence de cravate dans la tenue de Castle et lui en fît la remarque !

Thomas Castle l'arrêta d'un geste et plongea sa main dans la poche de sa veste pour en retirer une superbe cravate bleue avec des lévriers de couleur « vieil or » stylisés dessus.

Pas fou, il s'était souvenu de la remarque du directeur !...

Il s'en équipa donc promptement.

Une fois les différents postes de sécurité passés, ils se retrouvèrent devant l'entrée du Palais.

*

Les 2 hommes furent donc conduit, après une ultime vérification, dans une vaste salle d'une richesse... imposante !

Les 2 hommes s'inclinèrent respectueusement devant l'Emir du Qatar.

C'est très souriant, bien qu'un peu intrigué, que l'Emir du Qatar, le Cheikh Hamad ben Kalifa al-Thani, reçût ce « simple » Colonel français (en civil en plus) et l'Ambassadeur de France.

Ces Français auraient au moins pu faire déplacer un Général !...

Ils devaient, paraît t-il, lui remettre des documents très importants.

C'est François Hollande en personne qui l'avait appelé pour lui demander respectueusement de les recevoir au plus vite.

Depuis son action au Mali, le Président français était monté dans l'estime de l'Emir : voilà un homme qui savait agir avec force quand il fallait ! Ces Français le surprendront toujours...

A ses cotés, son Chef de la Sécurité, était tout aussi intrigué, mais sa présence était souhaitée par les Français.

Thomas Castle ouvrit son attaché-case et tendit respectueusement un dossier à l'Emir, comprenant des photos et des documents récupérés lors de l'opération en Libye.

L'Emir visionna les documents, puis... il pâlît ; étant alors parfaitement raccord avec sa tenue !

Il jeta un regard noir à Castle, après avoir donné les documents à son Chef de la Sécurité, et lui posa des questions précises.

Questions auxquels répondît Thomas Castle tout aussi précisément sous le regard incrédule de l'Ambassadeur, qui n'avait pas été informé par Paris du motif de la rencontre !…

Parmis les documents retrouvés en Libye, lors de l'Opération « *Guépard du Sahara* » il y avait également les preuves indiscutables des liens d'un membre proche de la famille royale qatari qui « subventionnait » les terroristes d'Al-Qaïda en Somalie, au Sahel, y compris contre les intérêts français en Afrique et en France même, par exemple dans certaines cités.

Puis ayant obtenus les renseignements qu'il voulait, le Cheikh Hamad ben Kalifa al-Thani se leva mettant ainsi fin à l'entretien.

Après avoir respectueusement salué l'Emir, l'Ambassadeur et Thomas Castle retrouvèrent l'entrée du Palais.

Thomas Castle était soulagé, il avait réalisé la moitié de son plan : à l'issue de l'entretien dans le Salon des Ambassadeurs il avait demandé 2 faveurs à F. Hollande.

La 1ère étant d'apporter lui-même les preuves à l'Emir, ce qui fît sursauter Laurent Fabius quand il l'apprit et le ministre des Affaires Etrangères exigea du coup la présence de l'Ambassadeur de France, J-C Peau-Selle, lors de la dite réunion.

La 2e faveur avait fait tiquer le président de la République, mais il trouva l'idée de Castle géniale ; cependant elle impliqua des conséquences dont il fallait tenir compte.

Le directeur de la DGSE la soutenait également, bien qu'il faillit tomber à la renverse quand Thomas Castle la lui exposa !

*

L'Ambassadeur indiqua alors à Thomas Castle qu'il lui laissait la Peugeot 508 et le chauffeur afin de le reconduire à l'Aéroport, ou de faire un peu de tourisme, en s'excusant car il avait encore d'autres obligations.

Il gardera avec lui le Colonel Mûlot pour sa protection.

Puis ils se serrèrent la main.

Voyant la 508 s'éloigner, une fois dans la C6 il prit son smartphone et appela l'Elysée.

Ce que Castle ignorait c'est que le président de la République avait demandé à être rappelé immédiatement après la fin de l'entretien avec l'Emir.

Une fois la communication terminée avec Jean Christophe Peau-selle, l'Elysée appela comme convenu l'Emir qui attendait son coup de fil.

Le Président signifia alors à l'Emir de manière fort courtoise et diplomatique, mais ferme que la France attendait qu'il prenne les mesures définitives et positives afin de régler ce problème…

Sinon cette information serait rendue publique par une « regrettable fuite » à certains journaux, obligeant alors la Présidence à prendre officiellement des mesures de rétorsions contre tous les intérêts qataris en France.

Ces mesures, bien qu'indispensables, seraient préjudiciables pour tout le monde…

Il suggéra alors à l'Emir une procédure de sortie de crise qui soit mutuellement profitable et indiqua les informations qu'il souhaitait qu'elles soient donnée au Colonel de la DGSE.

Le dit Colonel attendra 3 heures et sera dans l'avion à l'aéroport.

Une fois la communication terminée avec Doha, le Président assit dans son fauteuil se recula de son bureau et se dit qu'ainsi tout le monde sera content.

Le Cheikh Hamad ben Kalifa al-Thani une fois son téléphone posé, regarda son Chef de la Sécurité et lui donna sèchement une série d'ordres afin de régler ce problème définitivement et de fournir aux français les informations qu'ils demandaient.

Lui de son coté réfléchissait à une « compensation » acceptable à donner aux français.

Ces informations, si elles étaient révélées au public, auraient des conséquences extrêmement préjudiciables aux intérêts mondiaux de l'Emirat.

*

Thomas Castle, après avoir ôté sa cravate, demanda au chauffeur de garer la voiture sur le parking de *Corniche Street.*

Parking verdoyant et ombragé grâce à un grand nombre de palmiers, il permettait d'admirer les eaux de la Baie de Doha.

Des eaux calmes de couleur bleu-turquoise ou vert émeraude suivant les moments de la journée.

Il descendit sur la plage, profita de la somptueuse vue et de ces instants de calme et de sérénité ; parenthèse bien agréable pendant cette mission.

Puis remonta au niveau de la route.

L'endroit était superbe, reposant et étonnamment vert.

Quelques joggers intrépides officiaient.

Il admira alors une fontaine un peu spéciale : appelé *« The Pearl »* il y avait, entouré d'un petit muret de pierres blanches sur un carré de carreaux de granit blanc, une sculpture représentant une huître géante avec trônant en son milieu une perle tout aussi gigantesque !

L'eau, de cette fontaine hors norme, s'écoulant inlassablement de l'huître pour rejoindre un tapis de rochers blancs où l'huître reposait.

L'Adjudant-Chef, chauffeur et guide occasionnel, indiqua à un Castle étonné que la nuit l'huître et la perle étaient éclairées.

Thomas Castle prit une photo avec son smatphone, puis plusieurs autres de la baie.

Il aura quelques chose à montrer quand il rentrera chez lui à « *Das Alte Schloss* » !

Il regarda sa montre, et vit qu'il avait encore un peu de temps devant lui.

– Mon Colonel, il y a le Souq Waqif qui est à proximité ; si cela vous dit on pourrait y aller, vous trouverez peut être des souvenirs qui vous plairont !

Thomas Castle accepta trouvant l'idée de l'Adjudant-Chef judicieuse.

Il regagnèrent la voiture et descendirent la Bank Street pour garer ensuite la 508 sur un parking pavé entouré de sens interdits et envahi d'une ribambelle de pigeons.

Le Souq était strictement une gigantesque zone piétonne située sur Al Ahmed Street.

Thomas Castle voyait au loin les palmiers et les grattes-ciel d'un coté et l'architecture traditionnel du Souq de l'autre.

Mélange de traditions et de modernisme réunit ici.

L'Adjudant-Chef lui apprit alors que le Souq Waqif a été récemment « réhabilité », c'est à dire totalement reconstruit selon les plans de l'époque.

Au fur et à mesure de sa promenade Castle croisa des échoppes de marchands de tapis, de faucons, de souvenirs, de parfums et d'encens, d'échoppes de cordonniers, de tissus et de tentes bédouines (il se dit un moment que cela ferait anachronique chez lui !..).

Les gens étaient vêtus à l'occidental (chemises et jeans) ou en oriental c'est à dire en djellabah blanche.

Les bâtiments blancs avaient au maximum 2 étages.

Le drapeau qatari flottant en grande quantité tout au long du Souq.

Thomas Castle entra dans un magasin de souvenirs et acheta une jolie statuette d'oryx pour sa maman.

Il allait partir quand il vît une superbe coquille de *Charonia Tritonis,* c'est à dire un Triton Géant, qui heureusement n'avait pas sa taille maximum de 50 cm mais qui avait quand même une jolie taille d'une vingtaine de cm !

Voilà qui fera certainement plaisir à Jacqueline Jardin pour sa collection ; bien que répandu, il était quand même rare dans la région de la Mer Rouge.

Il l'acheta donc, provoquant une certaine surprise chez l'Adjudant-Chef !…

Puis équipé des ces 2 cadeaux, il entra dans l'échoppe de bijoux à coté et se laissa tenter par un joli bracelet fin en or, pour sa sœur.

Il allait partir quand le vendeur le rattrapa et lui proposa de jolis colliers ; à des prix totalement prohibitifs pour sa solde !...

Par contre son regard fût attiré par un joli collier tout simple constitué d'une pierre de quartz couleur noire fumée, encadrée de 4 superbes perles nacrées noires, en pendentif.

En même temps qu'il vit le bijou, il se souvînt de son rêve : c'était quasiment le même !...

Entre surprise et sourire face à cette incroyable coïncidence, il l'imagina immédiatement au cou de Justine...

Il ne pouvait laisser passer cette opportunité et l'acheta donc tout en respectant la tradition du marchandage, comme il se doit !...

En sortant, il passa devant des restaurants dont la bonne odeur de repas lui rappela que son estomac criait famine.

Il invita donc l'Adjudant-Chef à déjeuner.

Ils s'arrêtèrent devant un restaurant dont la plaque au-dessus de l'entrée avait des inscriptions en arabe et traduite en-dessous en anglais et qui indiquait :

« *Al Bandar Group of Restaurants* »

Ils entrèrent à l'intérieur, et s'installèrent à la terrasse très agréable car située à l'étage, au-dessus du Souq.

La vue était simplement superbe.

Ils prirent du poisson grillé et des plats moyen-orientaux typiques agrémenté de jus de fruits frais.

Castle fût agréablement surpris car les prix étaient tout à fait raisonnables.

On aurait dit 2 touristes !...

Thomas Castle regretta juste que Justine de St-Jacques ne soit pas présente : cela aurait été bien agréable...

Mais l'heure avançait, et l'Adjudant-Chef le lui rappela.

Ils quittèrent donc le restaurant, pour rejoindre la voiture et retourner à l'aéroport.

Il est vrai qu'être en retard aurait été maladroit !

*

Thomas Castle, après avoir chaleureusement remercié son « chauffeur/guide » et récupéré son attaché-case, remonta dans le Falcon, dont les réacteurs venaient d'être remis en route et tournaient au ralentis, afin que la climatisation puisse fonctionner.

Le départ étant prévu dans un peu plus d'une demi-heure.

Thomas Castle s'installa dans un des fauteuils bleu et écouta tranquillement la chanson « *Conversation* » du groupe Texas.

Puis sans vraiment s'en rendre compte, il s'assoupit.

Une ½ heure plus tard, un officier Supérieur qatari arriva.

Il repéra facilement sur le tarmac, un peu à l'écart dans un hangar, le Falcon 7X blanc dont l'arrière de la carlingue était orné d'une gigantesque bande bleu-blanc-rouge.

Il monta à l'intérieur de l'avion.

L'arrivée de l'officier tira Castle de son sommeil.

Il le salua et lui remis une clé USB.

Il quitta l'avion ensuite immédiatement, sans prononcer une seule parole.

Thomas Castle se rassit et visionna son contenu sur sa tablette. Puis il ordonna au pilote de décoller direction la base française d'Al Dhafra aux Emirats Arabes Unis.

La 2e partie de son plan va pouvoir se réaliser et ainsi le problème Abdelmalek Droukdel sera réglé définitivement.

En prime les agents de la DGSE seront vengés !…

*

Un communiqué de la chaîne d'information qatari Al-Jazeera fut retransmis sur toutes les chaînes d'informations mondiales.

Le communiqué signalait le décès accidentel, en fin de matinée, d'un cousin du Cheikh Hamad ben Khalifa al-Thani, alors qu'il faisait une promenade matinale avec son 4x4 dans le désert.

Distraction habituelle chez les bédouins, que ces ballades en 4x4 surpuissants !

Le corps sans vie étant découvert dans son véhicule retourné au bas d'une dune.

Pour la police la thèse de l'accident due à une fausse manœuvre ne faisait aucun doute.

*

Le palais de l'Emir envoya un communiqué de presse signalant que l'Emir du Qatar avait confirmé le choix par son pays de l'achat ferme, le plus rapidement possible, de 18 avions de combat Rafale, plus 18 autres en option, auprès de la Société Dassault Aviation.

C'est un contrat de plusieurs milliards de dollars.

Ils remplaceront les 12 Mirage 2000-5 qui forment l'actuelle aviation de chasse de l'Emirat.

Commande surprise, car les spécialistes militaires la pensaient liée à la commande des Emirats Arabes Unis…

*

Abu Dhabi, fin avril 2013

Thomas Castle était arrivé depuis quelques heures.

Au centre opérationnel de la base aérienne 104 d'Al Dhafra tout le monde était « sur le pont » afin que la mission soit un plein succès. Les informations fournis par Castle ont été intégrées.

Les cibles étaient situées à 1 550 km.

Un ravitailleur C-135FR sera également de la fête.

Pendant ce temps en provenance d'un des dépôts de munitions, spécialement construits pour accueillir les équipements et armements des 6 avions Rafale positionnés de manière permanente aux Emirats Arabes Unis, 2 containers vert olive furent amenés, sur un support à roulettes, vers un avion.

Le Rafale B311 104-HD de EC 3/30 « Lorraine », l'un des 3 biplaces présent, était bichonné par les mécaniciens.

Equipé de 2 gros réservoirs supplémentaires de 2 000 l, les spécialistes armement s'affairaient à installer sous les ailes, les 2 missiles de croisière MBDA Scalp-EG.

Comparable aux missiles de croisière américains, d'une longueur de 5,10 m pour 1 300 kg ils ont une charge de 400 kg d'explosif ultra-puissant.

Cette charge étant transportée de manière autonome sur près de 250 km à une vitesse de 800 km/h à très basse altitude.

Une 10aine de Scalp EG a été tiré par l'Armée de l'Air et l'Aéronavale en mars 2011 pendant l'opération Harmattan en Libye.

Exceptionnellement aucun missile air-air ne sera emporté par l'avion, car totalement inutile pour cette mission.

Le pilote et le navigateur arrivèrent à présent.

Le pilote faisant le tour de vérification traditionnel avec le mécanicien, puis s'installa dans le cockpit.

Du haut de la tour de contrôle, Thomas Castle voyait le Rafale décoller en pleine nuit et partir remplir sa mission.

Il aurait bien aimé y être…

*

Bossasso, fin avril 2013

Khalif Amid Ali et ses hommes arrivèrent en convoi près du bâtiment à l'heure convenue en pleine nuit.

Depuis qu'il avait reçu le coup de fil de son mécène qatari il était sur des charbons ardents. C'était normal, la perspective de recevoir un émissaire qui allait lui donner près de 2 millions de $ cash, rendrait impatient les plus blasés !…

Cette arrivée d'argent liquide frais était une bénédiction, car le piratage donnait des résultats de plus en plus aléatoires.

Cet argent lui permettra également de prendre le dessus sur certaines factions qui contestaient son autorité et sa vision d'un djihad mondial.

Telles celles qui ont Al-Afghani et Abul Hamid Hashi Olhayi à leurs tête (co-fondateur du mouvement Shebab).

Même ce rendez-vous dans un bâtiment isolé, à 100 m de la cote au nord de la ville de Bassasso n'avait pas suffit à l'inquiéter.

De toute façon la vingtaine de soldats dévoués, en treillis camouflés, bandes de munitions et chèche noirs, lourdement armé de fusil mitrailleurs et lance roquettes, était là pour le défendre.

L'émissaire qatari devant venir par la mer c'était logique de choisir ce lieu.

Il fit poster des gardes tout autour du bâtiment.

Il regarda sa montre, encore une demi-heure à attendre…

*

Abdelmalek Droukdel attendait lui aussi avec un espoir tout aussi fort.

Il avait reçu un coup de fil de son ami et mécène qatari qui conscient de ses difficultés financières lui signala l'envoi, par un émissaire personnel, de 2 millions de $ en liquide afin de lui permettre de quitter la Somalie et surtout de reconstituer ses forces en Libye, nouvelle Terre Promise pour les combattants d'AQMI.

Droukdel lui avait alors indiqué le lieu précis où il vivait à Bassasso ; une maison un peu à l'écart, à coté d'une oasis avec plein de palmiers, à l'ouest de la ville, près d'un embranchement routier.

Au-delà c'était le désert.

Un endroit bien plus tranquille que son ancienne cache au milieu de la ville.

Il regarda sa montre, encore une demi-heure à attendre…

Mais, tout comme le chef somalien, Droukdel ignorait que ce 2e appel téléphonique fait par leur généreux mécène qatari était

« lourdement suggéré » par les gardes du corps du Chef de la Sécurité qatari…

Un groupe d'hommes des Forces Spéciales ayant débarqué quelques temps plus tôt, et après une discussion « franche et directe » dans un endroit discret des Services de Sécurité Intérieur, le mécène accepta quasi « spontanément » une collaboration pleine et entière !

Seule la fin de cette collaboration était « légèrement » différente de celle annoncée au départ…

*

L'équipage du Rafale 104-HD était concentré.

Le vol se déroulait comme prévu.

A 150 km de la cible, les centrales de navigation des missiles furent calées sur celle de l'avion.

Chaque Scalp-EG avait sa cible programmée.

Un premier Scalp éjecté de son pylône fût mis en route et les 1300 kg plongèrent dans la nuit vers sa cible.

Ensuite ce fût au tour du 2e missile de quitter l'aile du Rafale, de déployer ses propres ailes et de mettre son réacteur en route.

Il plongea à son tour dans la nuit noire et se dirigea résolument vers sa cible.

Le missile suivait une route autonome en vol à basse altitude en suivant le relief et en utilisant le GPS.

Une fois à proximité de la cible il remonta et identifia sa cible grâce à une camera, à infra-rouge et haute résolution, opérationnelle une fois que la coiffe avait été éjectée.

Il avait été décidé de tirer les missiles à « courte » portée, le reste de carburant servant à amplifier les effets de l'explosif.

La première charge pénétrant l'objectif, la 2e la détruisant.

Comme le rasoir à 2 lames bien connu !…

L'avion, soulagé de plus de 2 tonnes, fît demi-tour et se dirigea vers l'avion ravitailleur.

Le Rafale 104-HD étant à présent baptisé 104-Hautement Destructeur !

*

Paris, fin avril 2013

Le Ministère de la Défense envoya à toutes les agences de presse un communiqué à 8 h du matin :

« *Un avion Rafale, basé à Al Dhafra aux E. A. U. a tiré cette nuit 2 missiles de croisière Scalp contre 2 bâtiments des Al-Shebabs en Somalie où se trouvaient des chefs terroristes ennemis de la France. L'avion est rentré sans encombre à sa base.* »

Information confirmée quelques temps plus tard par un communiqué du ministre de la Sécurité du Puntland signalant que dans les décombres ont été retrouvés les corps sans vie d'un chef des Al-Shabab, Khalif Amid Ali, très certainement impliqué dans la mort des agents de la DGSE, d'une vingtaine de combattants islamistes ainsi que la mort dans un autre bâtiment, à quelques km de là, du chef d'AQMI, Abdelmalek Droukdel !

Le ministre de la Sécurité du Puntland regrettant l'attaque française effectuée unilatéralement, mais ne la condamnant pas.

*

Dans la salle de réunion du siège de la DGSE, le débriefing de Castle touchait à sa fin.

Le Directeur et Thomas Castle visionnait sur le grand écran mural les images satellites des 2 cibles touchées par les missiles.

Les 2 bâtiments ont été proprement « scalpés » !

La précision métrique des engins n'était pas une réputation usurpée…

Voyant les photos de Droukdel et de Amid Ali, tous les 2 avec un chèche vert et une longue barbe noire, Thomas Castle ne pu s'empêcher de dire :

– *Ils ont été rasés ou plutôt scalpés de près !*

– *Ah c'est malin vos jeux de mots tirés par les cheveux !* répliqua Justine de St-Jacques

– *Poilant, je dirai !* conclu Castle…

– *Bon ça suffit, vos échanges deviennent un poil barbant !* dit le directeur, sans bien se rendre compte de la portée de ses paroles !!!…

Thomas Castle et Justine de St-Jacques se regardèrent et sans avoir besoin de se parler, les 2 conclurent qu'il n'y avait pas grand chose à rajouter !…

La réunion se termina quelques instants plus tard sur l'aveux de Justine de St-Jacques de l'absence de résultats probants quant à la traque de Hans Trapp et de la taupe.

Des soupçons concernant Louis de Condé, mais aucun éléments ne permettant de trouver un lien reliant les 2 hommes.

Néanmoins la surveillance était maintenue…

Le directeur reprenant la parole annonça alors l'arrivée imminente d'un nouveau directeur, en la personne de Bernard Bajolet, dont le décret de nomination était paru quelques jours plus tôt.

Thomas Castle se dirigea alors vers Erard Corbin de Mangoux et échangea avec lui quelques mots.

L'émotion était perceptible des 2 côtés…

Une amitié et un respect mutuel que chacun partageait.

Il fut convenu d'un petit pot d'adieu et d'amitié le lendemain.

Une fois la réunion terminée, Thomas Castle alla vers le bureau de Jacqueline Jardin et lui offrît le paquet cadeau contenant la coquille du Triton Géant acheté à Doha.

– *Tenez charmante Jacqueline, pour votre collection…*

– *Oh Thomas merci… C'est trop gentil. Un Charonia Trinotis. Il est superbe ! Il ne fallait pas voyons, vous avez fait des folies !*

Puis s'approchant de l'oreille de Jacqueline Jardin il lui chuchota quelques mots.

Elle le regarda avec un sourire malicieux, qui se voulait candide et répondit :

– Oh, on a papoté de trucs de filles que vous ne pouvez pas comprendre !…

Thomas Castle battît donc en retraite, se doutant bien que Jacqueline se moquait allègrement de lui, ce qui n'était pas pour le rassurer !…

Mais solidarité féminine oblige, il ne saurait rien de la teneur de la conversation qu'ont eu ensemble Jacqueline et Justine…

*

Verdun, juin 2013

En marge d'une de ses nombreuses visites de régiments de l'Armée de Terre, de bases navales de la Marine ou de base aérienne de l'Armée de l'Air, le ministre de la Défense visita le 1er Régiment de Chasseur de Thierville sur Meuse près de Verdun.

Jean-Yves Le Drian était féru de ces visites.

« La tournée des popotes » lui permettant ainsi de prendre conscience de la température et du moral de la troupe en cette période d'incertitudes concernant la prochaine Loi de Programmation Militaire.

Pour les journalistes présents il s'agissait d'une simple visite comme beaucoup d'autres avant elle.

Puis le ministre de la Défense, en compagnie d'un Général de Division, se dirigea avec le Lieutenant Colonel commandant le 1er Régiment de Chasseur, dans la salle des trophées.

Il s'y trouvait également les hommes et femme, qui ont participé à l'opération en Libye.

Puis après avoir rappelé les glorieux faits d'armes de ce régiment qui sont inscrit dans les plis de son étendard :

Austerlitz 1805, Wagram 1809, La Moskova 1812, Rocquencourt 1815 dernière victoire impériale sur les Prussiens en juillet, Frandres 1914, Picardie 1916, Indochine, Algérie…

Le ministre demanda alors au Général Louis-Charles de St-Jacques de rejoindre les autres militaires.

Il indiqua qu'il était très heureux de procéder, au nom du président de la République, à la remise, pour chaque participants, de la Croix de la Valeur Militaire avec Etoile de Bronze pour actes héroïques lors de l'opération « *Guépard du Sahara* ».

L'aide de camp du Ministre apporta alors les médailles et la cérémonie commença.

Le Général de St-Jacques était surpris car il ne savait pas qu'il était également concerné.

En fait son escapade en Libye n'avait pas été trop appréciée par sa haute hiérarchie !…

Ce qui n'empêcha pas le général de St-Jacques de proposer que des chars Leclerc du régiment, dont bien sur les 3 « libyens », participent au défilé du 14 juillet 2014 !…

Et c'est le ministre de la Défense en personne qui accepta l'idée et empêcha également une « retraite anticipée » à l'encontre du turbulent Général…

*

Au même moment sur la base aérienne 118 de Mont de Marsan le Commandant André Crown recevait des mains du Chef de l'Etat-Major de l'Armée de l'Air la même médaille en réponse à ses actions d'éclats en Libye !

Tout comme à Satory le Général Orosco, le patron du GIGN, remettait aux 10 gendarmes également 11 Croix de la Valeur Militaire avec Etoile de Bronze.

Scapin eu également droit à sa médaille !

Il conclut son discours ainsi :

– Vous avez été à la hauteur de vos Anciens, et vous avez su faire votre, de belle manière, la devise du GIGN : « Sauvez des vies au mépris de la sienne ».

*

Chapitre 12

La fin… ou pas….

Paris, fin juin 2013

Le nouveau directeur, Bernard Bajolet, avait convoqué Thomas Castle et Justine de St-Jacques à son bureau, pour une réunion importante.

C'était la 2e rencontre entre les 2 hommes.

La première rencontre, en tête-à-tête, c'était très bien passé.

Le nouveau directeur ayant lu bien évidemment au préalable le dossier de Castle.

Les 2 hommes se connaissaient un peu, ils s'étaient vu à Kaboul en 2011 lors de la visite de Nicolas Sarkozy en juillet.

Une fois installé à son bureau, le directeur poussa le dossier bleu avec l'inscription « *Abdelmalek Droukdel* » inscrite en grand dessus.

Il leur annonça alors qu'après le passage des 2 missiles de croisières, des agents de la DGSE avaient récupéré des fragments d'ADN sur les cadavres des 2 chefs islamiques, afin de confirmation d'identification, avant que les autorités du Puntland ne les fassent enterrer.

– Nous avons eu la pleine collaboration du ministre de la Sécurité, Khalif Isse, car le Puntland souhaite désormais faire partie de la Somalie et collabore donc dans la lutte contre les Islamistes.

Puis il indiqua que des agents de la DGSE avaient pris des fragments de cheveux afin d'établir la carte génétique.

Il continua en disant :

– Je viens de recevoir les résultats des laboratoires d'analyses : en ce qui concerne le Somalien Khalif Amid Ali, nous avons confirmation qu'il s'agit bien de lui ; d'ailleurs les photos de son cadavre nous l'indiquaient déjà au départ.

Puis après quelques secondes d'arrêt, le Directeur reprit son exposé :

– En ce qui concerne Abdelmalek Droukdel, qui n'est pas clairement identifiable sur les photos, car le visage, s'étant prit des gravats lors de l'explosion, est complètement écrasé. Cette vérification était donc indispensable. Grâce à la collaboration avec les services algériens, nous avons à présent la confirmation que… Le cadavre n'est pas celui de Abdelmalek Droukdel, malgré les papiers d'identités trouvés sur lui. Mais plus probablement celui d'un garde du corps. Il a probablement dû les glisser dans la poche du cadavre après l'attaque et s'enfuir ensuite !…

Un lourd silence se fit alors dans la pièce.

Justine de St-Jacques demanda si l'on avait une idée de l'endroit où il pouvait être.

Le directeur répondit par la négative.

– Je pense qu'il a dû repartir pour la Libye vu le bordel qu'il y a là-bas ; voire éventuellement l'Algérie son pays natal. La Somalie n'est plus un lieu assez sur pour lui. En plus il n'y a pas d'amis sur. Il a dû vouloir retrouver « ses racines », un terrain familier ; c'est pour cela que je pencherai pour la région frontalière algéro-libyenne ! dit alors Thomas Castle.

Le Directeur approuva ces conclusions.

En tout cas, pour le moment, il avait réussit à s'échapper…

Pour l'instant en tout cas !…

*

Das alte Schloss, septembre 2013

Thomas Castle gara la Citroën SM sur une place de parking à proximité de la gare de Colmar.

Il était à la fois heureux et un peu anxieux, même si ce n'était probablement pas le bon terme.

Cette fois çi c'était « la bonne ».

Après 2 annulations de dernière minute, Justine de St-Jacques avait enfin accepté l'invitation de venir chez lui pour le week-end.

Le week-end prochain elle allait chez ses parents pour fêter son anniversaire.

Dans sa poche il y avait le collier qu'il avait acheté lors de son voyage à Doha, il y a maintenant plusieurs mois.

Cela tombait donc pile poil bien question timing !…

Son esprit vagabonda alors vers son ancienne mission :

aux dernières nouvelles il semblerait effectivement que les 2 chefs Islamistes, Abdelmalek Droukdel et Iyad Ag Ghaly, se soient retrouvés dans le Sud Ouest libyen.

Mais Thomas Castle chassa rapidement ses pensées de « boulot »…

Il avait pensé lui offrir le collier là maintenant, mais plus le moment approchait, plus il se disait que ce soir au dîner cela serait mieux !…

Il vît le TGV, en provenance de Paris, entrer en gare à 11 h 30 pile-poil à l'heure prévue.

Il sortît donc de la voiture et se dirigea vers la gare afin d'accueillir son invitée.

Justine de St-Jacques était superbe en jeans blanc avec de petites bottines marron claires et une veste en cuir, serrée à la taille, de la même couleur que les bottines.

Quand elle le vit elle lui fît un grand sourire et un petit signe de la main.

Après l'échange de bises, Castle lui prit son sac de voyage.

5 minutes plus tard tous les 2 se dirigèrent vers la voiture.

En voyant la Citroën SM Justine de St-Jacques eu un sursaut de surprise et dit :

– *C'est quoi cette antiquité ! Ma parole c'est retour vers le futur ! J'espère que vous n'avez pas en tête de me faire « le coup de la panne » quand même !* dit t-elle mi-figue mi-raisin…

– *C'est la meilleure, ou l'une des meilleures, Citroën. Même avant la DS, mauvais esprit !* dit Castle en souriant.

– *Mon grand-père avait pendant longtemps une DS !…* répliqua Justine.

Puis après être monté dans la voiture chacun échangea ses souvenirs. Il apprit alors que Justine était plutôt branchée moto et moto de course en plus !

Pendant le trajet Thomas se maudit de se sentir si intimidé… Il ignorait qu'il en était de même pour Justine !

*

Une fois arrivée au domaine, Thomas Castle gara sa SM à côté d'une C6 noire.

C'était la voiture de Philippe, le propriétaire de 2 azawakhs ami de sa sœur ; il avait été invité par Annie pour déjeuner avec eux.

Il était venu avec ses azawakhs et la meute s'entendait très bien. Comme le propriétaire avec Annie, pu constater Castle d'ailleurs !…

Justine, quand elle sortit de la voiture, fût accueillit par la grande « meute » !

Accueil réservé et sonore pour Justine et bien évidemment accueil de fête pour Thomas Castle de la part de ses toutous !

Puis suite à la présentation à sa famille et à Philippe (qui commençait un peu à faire partie de la famille…), la maman et Annie embrassèrent Justine de St-Jacques et lui souhaitèrent la bienvenue.

Thomas Castle lui fit ensuite faire le « tour du propriétaire » en commençant par les écuries et les chevaux.

Justine tomba sous le charme des 2 chevaux pur-sang arabe et caressa leur tête, puis leur donna quelques morceaux de pommes que Castle lui avait donné.

– *Ils sont magnifiques mon Colonel !*

– *Pas de « Colonel », on n'est pas en service ; « Thomas » en toute simplicité ira très bien, et on peut même laisser tomber le « monsieur » !* dit-il grand seigneur dans un grand éclat de rire

Justine rit à son tour consciente de sa bévue.

Ensuite ils retournèrent vers la maison et il l'a lui montra également.

A l'intérieur, Inès vit arriver Thomas Castle et fidèle à son habitude calcula son élan, puis sauta sur son épaule et se frotta la tête contre lui.

Justine, voyant l'occicat sur l'épaule, ne put s'empêcher de manifester sa surprise.

– *Ca c'est pas banal ! Vous, enfin... tu étais pirate dans une autre vie on dirait !*

– *Hé hé qui sait... Peut être !...*

Et tous les 2 éclatèrent de rire.

Puis chacun s'installa autour de la grande table et après un apéritif au crémant d'Alsace, le repas fût apporté :

Echine de porc fumée avec salade de pomme de terre, accompagné d'un vin blanc alsacien, un pinot gris, une vendange tardive. Un kougouloupf glacé étant le met du dessert.

Un repas typiquement Alsacien.

Les toutous vinrent et s'assiérent autour de la table et regardèrent fixement la table : hé on sait jamais...

Des fois que...

Annie et la maman se regardèrent en souriant.

Elles pensaient toutes les 2 la même chose : Thomas avait l'air si heureux en compagnie de Justine.

Pour la première fois depuis l'assassinat de Tracy Adler…

*

Ensuite Thomas et Justine allèrent à Colmar mais en 3008 cette fois-çi.

Thomas Castle lui faisant visiter, en compagnie de ses 3 toutous, le centre ville si pittoresque.

2 lévriers azawakhs et un chien qui ressemble à un loup, même s'ils se promènent en laisse, c'est sur que cela provoque un peu l'intérêt du passant lambda !…

C'était la première visite en Alsace de Justine de St-Jacques et elle était admirative du fleurissement et des maisons à colombages.

Puis ils s'installèrent à la terrasse d'un bar-café, à coté du Koïfhus (ou Ancienne Douane) qui est un monument historique construit à l'origine en 1480 et modifié au XVIe et XVIIIe siècle.

Ils prirent chacun une bière.

Bizarrement la conversation finie par se terminer sur Hans Trapp.

Après avoir bu une rasade de bière, Thomas se racla la gorge et expliqua à Justine de St-Jacques le motif du conflit qui existait entre lui et Hans Trapp…

*

Bogota, septembre 2013

Pendant ce temps, au même moment, se tenait à Bogota, au Ministère de la Justice, une conférence de presse où il y avait à coté du ministre colombien de la Justice, l'agent de la DEA John Malone.

Le ministre venait d'annoncer le démantèlement par les forces de police colombiennes d'un puissant cartel de la drogue, la

« *Blancura Inocente* » et l'arrestation de son chef, Edouardo José, pour trafic de drogue.

Le ministre annonça ensuite la réponse positive faîte par le Président Juan Manuel Santos (qui songe sérieusement à poser sa candidature à sa propre réélection en 2014) à la demande de l'Administration américaine, concernant l'extradition vers les Etats-Unis de Edouardo José en vue d'une arrestation et d'une incarcération dans une prison fédérale pour trafic de stupéfiants.

Avec une peine de plus de 100 ans de prison s'il a de la chance et une peine de mort… s'il en a un peu moins !

C'était John Malone qui avait été chargé de ramener Edouardo José aux Etats-Unis.

*

Los Angeles, septembre 2013

Ted West s'installa confortablement dans le fauteuil directorial de son nouveau bureau à Los Angeles.

Il avait décidé, après les derniers évènements, qu'un « exil » au soleil serait bien plus agréable qu'une vie à New York !

Il décida donc d'ouvrir une boite de protection pour les Stars.

Los Angeles ayant une forte population de Stars…

C'est donc tout naturellement qu'il s'installa là-bas.

Messieurs Jack Black et Sam White faisant également partie du voyage, leurs compétences étant tout à fait utiles.

Les vrais professionnels ne connaissent pas le chômage, c'est bien connu, ce serait « gâcher » !…

Tiffany Suking devenant la secrétaire et la nouvelle Mme West !

Les 2 tourtereaux habitaient ensemble dans une superbe villa du quartier chic de *Bel Air*.

Ainsi est née la « *Ted West's Private Protector Company* » située sur la South Los Angeles Street à Downtown !

*

Buhl-Murbach, septembre 2013

Pour leur 1ère soirée « en amoureux » Thomas Castle avait décidé de bien faire les choses et avait donc réservé une table à l'Hostellerie Saint-Barnabé à Buhl près de Guebwiller.

Maison plus que centenaire, cette hostellerie 3* était située en pleine nature à proximité de la forêt.

Cadre agréable, alliant une cuisine gastronomique avec des produits naturels, et romantique à souhait.

Après être rentré de leur petite promenade colmarienne, Justine troqua son jeans pour une tenue beaucoup plus féminine.

Thomas Castle avait été agréablement surpris quand en partant de la demeure il l'a vit, pour la 1ère fois, vêtue d'une très jolie robe noire s'arrêtant au-dessus du genou, mettant en valeur sa taille et ses charmes…

Le tout complété par des chaussures à talons aiguilles, mais pas trop hauts non plus !

Elle portait à son cou le collier qu'il avait acheté à Doha…

A l'hostellerie on venait de leur apporter la flûte de champagne et ils trinquèrent heureux du moment présent.

Thomas se souvint alors de l'émotion ressentie, quand après avoir aborder le sujet pénible de Hans Trapp, il lui offrit le petit paquet cadeau à la terrasse du bar-café.

Quand Justine l'ouvrit, elle ne pu cacher sa surprise et son plaisir devant le joli collier.

– Oh ! Mais il est superbe, il ne fallait pas, je l'adore !…

Elle lui avait demandé alors de l'accrocher son cou et ensuite elle avait déposé un petit baiser sur les lèvres de Castle, en remerciement.

Il en était resté tout penaud !…

Puis effaçant ce délicieux souvenir, il l'a regarda avec une attention redoublée.

Il est vrai qu'avec cette robe au décolleté en V délicieusement plongeant, mais de bon goût, le collier se nichait idéalement.

Justine était vraiment superbe, en plus de la robe et des chaussures à talons, elle s'était légèrement maquillée.

Ca change bien évidemment de sa tenue habituelle ou de l'uniforme, fût il camouflé !…

Elle lui caressa la main et la prenant Thomas Castle y déposa sur le bout des doigts alors un tendre baiser…

Puis on leur apporta leur repas.

Ils avaient choisi la même entrée, du saumon d'Ecosse Label Rouge, quinoa en salade aux saveurs asiatiques.

Pour le plat de résistance, le coté breton de Justine reprit le dessus et elle avait choisi des Ravioles de Homard rôti aux asperges vertes jus de tête infusé et morilles ; Thomas quant à lui s'orientant vers un Tournedo de filet de bœuf, avec une mousseline d'artichaut à l'huile de pistache grillé et Miroir de vin rouge.

Pour le dessert ils se retrouvèrent autour d'un Ananas Victoria en déclinaison gourmande et sorbet maison.

Le tout agrémenté d'un vin d'Alsace.

Bref un repas de fête, pour un moment d'intense émotion…

Ils apprirent ainsi à mieux se connaître au fil de la conversation durant la soirée.

Castle découvrit alors un peu un pan de vie de Justine de St-Jacques, celui qui ne figure pas dans son dossier militaire !

Puis lorsqu'ils quittèrent l'Hostellerie, se dirigeant vers la SM, il prit la main de Justine et leurs doigts s'entre-mêlèrent…

Puis galamment il lui ouvrit la portière.

*

Das alte Schloss, septembre 2013

C'est la pleine campagne entourée d'un léger halo de brouillard matinal.

L'aube d'un nouveau jour du mois de septembre apparaît. La rosé du matin brille.

Le bruit du galop de chevaux se faisant de plus en plus présent…

Course poursuite de 2 chevaux qui galopaient et dont le bruit du souffle des naseaux devenait de plus en plus audible…

Un homme poursuivant une femme…

Thomas Castle à cheval galope en compagnie de Justine de St-Jacques…

Plutôt que de faire son jogging quotidien en solitaire, Justine de St-Jacques avait accepté la proposition de Thomas Castle d'une ballade matinale à cheval.

Thomas Castle ne put s'empêcher de penser au rêve qu'il avait fait il y a de nombreux mois…

Il en était d'ailleurs de même pour Justine de St-jacques…

Passer du rêve à la réalité, pour la suite également ?!…

Il lui vint à l'esprit une phrase de Antoine de St-Exupéry :

« *Fais de la vie un rêve et d'un rêve, une réalité…* »

Il était heureux que Justine ait accepté son invitation…

Il était calme et apaisé.

Son esprit, pour la première fois depuis bien longtemps, n'était pas perturbé par des pensées lugubres et noires sur la traque de Hans Trapp.

Elle occupait son esprit depuis qu'il avait apprit que son ennemi n'était pas mort comme il le pensait…

La vengeance de la mort de Tracy Adler était à nouveau d'actualité !

A leur retour, bien que le « *alte Schloss* » ne soit plus un château comme dans son rêve, il y avait bien 2 azawakhs pour les accueillir grâce au Colonel-Major Alajï Ag Gamou.

D'ailleurs Thomas Castle venait d'apprendre que son ami touareg avait, il y a quelques jours, été nommé, par le conseil des ministres malien, au grade de Général, pour sa loyauté envers le pays.

*

A travers les jumelles on voyait distinctement le couple de cavaliers arriver au domaine et être accueillit par les lévriers et le chien loup.

Ils descendirent de cheval et se dirigèrent vers les écuries après s'être embrassé.

Puis l'homme, tout de noir vêtu, baissa les jumelles et se tournant vers un autre homme lui dit une phrase en allemand.

– *Jawohl mein Herr** (*Entendu Monsieur), *il en sera fait selon votre demande. Je m'en occupe !* répondit Günther.

Puis les 2 hommes se dirigèrent lentement vers leur voiture.

Un mauvais sourire se dessina sur le visage de Hans Trapp en pensant à ses noirs desseins !…

F I N

Ou pas…

Épilogue

Voilà « Corne d'Abondance » est à présent terminé.

J'espère que vous avez bien aimé la lecture des aventures de Thomas Castle et de Justine de St-Jacques.

J'ai pris beaucoup de plaisir à réaliser ce roman d'aventure et mon souhait étant d'avoir réussit à transmettre ce plaisir aux lectrices et aux lecteurs.

J'ai tenu à ce que « Corne d'Abondance » réserve du suspense jusqu'au bout et que les lecteurs du « Syndrome de la 2e marche », éprouvent le même plaisir qu'un nouveau lecteur.

Reprenant la formule de mon 1er roman, j'ai tenu à imbriquer la partie romanesque avec, en toile de fond, une réalité historique.

Il ne s'agit bien évidemment pas d'un livre historique, mais bien d'un roman imaginaire, dont les personnages de fictions rencontrent parfois des personnages historiques réels au gré de ma fantaisie.

Mais dans cette dimension de l'Espace Temps, « Corne d'Abondance » est ***une œuvre de totale fiction** !*

Par contre, afin de rester crédible dans mon histoire, les lieux décrits existent bels et bien dans leur grande majorité, sauf la base libyenne qui à ma connaissance n'existe pas... Ni malheureusement « das alte Schloss » !...

Philippe EBERHART, avril 2014

Table des matières